U0876175

岳麓書社

读名著　选岳麓

轻松阅读无障碍

浮生六记

张鹏 导读 注译

岳麓書社·长沙

图书在版编目(CIP)数据

浮生六记/张鹏导读、注译. —长沙:岳麓书社,2021.3

ISBN 978-7-5538-1408-7

Ⅰ.①浮…　Ⅱ.①张…　Ⅲ.①古典散文—散文集—中国—清代②《浮生六记》—注释③《浮生六记》—译文　Ⅳ.①I264.9

中国版本图书馆 CIP 数据核字(2020)第 194618 号

FUSHENG LIUJI

浮生六记

导读注译:张　鹏

责任编辑:李郑龙

责任校对:舒　舍

封面设计:罗志义

岳麓书社出版发行

地址:湖南省长沙市爱民路 47 号

直销电话:0731-88804152　0731-88885616

邮编:410006

版次:2021 年 3 月第 1 版

印次:2021 年 3 月第 1 次印刷

开本:700mm×1000mm　1/16

印张:14.25

字数:205 千字

ISBN 978-7-5538-1408-7

定价:23.00 元

承印:长沙鸿发印务实业有限公司

如有印装质量问题,请与本社印务部联系

电话:0731-88884129

前　言

中国文学对夫妻感情、家庭生活向来关涉不多，对夫妻爱情的直接描摹更属罕见，即使有也多半是悼亡之作。早自《诗经·邶风·绿衣》篇的睹物思人，再到西晋潘岳的《悼亡》三首，再后来是北宋苏轼《江城子·乙卯正月二十日夜记梦》的“十年生死两茫茫”，直至清初纳兰性德的悼亡词，无不感人至深，但相濡以沫的夫妻生活却每每付之阙如，这不能不使人感到遗憾。所幸中国文学还有被称为“小红楼梦”的《浮生六记》，不同于《红楼梦》对少男少女情窦初开的描摹，《浮生六记》是夫妻情事、个人生活的真实记录，可称为中国文学史上一颗晶莹剔透的珍珠。

《浮生六记》作者沈复，字三白，晚号梅逸，乾隆二十八年（1763）十一月二十二日生于苏州一个普通的幕僚之家，父亲是一位老幕僚，一生入幕，颇有些家长脾气。沈复与妻子陈芸为姑舅表亲，从小姐弟相称，两小无猜，十三岁时便缔结了婚约，十八岁那年两人成婚。燕尔新婚，爱巢新筑，夫妻入则同坐，出则携手，形影不离，如胶似漆。夫妻两人颇具有自由的天性，洒脱随意，即使布衣蔬食的清贫生活也可以过得充满艺术气息。甜蜜的厮守总是短暂，生活的压力迫使沈复不得不出外谋生。沈复先做幕僚，后短期经商，大半生四处奔波，以当幕僚为生，依人作嫁，足迹遍布大江南北，离别与等待成了生活的常态。后来由于误会，夫妻二人被父母赶出家门，寄居于朋友家中，穷困潦倒，又加上妻子病发，问疾买药，入不敷出，隆冬季节，儿女都没有一件暖衣过冬。最后陈芸一病不起，溘然长逝。种种心酸，痛心蚀骨，沈复都做了如实的记录。沈复的一生是乾隆盛世底层文人的真实写照，真可谓“一身坠地来，恨事常八九”（黄仲则语）。

沈复后经友人石韫玉推荐，在嘉庆十三年（1808）随册封琉球国王使团乘船至琉球（今日本冲绳），游踪至于海外，并把琉球见闻写成《中山记历》。回国之后沈复重操旧业，在生命最后的十来年里，沈复一直在走他父亲的老路。这虽与他追求自由的天性相违背，但生活的重轭压迫着他，使其别无他法，《浮生六记》记录了他大半生的悲欢离合，但就是没有记录他的幕僚生涯。沈复寄居萧爽楼时，朋友聚会有“四忌”：谈官宦升迁、公廨时事、八股时文、看牌掷色。试问哪种不是官场中司空见惯之事？沈复对官场的评价只一句“见热闹场中卑鄙之状不堪入目”，语虽短却深寓不屑与厌恶，如此痛恨却又不得不挨耗此种生涯，真让人喟叹。

《浮生六记》取李白《春夜宴桃李园序》中“浮生若梦，为欢几何”为书名，六记依次为《闺房记乐》《闲情记趣》《坎坷记愁》《浪游记快》《中山记历》《养生记道》。《闺房记乐》为本书最精粹的部分，历来为人所艳称，从青梅竹马到燕尔新婚，从小别重逢到同拜天孙，从论文联对到畅游太湖，等等。撷取生活中的种种趣事、小事，用轻灵的笔触塑造了陈芸这样一个“中国文学中最可爱的女人”（林语堂语）。她聪慧好学，心灵手巧，她天真烂漫，古灵精怪，她痴情执着，温柔体贴，她像长大了的林黛玉，会生活，有品位。她有很多奇思妙想，为去游玩女扮男装，这在当时简直是破天荒之举；晚上把碧螺春放置于敛合的荷花花心，翌日取来泡茶，一盏清香，沁人心脾；沈复在芸面前如同长不大的孩子，芸则是沈复无所不谈的闺中密友。夫妻两人于七夕之夜许愿“愿生生世世为夫妻”，共同谱写了一曲爱的宣言。

夫妻生活在一起久了，或许真会有感应，沈复、陈芸哪一个要是有新奇的想法或提议，刚一说出，另一个也已想到，然后一起动手尝试。夫妻两人太像了，爱着彼此，爱着生活，细腻而多感。陈芸不是最美丽的，但绝对是最可爱的。她有悖于封建礼法的举动是对于自由的渴望和独立人格的召唤，这使得陈芸具有了现代女性的部分特点。《闲情记趣》最能体现沈复“耻随人后”“独抒己见”的艺术造诣和高超的鉴赏力。在这里他成了精剪细修的插花高手，盆景园林的鉴赏大师。别出心裁的活花屏，精巧别致的梅花盒以及萧爽楼的雅聚，南园的坐饮，真是把生活过成了艺术，而这一切都是夫唱妇随的合作，每每显示出陈芸的慧心。《坎坷记愁》则一变为凄厉。家庭失和，寄人篱下，加之陈芸又因痴得病，缠绵病榻，为筹药资，沈复风餐露宿，备尝辛酸，真可谓“贫贱夫妻百事哀”！

本记中陈芸临终泣别，期以来世，让人不忍卒读；头七回魂，沈复痴情等待，又让人憾恨心伤。彩云易散琉璃脆，一生的悲辛真是他们生命中不能承受之重。《浪游记快》则是沈复对大半生游历的描绘。沈复嗜好探奇访胜，是一个有“旅游癖”的人，足迹所至东到上海，南至广州，西北到潼关古道，辐射所及近乎大半个中国。沈复文笔轻灵，时作点缀白描，绘景摹境历历如生，让人有身临其境之感，是绝佳的写景文字，无论文字还是识见都可以媲美徐霞客，可谓山水知音。只可惜南奔北走的幕僚生涯是依人作嫁，难以尽兴，山情水态，也只是领略大概。最可惜的是《浮生六记》后两记的佚失，使得美变得残缺，如同断臂的维纳斯，颦眉蹙额，美是一种缺憾，我们也只能作如此慰安。

全书不事雕琢，自然清新，文笔如同行云流水，绘景写物栩栩如生，如晤谈一室，如话家常。沈复用类似“旁见侧出”的笔法，用精确的日期标记，把人生的轨迹串联起来。比如《闺房记乐》中万年桥下待月快酌，只一句“时余寄居友人鲁半舫家萧爽楼中”，轻轻一笔带过，读者在《坎坷记愁》中才得知因为家庭变故，夫妻被赶离家门，只得暂寄友人之所；而见到憨园之前沈复还有广东之行，这是在《浪游记快》中展示出来的，可谓“旁见侧出”的笔法。沈复用这种方式把人生织成了网，而每一记又是对一种生活的集中透视与深情追忆。打个比方，前四记如同四面可以活动的屏风，在时间上穿插相连，主人公在四面场景不同的屏风中穿插游走，悲欢离合、因缘际会，每幅屏风上画着不同风格的图画：有温馨冲淡的闺中谈笑，有工笔细描的盆景园林，有黯淡灰色的人生凄凉，有墨势淋漓的写意山水，等等。《浮生六记》可以说是沈复对似水年华的追忆，他要用文字记录这如梦的浮生。

《浮生六记》在沈复生前未刊刻，身后手稿才流出。据学者陈毓罴先生考证，沈复道光五年（1825）在江苏如皋曾向友人管贻葄出示此书并索题，管氏作《分题沈三白处士〈浮生六记〉》绝句六首，分别针对六记内容撮要概括，管氏所见当为手稿足本，借此可以窥见后两记的部分内容，对《浮生六记》的研究至关重要。此后沈复便不知所踪，卒年卒所均不得而知，《浮生六记》也几乎无迹可寻，仅有一线不绝的传抄。直到光绪初年，苏州文人杨引传在当地书摊上购得此书手稿，上有多人题识，后两记已佚失。杨引传妹婿近代思想家王韬少时曾阅读此书并作跋语，认为该书“笔墨间缠绵哀感，一往情深，于伉俪尤敦笃”。王韬将此跋语稍作改动，寄示给杨引传，后者于光绪三年（1877）交付尊闻阁主人以活字排印，次年由上海申报馆出版，即《独悟庵丛钞》本，至此《浮生六记》才得以重见天日。

光绪三十二年（1906）《雁来红丛报》登载此书，为《浮生六记》第二个版本。进入民国，《浮生六记》版本骤增，1924年俞平伯根据《独悟庵丛钞》本及《雁来红丛报》本校勘，加以新式标点，使此书更为风行，以后多种版本均据此而来。俞平伯序中赞美此书道：“俨如一块纯美的水晶，只见明莹，不见衬露明莹的颜色；只见精微，不见制作精微的痕迹。”

此前《浮生六记》诸版本只以“四记”的形式流传，1935 年为《浮生六记》传播史上非常重要的一年，一是“足本”的出现，一是英文版的译介。1935 年 11 月上海世界书局首次出版了号称“足本”的《浮生六记》，以成完璧。后来据学者考证，后两记实为民国人的伪造。《中山记历》多是抄袭了李鼎元《使琉球记》，《养生记道》则杂取清代张英《聪训斋语》及曾国藩《求阙斋日记》等书，拼凑而成。同年林语堂把《浮生六记》译为英文，民国二十四年（1935）春夏间陆续刊登于英文《天下月刊》及《西风月刊》，使得沈复夫妻走出世界，他们的悲欢离合也牵动着外国读者的心，以致“颇有英国读者徘徊不忍卒读”。林语堂在英译本自序中更是盛赞陈芸是“中国文学及中国历史上一个最可爱的女人”。

《浮生六记》自出版问世以来，广受欢迎，版本繁多，并远播海外，被译为多种文字，但全译全注本并不多见，故笔者不揣浅陋，尝试为之，俾传三白妙笔于万一。此次译注以 1932 年开明书店俞平伯点校本《浮生六记》为底本，参阅当下诸通行本，不足之处，敬请方家指正。

张　鹏

目　录

浮生六记

闺房记乐

开篇沈复便说明此书的成因，作者慨叹浮生若梦，人往事空，忧惧甜蜜的往昔不免幻灭，于是“记之笔墨”，借以流传，并说明《浮生六记》以“闺房记乐”为首，是效仿《诗经》列《关雎》为首篇的先例，由此可见夫妻之情是作者最为珍视的。

本记以“乐”字为中心，深情追忆夫妻生活的点滴，所记之乐有总角相识之乐，新婚燕尔之乐，小别重逢之乐，伴读论文之乐，相敬如宾之乐，窗下玩月之乐，夜游沧浪之乐，卤瓜调笑之乐，趣游水仙庙之乐，畅游太湖之乐，芸、憨相识之乐，等等。但时往境迁，反思追忆，作者不免会有哀乐相循之叹，于文中偶有表露，如“锦囊佳句”伏夭寿之机，月夜异声兆白头不终，特别是憨园的出现为芸的香消玉殒埋下伏笔。

不过本记整体上洋溢着欢乐的氛围，作者以闺房为中心，围绕着“乐”字，展示了自己与芸的伉俪情深，特别是塑造了芸这一颇为“现代”的女性形象。她勤劳持家，安于平淡，知书达理，见解不凡。她不安于礼法的束缚，有对自由的向往。芸是一位灵心慧性的可爱女子，是一位温柔体贴的可人妻子。芸深于情，痴于情，而这竟成了她致病亡故的原因，实在令人扼腕。

余生乾隆癸未[1]冬十一月二十有[2]二日，正值太平盛世，且在衣冠之家，居苏州沧浪亭[3]畔，天之厚我，可谓至矣。东坡云："事如春梦了无痕"，苟不记之笔墨，未免有辜彼苍之厚。因思《关雎》[4]冠三百篇之首，故列夫妇于首卷，余以次递及焉。所愧少年失学，稍识之无[5]，不过记其实情实事而已，若必考订其文法，是责明于垢鉴[6]矣。

注释

1 乾隆癸未：即乾隆二十八年，公元 1763 年。

2 有：通"又"。

3 沧浪亭：现存著名古园林之一，在今江苏苏州城南三元坊附近。五代时为吴越广陵王钱元璙花园，北宋庆历间苏舜钦得之，傍水建亭，引先秦古歌谣"沧浪之水清兮，可以濯我缨；沧浪之水浊兮，可以濯我足"，命名为沧浪亭，并作《沧浪亭记》。

4《关雎》：《诗经》首篇，也是十五国风"周南"首篇，《毛诗序》以为"咏后妃之德"，今人一般看作爱情诗，写男子思慕女子，向往和她结成伴侣。

5 稍识之无：谦辞，稍微识得几个简单的字罢了。语出白居易《与元九书》："仆始生六七月时，乳母抱弄于书屏下，有指'无'字、'之'字示仆者，仆虽口未能言，心已默识。后有问此二字者，虽百十其试，而指之不差。"

6 垢鉴：满是污垢的镜子。

译文

我出生于乾隆二十八年冬天十一月二十二日，正逢太平盛世，又生在书香门第，居住在苏州沧浪亭畔，上天对我的厚爱，可以说达到了极点。苏东坡诗云："事如春梦了无痕"，如果不用文字记录下来，未免辜负苍天的厚爱。因想到《诗经》首列《关雎》，所以把记叙夫妻情事的《闺房记乐》置于首卷，其余按顺序依次述及。只是惭愧少年失学，仅粗通文墨，不过记录实情实事而已，假如一定要考订文章法度，这便无异于向污垢的镜子责求光明了。

余幼聘金沙于氏，八龄而夭。娶陈氏，陈名芸，字淑珍，舅氏心余先生女也。生而颖慧，学语时，口授《琵琶行》，即能成诵。四龄失怙[1]，母金氏，弟克昌，家徒壁立。芸既长，娴女红[2]，三口仰其十指供给，克昌从师，脩脯[3]无缺。一日，于书簏中得《琵琶行》[4]，挨字而认，始识字。刺绣之暇，渐通吟咏，有"秋侵人影瘦，霜染菊花肥"之句。

注释

1 失怙：指丧父。

2 女红：古代女孩所做针织、刺绣之类手工。

3 脩脯：指干肉，旧时代指送给老师的薪金。

4《琵琶行》：白居易诗歌名篇，记叙远谪诗人与天涯歌女的江头偶遇，其中“同是天涯沦落人，相逢何必曾相识”为千古传颂的名句。

译文

我幼年时定亲于金沙于氏女，可惜她不到八岁便夭折了。后来娶陈氏为妻，陈氏名芸，字淑珍，是舅父陈心余先生的女儿。她天生聪慧，咿呀学语时，舅父口授《琵琶行》，立即便能成诵。芸四岁丧父，母亲金氏，弟名克昌，家徒四壁。芸长大成人后，熟稔针织、刺绣，一家三口全都仰仗她一人供给，克昌从师学习，学资从无缺乏。一日，芸从书籍中偶得《琵琶行》，挨字儿去认，这才开始识字。在刺绣之余的闲暇，芸渐渐通晓诗歌吟咏，并写有“秋侵人影瘦，霜染菊花肥”的诗句。

余年十三，随母归宁[1]，两小无嫌，得见所作，虽叹其才思隽秀，窃恐其福泽不深，然心注不能释，告母曰：“若为儿择妇，非淑姊不娶。”母亦爱其柔和，即脱金约指缔姻焉。此乾隆乙未[2]七月十六日也。

是年冬，值其堂姊出阁[3]，余又随母往。芸与余同齿而长余十月，自幼姊弟相呼，故仍呼之曰“淑姊”。时但见满室鲜衣，芸独通体素淡，仅新其鞋而已。见其绣制精巧，询为己作，始知其慧心不仅在笔墨也。其形削肩长项，瘦不露骨，眉弯目秀，顾盼神飞，惟两齿微露，似非佳相。一种缠绵之态，令人之意也消。

注释

1 归宁：指女子回娘家。

2 乾隆乙未：乾隆四十年，公元 1775 年。

3 出阁：指女子出嫁。

译文

我十三岁那年，跟随母亲一起回娘家，因为和芸两小无猜，得以见到她所作的诗句，虽叹赏其才思隽秀，心下却怕她福泽不深，然而我心却属意于她，难以释怀。我告诉母亲说："如果为儿子选择妻子，那么非淑姐不娶。"母亲也爱她温柔和婉，当即退下金戒指缔结了婚约。那是乾隆四十年七月十六日。

这年冬天，适逢她堂姐出嫁，我又随母亲前往。芸和我同龄但大我十个月，从小我们便姐弟相称，所以我仍叫她"淑姐"。当时只见满屋子的人都穿着色彩鲜丽的衣服，只有芸全身素洁，仅仅穿了新鞋而已，鞋子制作精巧，询问后方知是她自己做的，我才知道她聪慧的心灵并不仅仅在于笔墨。芸肩膀瘦削，脖颈修长，瘦不露骨，眉弯目秀，颦笑顾盼之间，神采飞扬，只是两齿微露，似非福相。但那一种缠绵的姿态，却让人不觉魂销。

索观诗稿，有仅一联，或三四句，多未成篇者，询其故，笑曰："无师之作，愿得知己堪师者敲成之耳。"余戏题其签曰"锦囊佳句"[1]。不知夭寿之机此已伏矣。是夜送亲城外，返已漏[2]三下，腹饥索饵，婢妪以枣脯进，余嫌其甜。芸暗牵余袖，随至其室，见藏有暖粥并小菜焉，余欣然举箸。忽闻芸堂兄玉衡呼曰："淑妹速来！"芸急闭门曰："已疲乏，将卧矣。"

玉衡挤身而入，见余将吃粥，乃笑睨芸曰："顷我索粥，汝曰'尽矣'，乃藏此专待汝婿耶！"芸大窘避去，上下哗笑之。余亦负气，挈老仆先归。自吃粥被嘲，再往，芸即避匿，余知其恐贻人笑也。

注释

1 锦囊佳句：唐李贺作诗苦吟，常骑驴挎一破锦囊，偶得佳句，便投囊中，后世以此代指优美的诗句。李贺耽于作诗，苦心孤诣，英年早逝，被称为"诗鬼"。

2 漏：古代计时工具，以滴水指示时间刻度。

译文

我向她索要观赏所作诗稿，有的仅一联，有的只三四句，大多并未成篇，询问她为什么会这样，她笑着说："这些都是没有老师指导的习作，但愿能得到堪做老师的知己推敲润色。"我半开玩笑似的在诗签上题写"锦囊佳句"四字，这是中唐早逝诗人李贺的典故。这在当时虽属戏笔，却不知夭寿之兆已预伏于此。当晚送亲至城外，回来已半夜三更了，我饥肠辘辘，想找寻食物充饥，老婢女递给我枣脯，我嫌太甜。芸暗中牵着我衣袖，我跟随着到她房里，看到竟藏有暖粥和小菜，便高兴地举起筷子，正准备大吃一顿，忽然听到芸的堂兄玉衡喊道："淑妹快来！"芸急忙关门说："我已很疲惫了，要躺下休息。"

玉衡侧身挤门而入，看到我正要喝粥，于是斜视着芸嘲笑道："刚才我要粥，你说'没有了'，原来藏着专为等待你夫婿啊！"芸十分窘迫，红着脸逃开了，上下老少顿时哄堂大笑。我也赌气带着老仆人提前回家了。自从喝粥被嘲笑，以后再去，芸见我便躲避，我也知道她是怕被人嘲笑罢了。

至乾隆庚子[1]正月二十二日花烛之夕，见瘦怯身材，依然如昔。头巾既揭，相视嫣然。合卺[2]后，并肩夜膳，余暗于案下握其腕，暖尖滑腻，胸中不觉怦怦作跳。让之食。适逢斋期，已数年矣。暗计吃斋之初，正余出痘之期，因笑谓曰："今我光鲜无恙，姊可从此开戒否？"芸笑之以目，点之以首。

廿四日为余姊于归[3]，廿三国忌不能作乐，故廿二之夜即为余姊款嫁。芸出堂陪宴，余在洞房与伴娘对酌，拇战辄北，大醉而卧。醒则芸正晓妆未竟也。

注释

1 乾隆庚子：乾隆四十五年，公元 1780 年。

2 合卺（jǐn）：旧时洞房花烛之夜新婚夫妇共饮合欢酒，犹今言喝交杯酒。

3 于归：指女子出嫁。

译文

等到乾隆庚子年正月二十二日洞房花烛之夜，芸依然是瘦削的身材。我揭去她的红头巾，四目相对，嫣然而笑。喝过合卺酒后，我们并肩而坐，一起进餐，我暗中于桌案下轻握她的手腕，感觉她手指尖细，温暖滑腻，我的心不觉怦怦直跳。我让她吃饭，适逢她的斋期，她吃斋已好多年。我心下计算她开始吃斋的时候，正是我出水痘的日子，而现在我的水痘早已好了，便笑着对她说："现今我脸上已光滑鲜亮，安然无恙，淑姐可以从此开戒了吗？"芸眼中含笑，对我点点头。

二十四日我家姐出嫁，二十三日又是国忌，不能奏乐，所以二十二日那晚便为我家姐出嫁大宴宾客。芸在厅堂招待客人，我在洞房里和伴娘对饮，划拳屡屡败北，酩酊醉卧。醒来时芸已在对镜梳妆了。

是日亲朋络绎，上灯后始作乐。廿四子正[1]，余作新舅送嫁，丑末[2]归来，业已灯残人静，悄然入室，伴妪盹于床下，芸卸妆尚未卧，高烧银烛，低垂粉颈，不知观何书而出神若此。因抚其肩曰："姊连日辛苦，何犹孜孜不倦耶?"芸忙回首起立曰："顷正欲卧，开橱得此书，不觉阅之忘倦。《西厢》[3]之名闻之熟矣，今始得见，真不愧才子之名，但未免形容尖薄耳。"余笑曰："唯其才子，笔墨方能尖薄。"

伴妪在旁促卧，令其闭门先去。遂与比肩调笑，恍同密友重逢。戏探其怀，亦怦怦作跳，因俯其耳曰："姊何心春乃尔耶?"芸回眸微笑，便觉一缕情丝摇人魂魄，拥之入帐，不知东方之既白。

注释

1 子正：子夜十二点。

2 丑末：丑时指凌晨一点到三点，丑末指丑时将尽。

3《西厢》：指《西厢记》，元代戏曲家王实甫所作，写张生与崔莺莺的自由恋爱故事。

译文

这天亲朋好友络绎不绝，上灯后才开始奏乐，二十四日子夜，我作为新舅去送嫁，凌晨三点才回来，房内早已灯残人静，悄悄走进房间，陪嫁老仆女已在床下打盹，芸卸掉残妆，却尚未休息，映衬着高照的红烛，粉颈低垂，不知看什么书津津有味，如此出神。我于是走过去抚摸着她的肩说："姐姐连日辛苦，怎么还孜孜不倦呢?"芸连忙回身起立道："正准备休息，从书柜中看到此书，不觉读着忘记了疲倦。《西厢记》我早有耳闻，今天才得以看到，真不愧才子之名，但书中未免有尖酸刻薄之处。"我笑着答道："就因为是才子，笔墨才能尖酸刻薄。"

老仆女催促让休息，我让她关门先走。于是我俩并肩调笑，恍如良友重逢。我戏谑似地把手探入她的胸口，她的心也怦怦直跳，于是俯身向她耳语问："姐姐心跳为何如此快速?"芸回眸一笑，便觉一缕情丝让人心魂摇动，拥之入帐，浑然不知东方已一片鱼肚白。

芸作新妇，初甚缄默，终日无怒容，与之言，微笑而已。事上以敬，处下以和，井井然未尝稍失。每见朝暾[1]上窗，即披衣急起，如有人呼促者然。余笑曰："今非吃粥比矣，何尚畏人嘲耶？"芸曰："曩[2]之藏粥待君，传为话柄，今非畏嘲，恐堂上道新娘懒惰耳。"余虽恋其卧而德其正，因亦随之早起。自此耳鬓相磨，亲同形影，爱恋之情有不可以言语形容者。

而欢娱易过，转睫弥月。时吾父稼夫公在会稽幕府，专役相迓[3]，受业于武林赵省斋先生门下。先生循循善诱，余今日之尚能握管，先生力也。归来完姻时，原订随侍到馆。闻信之余，心甚怅然，恐芸之对人堕泪。而芸反强颜劝勉，代整行装，是晚，但觉神色稍异而已。临行，向余小语曰："无人调护，自去经心！"及登舟解缆，正当桃李争妍之候，而余则恍同林鸟失群，天地异色。到馆后，吾父即渡江东去。

注释

1 朝暾（tūn）：早晨的太阳或阳光。

2 曩：从前，以前。

3 相迓：迎接。

译文

芸做新媳妇，起初沉默寡言，终日毫无不愉快的神色，与她说话，也总是含着笑。她敬事长辈，和悦待下，一切井井有条，毫无闪失。每见曙色着窗，便披衣急起，仿佛有人呼喊催促似的。我嘲笑说："今天并非吃粥时候可比，怎么还怕别人嘲笑呢？"芸答道："当年为你藏粥，传为笑柄，今日并非怕嘲笑，而是恐怕公婆说新娘懒惰而已。"我虽然贪睡，却又认为她说的有道理，因此也随她每天早起。自此耳鬓厮磨，形影不离，爱恋之情是难以全部诉诸笔墨的。

快乐的时光总是易逝，转眼便一月有余。当时我父亲稼夫公在会稽做幕僚，专门遣人来接我，准备让我就学于武林赵省斋先生门下。先生循循善诱，我今天能作文，全得力于先生。当时回家完婚，本来计划返回，随侍于先生左右，到学馆学习。听闻于此，心中怅然若失，恐怕芸在人前落泪。芸却反而强颜劝慰我，并代我整理行囊。当晚也只觉得她神色稍微异于常时而已。临别之时，芸细声对我说："这一别无人照顾，以后要多加小心。"登船放缆之际，正值桃李争妍之时，我恍然如失群之孤鸟，天地也为我改色。到学馆后，父亲便渡江东去了。

居三月，如十年之隔。芸虽时有书来，必两问一答，中多勉励词，余皆浮套语，心殊怏怏。每当风生竹院，月上蕉窗，对景怀人，梦魂颠倒。先生知其情，即致书吾父，出十题而遣余暂归。喜同戍人得赦，登舟后，反觉一刻如年。及抵家，吾母处问安毕，入房，芸起相迎，握手未通片语，而两人魂魄恍恍然化烟成雾，觉耳中惺然一响，不知更有此身矣。

时当六月，内室炎蒸，幸居沧浪亭爱莲居西间壁，板桥内一轩临流，名曰“我取”，取“清斯濯缨，浊斯濯足”[1]意也。檐前老树一株，浓阴覆窗，人面俱绿。隔岸游人往来不绝。此吾父稼夫公垂帘宴客处也。禀命吾母，携芸消夏于此。因暑罢绣，终日伴余课书论古、品月评花而已。芸不善饮，强之可三杯，教以射覆[2]为令。自以为人间之乐，无过于此矣。

注释

1 清斯濯缨，浊斯濯足：上古歌谣，原文为“沧浪之水清兮，可以濯我缨；沧浪之水浊兮，可以濯我足”。

2 射覆：古代一种卜测类游戏，在瓯、盂等器具下覆盖某物件，让人猜测为何物。

译文

在学馆只住了三月，却如十年般漫长，虽然芸不时来信，但也仅是寥寥数语，半是勉励的话，再加上些无关痛痒的客套寒暄，我心里怏怏不乐。每当春风拂过竹院，明月斜映蕉窗，我总会思念芸，如痴如醉，魂梦颠倒。先生知悉了我的苦衷，便去信告知我父亲，并布置了十道文题，让我暂时回家。我如同戍守在外的征人获得赦免般大喜。我便收拾行囊，即刻登舟，扬帆疾驶，反觉一刻如年。终于到家，我先到母亲处问安，之后走进自己房间，芸起身相迎，执手相看，默默无言，只觉我俩魂魄恍恍惚惚化烟成雾，耳中懵然一响，浑然不知自身存在。

当是正值六月，内室燠热，所幸居住在沧浪亭爱莲居西厢，板桥内有一轩亭临水，名叫“我取”，取意于“清斯濯缨，浊斯濯足”。屋檐前有一株老树，蓊郁扶疏，浓阴覆盖着窗户，甚至会映绿人脸。对岸游人往来不绝。这本是我父亲宴请宾客的地方。禀告母亲后，我便携芸来此消夏。因暑热芸也搁置了刺绣，每天伴我读书论古，品月评花。芸不胜酒力，最多能饮三杯，我便教她以“射覆”行酒令。窃以为人世间的快乐，又有什么能胜过此呢。

一日，芸问曰："各种古文，宗何为是？"余曰："《国策》[1]《南华》[2]取其灵快，匡衡[3]刘向[4]取其雅健，史迁[5]、班固[6]取其博大，昌黎[7]取其浑，柳州[8]取其峭，庐陵[9]取其宕，三苏[10]取其辩，他若贾[11]、董[12]策对，庾、徐[13]骈体，陆贽[14]奏议，取资者不能尽举，在人之慧心领会耳。"芸曰："古文全在识高气雄，女子学之恐难入彀[15]，唯诗之一道，妾稍有领悟耳。"

余曰："唐以诗取士，而诗之宗匠必推李、杜[16]，卿爱宗何人？"芸发议曰："杜诗锤炼精纯，李诗激洒落拓，与其学杜之森严，不如学李之活泼。"余曰："工部为诗家之大成，学者多宗之，卿独取李，何也？"芸曰："格律谨严，词旨老当，诚杜所独擅。但李诗宛如姑射仙子[17]，有一种落花流水之趣，令人可爱。非杜亚于李，不过妾之私心宗杜心浅，爱李心深。"余笑曰："初不料陈淑珍乃李青莲知己。"芸笑曰："妾尚有启蒙师白乐天[18]先生，时感于怀，未尝稍释。"

余曰："何谓也？"芸曰："彼非作《琵琶行》者耶？"余笑曰："异哉！李太白是知己，白乐天是启蒙师，余适字三白，为卿婿，卿与'白'字何其有缘耶？"芸笑曰："白字有缘，将来恐白字连篇耳（吴音呼别字为白字）。"相与大笑。余曰："卿既知诗，亦当知赋之弃取。"芸曰："《楚辞》为赋之祖，妾学浅费解。就汉、晋人中调高语炼，似觉相如[19]为最。"余戏曰："当日文君之从长卿，或不在琴而在此乎？"复相与大笑而罢。

注释

1《国策》：指《战国策》，由西汉刘向编订，主要记述战国谋士纵横捭阖的言行策略。

2《南华》：指《庄子》，《庄子》被道教尊奉为《南华真经》。

3 匡衡：西汉经学家，少年家贫，凿壁借光苦读，终成一代学者。

4 刘向：西汉经学家、目录学家，曾整理编校《战国策》。

5 史迁：即西汉杰出史学家司马迁，著有纪传体通史《史记》。

6 班固：东汉著名史学家，著有断代体史著《汉书》。

7 昌黎：韩愈，字退之，自称"郡望昌黎"，故世称"韩昌黎"，唐宋八大家之首。

8 柳州：柳宗元，字子厚，河东人，唐宋八大家之一，世称"柳河东"。因官终柳州刺史，又称"柳柳州"。

9 庐陵：欧阳修，字永叔，号醉翁、六一居士，北宋政治家、文学家，吉州永丰人。因吉州原属庐陵郡，故以"庐陵欧阳修"自居。谥号文忠，世称欧阳文忠公。

10 三苏：指苏洵、苏轼、苏辙三苏父子，均位列唐宋八大家，为北宋著名文学家、政治家。

11 贾：指西汉初年杰出政论家贾谊，著有《过秦论》《论积贮疏》《陈政事疏》等。

12 董：指西汉武帝时的董仲舒，他在《举贤良对策》中系统地提出了“天人感应”学说和“罢黜百家，表彰六经”的主张，受到汉武帝的赏识和重用。

13 庾、徐：庾，指庾信，字子山，南北朝时期文学家。与徐陵一起任萧纲的东宫学士，二人齐名，并称“徐庾”。在北朝，官至开府仪同三司，故世称庾开府，代表作有《枯树赋》《哀江南赋》等。徐，指徐陵，字孝穆，南朝梁陈间文学家，编有诗集《玉台新咏》。

14 陆贽：唐代政治家、文学家，工诗文，尤长于政论。所作奏议，多用排偶，条理精密，文笔流畅。

15 入彀（gòu）：彀，指张满弓，入彀本指进入射程范围之内，后引申为被牢笼，本文指达到一定标准。

16 李、杜：指唐代大诗人李白、杜甫。李白字太白，号青莲；杜甫曾任工部员外郎，世称杜工部。

17 姑射仙子：语出《庄子·逍遥游》：“藐姑射之山，有神人居焉，肌肤若冰雪，淖约若处子。”后代诗文中以“姑射”为神仙或美人代称。

18 白乐天：白居易字乐天，号香山居士，代表作有《长恨歌》《琵琶行》等。

19 相如：指西汉辞赋家司马相如，曾弹琴而感卓文君。

译文

一天，芸问：“各种古文，应取法哪家？”我回答说：“《战国策》《庄子》取其轻灵明快，匡衡、刘向取其雄深雅健，司马迁、班固取其浩博广大，韩愈取其雄浑，柳宗元取其峭拔，欧阳修取其疏宕，苏洵、苏轼、苏辙取其宏辩，其他像贾谊、董仲舒策对，庾信、徐陵骈文，陆贽奏议之类，取资借鉴处不能一一列举，而在于人的慧心领会。”芸说：“古文全在于识见高拔，气势雄浑，女子学习恐怕难以入门，只有诗歌，我稍微有些领悟。”

我问道：“唐以诗歌取士，而诗歌的宗匠必推李白、杜甫。你取法哪位诗人？”芸发议论道：“杜诗锤炼精纯，李诗潇洒落拓。与其学杜甫诗歌的森密严整，不如学李白诗歌的潇洒活泼。”我说：“杜甫为古今诗人集大成者，学者多所取法，你却独独取法李白，这是为什么呢？”芸回答道：“诗歌格律谨严，词旨老当，诚然为杜甫所专擅；但是李白的诗歌飘飘然宛如姑射仙子，有一种落花流水的天然情趣，让人感到可爱。并非杜甫不如李白，不过是我私心取杜心浅，爱李心深而已。”我笑道：“没想到陈淑珍竟然是李太白的知己啊！”芸也笑答："我尚有启蒙老师白乐天先生，时时感触于心，未尝忘怀。"

我疑惑地问道："此话怎讲?"芸说："他不是《琵琶行》的作者吗?"我笑着说："真是奇了！李白是知己，白居易是启蒙老师，而我字三白，正巧为你夫婿，你怎么这么和'白'字有缘啊?"芸笑着说："与'白'字有缘，将来恐怕白字连篇了（吴语中别字与白字同音）。"说罢，我们一起大笑起来。我又说道："你既然懂诗，那也应该知道赋的取舍吧。"芸回答说：《楚辞》为赋之祖，我才疏学浅，对此一知半解。而汉、晋诸家中格调高迈、用语精炼者，似乎当属司马相如为最上乘。"我戏言道："当日卓文君私奔相如，或不在琴挑而在于文心吧?"我们又一起大笑起来。

余性爽直，落拓不羁；芸若腐儒，迂拘[1]多礼。偶为披衣整袖，必连声道"得罪"；或递巾授扇，必起身来接。余始厌之，曰："卿欲以礼缚我耶？语曰：'礼多必诈。'[2]"芸两颊发赤，曰："恭而有礼，何反言诈?"余曰："恭敬在心，不在虚文。"芸曰："至亲莫如父母，可内敬在心而外肆狂放耶?"余曰："前言戏之耳。"芸曰："世间反目多由戏起，后勿冤妾，令人郁死！"余乃挽之入怀，抚慰之，始解颜为笑。自此"岂敢""得罪"竟成语助词矣。

注释

1 迂拘：行为迂腐拘束。

2 礼多必诈：指过于礼貌客气，就显得虚伪不真实了。

译文

我性格豪爽耿直，落拓不羁；芸却如同腐儒，拘束多礼。偶尔为我披上衣服、整理衣袖，一定连声说："得罪！得罪！"或是递给她毛巾扇子，又一定起身来接。开始我讨厌她这样，并对她说："你是要用礼仪来束缚我吗?俗话说：'礼多必诈。'"芸羞赧得两颊发红，说道："恭敬而有礼，为什么反说是欺诈?"我答道："恭敬在于内心，不在客套虚文。"芸又说："至亲莫如父母，可以内心恭敬而外面肆意狂放无礼吗?"我说道："刚才只是跟你开玩笑。"芸说："世上多少反目成仇的事都是起因于玩笑，以后再也不要冤枉我了，这会让我郁闷死的！"我便拉着她的手，把她揽入怀中，好言劝慰，这才又微笑。从此，"岂敢""得罪"竟成了我俩的口头语。

鸿案相庄[1]廿有三年，年愈久而情愈密。家庭之内，或暗室相逢，窄途邂逅，必握手问曰："何处去？"私心忒忒，如恐旁人见之者。实则同行并坐，初犹避人，久则不以为意。芸或与人坐谈，见余至，必起立偏挪其身，余就而并焉。彼此皆不觉其所以然者，始以为惭，继成不期然而然。独怪老年夫妇相视如仇者，不知何意？或曰："非如是，焉得白头偕老哉？"斯言诚然欤？

注释

1 鸿案相庄：典出《后汉书·梁鸿传》，东汉梁鸿每次回家，妻子孟光为梁鸿送饭，把托盘举得跟眉毛平齐。后形容夫妻相敬如宾。

译文

就这样我俩相濡以沫二十三年，日子越久感情越亲密。房间院落，或是暗室相逢，窄径邂逅，我俩一定握手相问："你要去哪里？"但我们刚开始还内心忐忑，恐怕被别人看到。实际上我们同行并坐，起初犹且避人，日子久了便不以为意了。芸有时与人坐谈，看到我来了，一定会起身偏挪身子，我便和她坐在一起，我们都没觉察到为什么会这样，起初还觉得不好意思，渐渐地就成了一种默契，自然而然了。单单奇怪那些老年夫妇如同仇人相见一般，真不知为何会这样？有人说："如果不是这样，怎能白头偕老呢！"这话真的对吗？

是年七夕，芸设香烛瓜果，同拜天孙[1]于"我取轩"中。余镌"愿生生世世为夫妇"图章二方，余执朱文[2]，芸执白文[3]，以为往来书信之用。是夜月色颇佳，俯视河中，波光如练，轻罗小扇，并坐水窗，仰见飞云过天，变态万状。芸曰："宇宙之大，同此一月，不知今日世间，亦有如我两人之情兴否？"余曰："纳凉玩月，到处有之。若品论云霞，或求之幽闺绣闼，慧心默证者固亦不少。若夫妇同观，所品论者恐不在此云霞耳。"未几，烛烬月沉，撤果归卧。

注释

1 天孙：指织女星，织女被认为是天帝之孙。

2 朱文：指印章字样，白底红字。

3 白文：红底白字。

译文

这年七夕，芸摆设香烛瓜果，和我一同在“我取轩”中拜织女星。我刻了两枚印章，上镌“愿生生世世为夫妇”八字，我执阳文印，芸拿阴文印，以为往来书信之用。当晚，月色皎洁，俯视河中，波光如练，轻摇小扇，并肩坐在窗口，仰观流云浮逝，千姿百态。芸说：“宇宙之大，同此一月，不知道此时此刻，可有像我俩如此情致的？”我说：“纳凉赏月，无处无之。但若就赏玩云霞，闺阁中灵心慧性者亦复不少，但像我俩同赏明月云霞，所品论的，恐怕不只在于此吧。”不一会儿，蜡烛燃尽，明月西沉，撤下瓜果，我们便去歇息了。

七月望[1]，俗谓鬼节，芸备小酌，拟邀月畅饮。夜忽阴云如晦，芸愀然曰：“妾能与君白头偕老，月轮当出。”余亦索然。但见隔岸萤光，明灭万点，梳织于柳堤蓼渚间。余与芸联句以遣闷怀，而两韵之后，逾联逾纵，想入非夷，随口乱道。芸已漱涎涕泪，笑倒余怀，不能成声矣。

觉其鬓边茉莉浓香扑鼻，因拍其背，以他词解之曰：“想古人以茉莉形色如珠，故供助妆压鬓，不知此花必沾油头粉面之气，其香更可爱，所供佛手[2]当退三舍矣。”芸乃止笑曰：“佛手乃香中君子，只在有意无意间；茉莉是香中小人，故须借人之势，其香也如胁肩谄笑。”余曰：“卿何远君子而近小人？”芸曰：“我笑君子爱小人耳。”

注释

1 望：农历每月十五。

2 佛手：芸香科植物，果实在成熟时心皮分离，形成细长弯曲的果瓣，状如手指，故名佛手。

译文

七月十五，俗呼为“鬼节”，芸备下酒菜，准备对月畅饮，夜晚忽然阴云密布。芸愀然不乐道：“我如能与你白头偕老，明月便会出现。”没有月亮我也感到索然寡味。远望对岸萤火百千点，明灭闪烁，在柳堤蓼渚中间往来穿梭。于是我和芸一起联句作诗来遣闷，两韵过后，逾联逾纵，想入非非，随口乱道。此时芸笑得前仰后合，眼角都笑出了泪，咯咯咯地语不成声，最后笑倒在我怀里。

我感觉她鬓角边一股茉莉浓香扑鼻而来，于是轻拍她的背解笑说："古人因为茉莉花的形状像珍珠，才簪在头上来作装饰，没想到此花一定要沾染上油头粉面之气，它的香味才会更可爱，而供奉的佛手香要避之唯恐不及了。"芸止住笑说："佛手是香中的君子，其香不自知，无意为之；茉莉是香中的小人，所以要借去他人的气势，它的香味也似小人的耸肩谄笑。"我顺势说："那你为什么远离君子而亲近小人呢？"芸说："我是笑君子腻爱小人啊！"

正话间，漏已三滴，渐见风扫云开，一轮涌出，乃大喜，倚窗对酌。酒未三杯，忽闻桥下哄然一声，如有人堕。就窗细瞩[1]，波明如镜，不见一物，惟闻河滩有只鸭急奔声。余知沧浪亭畔素有溺鬼，恐芸胆怯，未敢即言，芸曰："噫！此声也，胡为乎来哉？"不禁毛骨皆栗。急闭窗，携酒归房，一灯如豆，罗帐低垂，弓影杯蛇[2]，惊神未定。剔灯入帐，芸已寒热大作。余亦继之，困顿两旬。真所谓乐极灾生，亦是白头不终之兆。

注释

1 细瞩：仔细看。

2 弓影杯蛇：即杯弓蛇影，比喻疑神疑鬼，自相惊扰。

译文

言谈间，已到三更了，渐渐地风吹云散，明月涌出，我们相望大喜。靠着窗子，推杯换盏，未及三杯，突然听到桥下轰然一响，好像有人坠河。就着窗子仔细观察，波平如镜，没有任何异样，只听到河滩上有只鸭子嘎嘎嘎地急急游走。我知道沧浪亭畔一直就有溺水而亡的鬼魂，担心芸害怕，就没敢说。芸说："噫，这声音从哪地方传来的？"不禁毛骨悚然，赶紧关上窗户，拿起酒回到房间。灯火如豆，罗帐低垂，犹如杯弓蛇影，令人惊魂不定。挑亮灯入帐，芸已经发了寒热病，接着我也生病了，就这样持续了二十多天。真可谓是乐极生悲，也是我们不能白头偕老的征兆。

中秋日，余病初愈。以芸半年新妇，未尝一至间壁之沧浪亭，先令老仆约守者勿放闲人。于将晚时，偕芸及余幼妹，一妪一婢扶焉，老仆前导，过石桥，

进门折东，曲径而入。叠石成山，林木葱翠。亭在土山之巅，循级至亭心，周望极目可数里，炊烟四起，晚霞灿然。隔岸名“近山林”，为大宪行台[1]宴集之地，时正谊书院犹未启也。携一毯设亭中，席地环坐，守者烹茶以进。

少焉，一轮明月已上林梢，渐觉风生袖底，月到波心，俗虑尘怀，爽然顿释。芸曰：“今日之游乐矣！若驾一叶扁舟，往来亭下，不更快哉？”时已上灯，忆及七月十五夜之惊，相扶下亭而归。吴俗，妇女是晚不拘大家小户皆出，结队而游，名曰“走月亮”。沧浪亭幽雅清旷，反无一人至者。

注释

1 大宪行台：此处泛指各级官员。

译文

中秋之日，我大病初愈。因为芸和我成亲已经有半年了，还未曾一起去过隔壁的沧浪亭，就令一个老仆人去和看守的人说好，当日不要放其他人进去。到傍晚时分，我便带着芸还有自家小妹，以及一个老仆人还有一个奴婢一同前往。老仆人在前引路，过了石桥，进入大门，往东沿曲径而入。层层叠叠的石头就如山一样，树木葱翠。沧浪亭在山巅，我们沿着台阶走到亭子中央，往四周远望可看到数里之外，炊烟袅袅，晚霞灿烂。隔岸是“近山林”，是长官们宴会的地方。当时正谊书院还没有开办。我们拿一张毯子铺在亭子里，席地围坐，看守亭子的人煮了茶拿进来。

过了一会儿，一轮明月挂上林梢，渐渐觉得风生袖底，月亮映在波心，萦绕在心头的俗尘琐事，顿时释然开朗。芸说：“今日游玩真高兴啊！如果能驾一叶扁舟，来往沧浪亭下，不是更快乐的事情吗？”当时已经是上灯时节，回忆起七月十五日受惊吓那晚，便相互扶持着走下亭子回家了。吴地的风俗，当天晚上不论是大家还是小户，妇女们都要结对出游，名为“走月亮”。沧浪亭幽雅清旷，反而没有一个人去那里。

吾父稼夫公喜认义子，以故余异姓弟兄有二十六人。吾母亦有义女九人，九人中王二姑、俞六姑与芸最和好。王痴憨善饮，俞豪爽善谈。每集，必逐余居外，而得三女同榻，此俞六姑一人计也。余笑曰：“俟妹于归后，我当邀妹丈来，一住必十日。”俞曰：“我亦来此，与嫂同榻，不大妙耶？”芸与王微笑而已。

时为吾弟启堂娶妇，迁居饮马桥之仓米巷，屋虽宏畅，非复沧浪亭之幽雅矣。吾母诞辰演剧，芸初以为奇观。吾父素无忌讳，点演《惨别》等剧，老伶刻画，见者情动。余窥帘，见芸忽起去，良久不出，入内探之，俞与王亦继至。见芸一人支颐[1]独坐镜奁[2]之侧，余曰："何不快乃尔？"芸曰："观剧原以陶情，今日之戏徒令人断肠耳。"俞与王皆笑之。余曰："此深于情者也。"俞曰："嫂将竟日独坐于此耶？"芸曰："俟有可观者再往耳。"王闻言先出，请吾母点《刺梁》《后索》等剧，劝芸出观，始称快。

注释

1 支颐：托着下巴。

2 镜奁（lián）：梳妆打扮用的镜匣。

译文

我父亲稼夫公喜欢认义子，因此我的异姓兄弟有二十六人之多。我的母亲也有义女九人。在这九人中，王二姑、俞六姑和芸最要好。王二姑憨厚老实，极能饮酒，俞六姑豪爽健谈。每次她们聚在一起，一定把我赶出房间，然后她们三个一起同床卧谈，这是俞六姑一人的主意。我笑着说："等妹妹嫁人后，我会邀请妹夫前来，一定留住他十天。"俞六姑说："我也来这里，和嫂子同床，这不是更妙吗？"芸和王二姑都笑了起来。

当时为了我弟弟启堂娶媳妇，我们迁居到饮马桥的仓米巷。房屋虽然宏伟宽敞，却不如沧浪亭的幽雅。我母亲过生日，请人来演戏助兴，芸起初很感兴趣。我父亲向来无所忌讳，点演了《惨别》等剧，那些老伶表演得栩栩如生，我们深受感动。我从帘幕中偷看到芸突然起身离开，很久都没出来，便走进房间看看情况。俞六姑和王二姑也跟着进来了。只见芸一手托着下巴独自坐在梳妆镜旁，我说："为什么不高兴呢？"芸回答说："观剧本是用来怡情的，今天的戏剧只是令人伤心断肠罢了。"俞六姑和王二姑都笑她。我说："这就是重感情的人啊！"俞六姑接着问："难道嫂嫂今日一整天都要独自坐在这儿吗？"芸说："等有我想看的再去看吧。"王二姑听闻先出去了，请我母亲点了《刺梁》《后索》等剧，劝说芸出来观看，芸才高兴起来。

余堂伯父素存公早亡，无后，吾父以余嗣[1]焉。墓在西跨塘福寿山祖茔之

侧，每年春日，必挈芸拜扫。王二姑闻其地有戈园之胜，请同往。芸见地下小乱石有苔纹，斑驳可观，指示余曰："以此叠盆山，较宣州白石为古致。"余曰："若此者恐难多得。"王曰："嫂果爱此，我为拾之。"

即向守坟者借麻袋一，鹤步而拾之，每得一块，余曰"善"，即收之；余曰"否"，即去之。未几，粉汗盈盈，拽袋返曰："再拾则力不胜矣。"芸且拣且言曰："我闻山果收获，必借猴力，果然。"王愤撮十指作哈痒状，余横阻之，责芸曰："人劳汝逸，犹作此语，无怪妹之动愤也。"

归途游戈园，稚绿娇红，争妍竞媚。王素憨，逢花必折，芸叱曰："既无瓶养，又不簪戴，多折何为？"王曰："不知痛痒者，何害？"余笑曰："将来罚嫁麻面多须郎，为花泄忿。"王怒余以目，掷花于地，以莲钩[2]拨入池中，曰："何欺侮我之甚也！"芸笑解之而罢。

注释

1 嗣：过继为子嗣。

2 莲钩：指女子的小脚。

译文

我的堂伯父素存公去世得早，没有子嗣，我的父亲便把我过继给他家。他的墓地在西跨塘福寿山祖坟旁边，每年清明节我都会带着芸前去祭拜扫墓。王二姑听闻那里有戈园那样的胜景，请求一同前往。芸见地上的小乱石有苔藓样的纹路，斑驳可观，便指着对我说："用这些做盆景，要比宣州白石更为古雅别致。"我说："像这样的石头恐怕不多。"王二姑说："嫂嫂如果真的喜欢这样的石头，我愿意帮你捡。"

于是便向守坟的人借了一个麻袋，弯着腰捡石头。每捡到一块时，我说"好"，那么就留下；我说"不要"时，那么就丢弃。过了一会儿，她就热得粉汗淋漓，拖着袋子返回来说："再接着捡，我就要拖不动了。"芸边捡边说："我听说收获山果的时候，必借助猴子的力量，果然如此啊！"王二姑听了，生气似的撮着十指佯装要胳肢芸，我忙阻止她，对芸说："人家辛苦劳累，你享受安逸，还说这样的风凉话，难怪妹妹会生气。"

我们在回来的路上游览了戈园，园子里翠绿娇红，百花争艳。王二姑向来憨厚直爽，见到花就攀折。芸斥责她说："你既没有瓶子来养，又不戴在头上，为什么还摘这么多花呢？”王二姑回答说：“这些花又不知痛痒，摘了怕什么？”我笑着对她说：“将来罚你嫁给麻面大胡须的郎君，替这些花泄愤。”王二姑听了怒目而视，把花扔在地上，用金莲小脚拨入水池里，说：“为什么这么欺负我！”芸笑着宽解她，她才作罢。

芸初缄默，喜听余议论。余调其言，如蟋蟀之用纤草，渐能发议。其每日饭必用茶泡，喜食芥卤乳腐，吴俗呼为臭乳腐，又喜食虾卤瓜。此二物余生平所最恶者，因戏之曰：“狗无胃而食粪，以其不知臭秽；蜣螂团粪而化蝉，以其欲修高举也。卿其狗耶？蝉耶？”芸曰：“腐取其价廉而可粥可饭，幼时食惯，今至君家，已如蜣螂化蝉，犹喜食之者，不忘本也。至卤瓜之味，到此初尝耳。”

余曰：“然则我家系狗窦[1]耶？”芸窘而强解曰：“夫粪，人家皆有之，要在食与不食之别耳。然君喜食蒜，妾亦强啖之。腐不敢强，瓜可掩鼻略尝，入咽当知其美，此犹无盐[2]貌丑而德美也。”余笑曰：“卿陷我作狗耶？”芸曰：“妾作狗久矣，屈君试尝之。”以箸强塞余口。余掩鼻咀嚼之，似觉脆美，开鼻再嚼，竟成异味，从此亦喜食。芸以麻油加白糖少许拌卤腐，亦鲜美。以卤瓜捣烂拌卤腐，名之曰双鲜酱，有异味。余曰：“始恶而终好之，理之不可解也。”芸曰：“情之所钟，虽丑不嫌。”

注释

1 狗窦：狗洞。

2 无盐：战国时齐国无盐邑有女名钟离春，貌极丑，然有美德。曾自谒齐宣王，被纳为后。

译文

芸起初沉默寡言，喜欢听我议论。我调拨她，就像用纤草逗弄蟋蟀，她渐渐也能议论。芸每日吃饭一定用茶泡，喜欢吃芥卤豆腐，吴地俗称“臭豆腐”，又喜欢吃虾卤瓜。这两种东西是我生平最厌恶的，因此，戏称道：“狗没有胃而吃粪，因为它不知道臭味；屎壳郎滚粪球而变成蝉，因为它想上升高飞。那你是狗呢？还是蝉呢？”芸答道：“豆腐乳因其价格低廉，并且可以下粥拌饭，小时候吃习惯了。嫁入你家，便如同屎壳郎变蝉，仍爱吃腐乳，是不忘初心。至于卤瓜的味道，是到这里后才初次尝试的。”

我说："难道我家是狗洞吗？"芸稍显窘迫进而辩解道："粪便，家家都有，区别在于吃还是不吃。你喜欢吃蒜，我也跟着勉强下咽。腐乳不敢强迫你，卤瓜可以捂着鼻子略作品尝，入口方知鲜美无比。这如同无盐外貌丑陋却品德高尚。"我笑着接口道："你这是设圈套让我做狗吗？"芸回答说："我做狗好长时间了，委屈你也尝试一下吧。"说罢，用筷子夹起一块卤瓜，强塞进我嘴里。我赶忙捂着鼻子试着咀嚼，似乎觉得一丝清脆鲜美，把手放下，继续再嚼，竟感到一股奇异的鲜味，从此我也爱上吃卤瓜了。芸用麻油加上少许白糖，和腐乳拌在一起，味道也很鲜美。捣碎的卤瓜拌上腐乳，取名"双鲜酱"，也异乎寻常地鲜美。我对芸说："起初厌恶，后来喜爱，真是不可理喻。"芸答道："深情所钟，即使丑也并不嫌弃。"

余启堂弟妇，王虚舟先生孙女也。催妆[1]时偶缺珠花。芸出其纳采[2]所受者呈吾母。婢妪旁惜之。芸曰："凡为妇人，已属纯阴，珠乃纯阴之精，用为首饰，阳气全克矣，何贵焉？"而于破书残画反极珍惜。书之残缺不全者，必搜集分门，汇订成帙，统名之曰"断简残编"；字画之破损者，必觅故纸粘补成幅，有破缺处，倩[3]予全好而卷之，名曰"弃余集赏"。于女红中馈[4]之暇，终日琐琐，不惮烦倦。芸于破笥[5]烂卷中，偶获片纸可观者，如得异宝。旧邻冯妪每收乱卷卖之。

注释

1 催妆：古代婚姻礼俗之一，女方出嫁须得男方多次催促，才梳妆启行。

2 纳采：古婚礼六礼之一。男方向女方所送求婚礼物。

3 倩：请。

4 中馈：指古代女子家中供膳诸事。

5 笥（sì）：盛衣物或饭食的竹制容器。

译文

我的启堂弟媳，是王虚舟先生的孙女。下催妆礼时正巧缺少珠花，芸拿出纳采所得的珠花禀呈给我母亲。丫环仆女在一旁为之可惜。芸却说："妇女本属于纯阴之体，珍珠是纯阴之气的精华凝结而成，用作首饰，阳气会全被克尽的，有什么可宝贵的？"但她却对于破书残画极其珍惜。凡是残破不全的书必定为之分门别类，汇订成册，统一命名为“断简残编”；破损的字画也多方寻觅原纸来粘补成幅，破损残缺的地方一定让我补全卷藏，并取名叫“弃余集赏”。于针织烹饪，家务闲杂的余暇，每天忙忙碌碌，不怕麻烦疲倦。芸在破筐烂卷中，要是偶然寻获到可资赏鉴的只言片纸，定会如获至宝，高兴得手舞足蹈。邻居冯老太知道芸的癖好，每每收集丛书乱卷卖给她。

其癖好与余同，且能察眼意，懂眉语，一举一动，示之以色，无不头头是道。余尝曰：“惜卿雌而伏，苟能化女为男，相与访名山，搜胜迹，遨游天下，不亦快哉！”芸曰：“此何难？俟妾鬓斑[1]之后，虽不能远游五岳，而近地之虎阜、灵岩，南至西湖，北至平山，尽可偕游。”

余曰：“恐卿鬓斑之日，步履已艰。”芸曰：“今世不能，期以来世。”余曰：“来世卿当作男，我为女子相从。”芸曰：“必得不昧今生，方觉有情趣。”余笑曰：“幼时一粥犹谈不了，若来世不昧今生，合卺之夕，细谈隔世，更无合眼时矣。”芸曰：“世传月下老人专司人间婚姻事，今生夫妇已承牵合，来世姻缘亦须仰借神力，盍[2]绘一像祀之？”

注释

1 鬓斑：鬓角斑白，指上了岁数。

2 盍（hé）：何不。

译文

她的癖好和我相同，且能察言观色，一举一动，给她眼色，无不配合得头头是道。我曾对她说：“可惜你是妇人家，如果能化作男儿身，一起相携寻访名山，搜求胜迹，遨游天下，那真是极快乐！”芸说：“这有何难，等我白头之后，虽然不能远游五岳，但附近的虎丘、灵岩，南边的西湖，北边的平山，都可同游。”

我笑道：“恐怕等你头白了，也不能走远了。”芸回答道：“今生不能，希望来世可以。”我说：“来世你当男子，我做女子相从。”芸又道：“那一定要不忘却今生，才有情趣。”我笑着道：“小时候一碗粥尚且有谈不完的话题，假如来世真的不忘今生，恐怕洞房花烛夜，细谈前尘往事，更无合眼休息的时间了。”芸说：“相传月老专管人世间的婚姻，今生与你做夫妻已多承他的牵合，来世因缘也须仰借他的神力，何不绘一幅月老的画像来祭祀呢？”

时有苕溪戚柳堤，名遵，善写人物。倩绘一像：一手挽红丝，一手携杖悬姻缘簿，童颜鹤发，奔驰于非烟非雾中。此戚君得意笔也。友人石琢堂为题赞语于首，悬之内室。每逢朔[1]望，余夫妇必焚香拜祷。后因家庭多故，此画竟失所在，不知落在谁家矣。“他生未卜此生休”，两人痴情，果邀神鉴耶？

注释

1 朔：农历每月初一。

译文

当时苕溪有一位戚柳堤先生，名叫戚遵，擅长人物写生。请他绘一幅月老像：画中月老一手挽着红丝，一手拄杖，手杖上悬挂着姻缘簿，鹤发童颜，凭虚奔驰。这真是戚君的得意之作。友人石琢堂在卷首题了赞语，悬挂于内室。每逢初一、十五，我们夫妻两人一定会焚香跪拜祷告。后来因为家庭变故，这幅画找不到了，不知最终流落谁家。“他生未卜此生休”，两人的痴情，果真能感动上苍吗？

迁仓米巷，余颜其卧楼曰“宾香阁”，盖以芸名而取如宾意也。院窄墙高，一无可取。后有厢楼，通藏书处，开窗对陆氏废园，但有荒凉之象。

沧浪风景，时切芸怀。有老妪居金母桥之东、埂巷之北。绕屋皆菜圃，编篱为门，门外有池约亩许，花光树影，错杂篱边，其地即元末张士诚[1]王府废基也。屋西数武[2]，瓦砾堆成土山，登其巅，可远眺，地旷人稀，颇饶野趣。妪偶言及，芸神往不置，谓余曰：“自别沧浪，梦魂常绕，今不得已而思其次，其老妪之居乎？”

余曰：“连朝秋暑灼人，正思得一清凉地以消长昼，卿若愿往，我先观其家可居，即襆被[3]而往，作一月盘桓何如？芸曰：“恐堂上不许。”余曰：“我自请之。”越日至其地，屋仅二间，前后隔而为四，纸窗竹榻，颇有幽趣。老妪知余意，欣然出其卧室为赁，四壁糊以白纸，顿觉改观。

注释

1 张士诚：元末农民军起义领袖，后败于朱元璋，自缢死。

2 武：半步为武，泛指很短的距离。

3 襆（fú）被：用包袱裹束衣被，指整理好行李。

译文

迁到仓米巷后，我为卧楼题字“宾香阁”，是以芸的名字取为“如宾”的意思。院窄墙高，毫无可取之处。后面有厢楼，通往藏书的地方，窗户正对着陆氏废弃的园子，但只有一片荒凉景象。

沧浪亭的风景，时常令芸缅想。有个老婆婆住在金母桥以东、埂巷以北，环绕屋子都是菜园，用篱笆做成门。门外约一亩多的池塘，花光树影，交错在篱笆旁边，这个地方是元末张士诚王府废弃的旧基地。往屋子西面不远处，瓦砾堆成土山，登上土山顶可远眺，地广人稀，颇有野趣。老婆婆偶然提及此事，芸非常向往，对我说：“自从离开沧浪亭，我一直魂牵梦萦，如今去不了沧浪亭，便退而求其次，要不去老婆婆那儿吧？”

我回答说：“连日来，秋天的暑气灼人，正想寻一清凉的地方来消暑呢，你如果想去的话，我先看看她家是否适合居住，然后收拾行李前往，在那里住上一个月，如何？”芸说：“恐怕婆婆不允许吧。”我宽慰她：“我亲自去请求。”过了几日，到她家，房屋仅两间，前后隔开为四间，纸窗竹榻，很是幽雅别致。老婆婆知道我们的意思，很高兴让出屋子让我们租赁，四周墙壁用白纸糊起来，顿觉改观不少。

于是禀知吾母，挈[1]芸居焉。邻仅老夫妇二人，灌园为业。知余夫妇避暑于此，先来通殷勤，并钓池鱼、摘园蔬为馈。偿其价，不受，芸作鞋报之，始谢而受。

时方七月，绿树阴浓，水面风来，蝉鸣聒耳。邻老又为制鱼竿，与芸垂钓于柳阴深处。日落时，登土山观晚霞夕照，随意联吟，有“兽云吞落日，弓月弹流星”之句。少焉，月印池中，虫声四起，设竹榻于篱下，老妪报酒温饭熟，遂就月光对酌，微醺[2]而饭。浴罢则凉鞋蕉扇，或坐或卧，听邻老谈因果报应事。三鼓归卧，周体清凉，几不知身居城市矣。

注释

1 挈（qiè）：携，带。

2 微醺（xūn）：微微喝醉。

译文

于是我禀告母亲，然后带着芸一起住在这里。邻居仅有一对老夫妇，以种菜为业。知道我们夫妻二人来这里避暑，先来拜访邻居，又钓来池塘里的鱼，采摘菜园里的菜送给我们。我们付钱，他们不收，芸亲手做了鞋子送给他们当回报，他们才道谢接受。

当时正值七月份，绿树浓荫，水面风来，蝉鸣聒耳。邻家老人为我们做了鱼竿，我与芸一起在柳阴深处垂钓。日落时，我们登上土山观赏晚霞，斜阳夕照，随意吟诗，有“兽云吞落日，弓月弹流星”这样的诗句。过了一会儿，月亮倒映在池塘里，虫声四起，我们把竹榻摆在篱笆下。老婆婆告诉我们酒饭已经准备好了，于是我和芸在月下对饮，微醉之后开始吃饭。沐浴之后，我们穿着凉鞋，手拿蕉扇，时坐时卧，听邻居老人谈论因果报应的事。三更过后前去睡觉，全身清凉，几乎不知道自己身在城市之中。

篱边倩邻老购菊，遍植之。九月花开，又与芸居十日。吾母亦欣然来观，持螯[1]对菊，赏玩竟日。芸喜曰：“他年当与君卜筑[2]于此，买绕屋菜园十亩，课[3]仆妪，植瓜蔬，以供薪水。君画我绣，以为诗酒之需。布衣菜饭，可乐终身，不必作远游计也。”余深然之。今即得有境地，而知己沦亡，可胜浩叹！

离余家半里许，醋库巷有洞庭君祠，俗呼水仙庙。回廊曲折，小有园亭。每逢神诞，众姓各认一落，密悬一式之玻璃灯，中设宝座，旁列瓶几，插花陈设，以较胜负。日惟演戏，夜则参差高下，插烛于瓶花间，名曰“花照”。花光灯影，宝鼎香浮，若龙宫夜宴。司事者或笙箫歌唱，或煮茗清谈，观者如蚁集，檐下皆设栏为限。

注释

1 持螯：手里拿着螃蟹。

2 卜筑：择地建筑住宅，即定居之意。

3 课：督促。

译文

我们请求邻居老人买来菊花，遍种在房屋四周。金秋九月，菊花盛开时，我和芸又小住十日。我母亲也很高兴地前来观赏，大家边吃螃蟹边赏菊，赏玩一整天。芸高兴地说：“将来要是我们在此定居，就购买十亩环绕房屋的菜园，雇佣老女仆，种植瓜果蔬菜，用来供给家里的开销。夫君作画，我来刺绣，以此作为写诗饮酒的费用。粗茶淡饭、布衣蔬食可高兴地度过余生，不必做远游的计划了！”我深以为然。如今我即使得到这块地方，然而知己却不在了，真令人感喟浩叹！

离我家大约半里远，醋库巷里有个洞庭君祠，俗称水仙庙。那里弯回的走廊曲曲折折，很少有亭子。每逢神仙的诞辰，众多百姓都各自认领一个角落，密密麻麻地挂着统一样式的玻璃灯。中间摆上宝座，旁边放着几个瓶子，瓶子里插着花，用来比较胜负。白天只演戏，夜里就在瓶花之间摆上参差的香烛，名为“花照”。花上光与影相互交错，宝鼎上萦绕弥漫着香气，犹如龙宫设的夜宴一般。管事的人有的吹奏笙箫歌唱，有的煮茶聊天，前来观赏的人犹如蚁聚，屋檐下都设置了栏杆作为限制。

余为众友邀去，插花布置，因得躬逢其盛。归家向芸艳称之，芸曰：“惜妾非男子，不能往。”余曰：“冠我冠，衣我衣，亦化女为男之法也。”于是易髻为辫，添扫蛾眉，加余冠，微露两鬓，尚可掩饰，服余衣，长一寸又半；于腰间折而缝之，外加马褂。芸曰：“脚下将奈何？”余曰：“坊间有蝴蝶履[1]，大小由之，购亦极易，且早晚可代撒鞋[2]之用，不亦善乎？”芸欣然。

及晚餐后，装束既毕，效男子拱手阔步者良久，忽变卦曰：“妾不去矣，为人识出既不便，堂上闻之又不可。”余怂恿曰：“庙中司事者谁不知我，即识出亦不过付之一笑耳。吾母现在九妹丈家，密去密来，焉得知之。”芸揽镜自照，狂笑不已。余强挽之，悄然径去。

注释

1 蝴蝶履：清时流传于坊间的一种蝴蝶式的鞋子，其小大随意，且常见易购得，可代拖鞋之用。

2 撒鞋：拖鞋。

译文

我被众友人请去，做插花布置，因此可以亲历盛况。回到家后向芸绘声绘色描述。芸说："可惜我不是男子，不能前往观看。"我说："你戴着我的帽子，穿上我的衣服，女扮男装就可以去了。"于是芸把发髻改成辫子，描粗眉毛，戴上我的帽子，微微露出两鬓，还可以作为掩饰。她穿上我的衣服长了一寸半，于是在腰间折起来缝上，外面又穿上件马褂。芸说："我的脚该怎么办呢？"我说："坊间有蝴蝶履，大小可以调节，很容易买，而且早晚还可以当拖鞋用，不也很好吗？"芸听了很高兴。

晚饭后，芸打扮好，模仿男子拱手阔步走路的样子很久，忽然变卦说："我不去了。如果被别人认出来就不方便了，而且婆婆知道了，也不会答应的。"我怂恿她说："庙中管事的人谁不认识我啊，即使认出来，也不过就是付之一笑而已。我母亲现在九妹夫家，我们悄悄地去，悄悄地回来，怎么能被发现呢？"芸拿着镜子看自己，狂笑不已。我强行挽着她胳膊，悄悄地离开。

遍游庙中，无识出为女子者。或问何人，以表弟对，拱手而已。最后至一处，有少妇、幼女坐于所设宝座后，乃杨姓司事者之眷属也。芸忽趋彼通款曲，身一侧，而不觉一按少妇之肩，旁有婢媪怒而起曰："何物狂生，不法乃尔！"余欲为措词掩饰，芸见势恶，即脱帽翘足示之曰："我亦女子耳。"相与愕然，转怒为欢，留茶点，唤肩舆[1]送归。

吴江钱师竹病故，吾父信归，命余往吊。芸私谓余曰："吴江必经太湖，妾欲偕往，一宽眼界。"余曰："正虑独行踽踽[2]，得卿同行固妙，但无可托词耳。"芸曰："托言归宁[3]。君先登舟，妾当继至。"余曰："若然，归途当泊舟万年桥下，与卿待月乘凉，以续沧浪韵事。"时六月十八日也。

注释

1 肩舆：可以抬行的轿子。

2 独行踽踽（jǔ jǔ）：孤零零的一个人走路。

3 归宁：出嫁的女子回娘家。

译文

游遍整座庙，没有人认出芸是女子，有人问是何人，我都回答是表弟，然后行拱手礼而已。最后到达一个地方时，有少妇、幼女坐在摆设的宝座后面，是杨姓管事的家眷。芸突然走过去通殷勤，身子一侧，不小心按在了少妇的肩膀上。旁边有个婢女勃然大怒说：“是何人如此轻狂，真是没有礼法！”我本想找些理由解释。芸见事态有些严重，便赶紧摘下帽子，抬起脚让她们看，说：“我也是女子。”她们面面相觑，很是惊讶，然后转怒为喜，便留下我们一起吃茶点，又唤来轿子送我们回去。

吴江钱师竹病故，我父亲来信，让我前去吊唁。芸悄悄对我说：“去吴江必经过太湖，我想一同去大开眼界。”我说：“我正忧虑自己要踽踽独行呢，如果能和你一起去当然更好了，只不过没有合适的借口啊。”芸回答说：“借口说要回娘家省亲。你先上船，我随后跟去。”我高兴地说：“如果真能这样，回来路上要在万年桥下泊船，我和你待月乘凉，再续沧浪亭的风韵趣事。”当时是六月十八日。

是日早凉，携一仆先至胥江渡口，登舟而待，芸果肩舆至。解维[1]出虎啸桥，渐见风帆沙鸟，水天一色。芸曰：“此即所谓太湖耶？今得见天地之宽，不虚此生矣！想闺中人有终身不能见此者！”闲话未几，风摇岸柳，已抵江城。余登岸拜奠毕，归视舟中洞然，急询舟子。舟子指曰：“不见长桥柳阴下，观鱼鹰捕鱼者乎？”盖芸已与船家女登岸矣。

余至其后，芸犹粉汗盈盈，倚女而出神焉。余拍其肩曰：“罗衫汗透矣！”芸回首曰：“恐钱家有人到舟，故暂避之。君何回来之速也？”余笑曰：“欲捕逃耳。”于是相挽登舟，返棹至万年桥下，阳乌[2]犹未落也。舟窗尽落，清风徐来，纨扇罗衫，剖瓜解暑。少焉，霞映桥红，烟笼柳暗，银蟾[3]欲上，渔火满江矣。命仆至船梢与舟子同饮。

注释

1 解维：解开缆索。

2 阳乌：指太阳，相传太阳中有三足乌，故称。

3 银蟾：月亮的别称。

译文

当天，早上比较凉快，我带着一仆人先到了胥江渡口，上船等待芸。芸果然坐着轿子来了。解下缆绳离开了虎啸桥，渐渐看到风帆沙鸟，水天一色。芸感叹说："这就是太湖吗？今日能看到如此天高水阔的景象，也不枉此生了！想来有些闺房中的女子一生都见不到此景的！"话还没有说完，就看到风摇岸柳，船已抵达江城。我登上岸，祭拜结束，回来发现船里一个人也没有，赶紧询问船家。船家指着说："你没看到长桥柳阴下，观看鱼鹰捕鱼的人吗？"原来芸已经和船家女一起登岸了。

我走到她身后，芸已经粉汗盈盈，正依偎着船家女出神呢。我拍拍她的肩膀说："你的罗衫都湿透了！"芸回头说："我担心钱家会有人到船里，因此特意躲避一下，你回来得怎么这么快啊！"我笑着说："是要抓捕想逃跑的人啊！"于是我们相互挽着手登上船，返回到万年桥下，太阳还没有落山。船窗都落下来，清风徐来，手拿蒲扇，身穿罗衫，切瓜解暑。过了一会儿，晚霞映得小桥都红了，烟雾笼罩着垂柳，月亮要升起来了，江面上满是渔火。我让仆人到船尾和船家一起饮酒。

船家女名素云，与余有杯酒交，人颇不俗，招之与芸同坐。船头不张灯火，待月快酌，射覆为令。素云双目闪闪，听良久，曰："觞政[1]依颇娴习，从未闻有斯令，愿受教。"芸即譬其言而开导之，终茫然。余笑曰："女先生且罢论，我有一言作譬，即了然矣。"芸曰："君若何譬之？"余曰："鹤善舞而不能耕，牛善耕而不能舞，物性然也。先生欲反而教之，无乃劳乎？"

素云笑捶余肩曰："汝骂我耶！"芸出令曰："只许动口，不许动手。违者罚大觥[2]。"素云量豪，满斟一觥，一吸而尽。余曰："动手但准摸索，不准捶人。"芸笑挽素云置余怀，曰："请君摸索畅怀。"余笑曰："卿非解人，摸索在有意无意间耳，拥而狂探，田舍郎之所为也。"时四鬓所簪茉莉，为酒气所蒸，杂以粉汗油香，芳馨透鼻。余戏曰："小人臭味充满船头，令人作恶。"素云不禁握拳连捶曰："谁教汝狂嗅耶？"芸呼曰："违令，罚两大觥！"素云曰："彼又以小人骂我，不应捶耶？"芸曰："彼之所谓小人，盖有故也。请干此，当告汝。"素云乃连尽两觥，芸乃告以沧浪旧居乘凉事。素云曰："若然，真错怪矣，当再罚。"又干一觥。芸曰："久闻素娘善歌，可一聆妙音否？"素即以象箸击小碟而歌。芸欣然畅饮，不觉酩酊，乃乘舆先归。余又与素云茶话片刻，步月而回。

时余寄居友人鲁半舫家萧爽楼中，越数日，鲁夫人误有所闻，私告芸曰：

"前日闻若婿挟两妓饮于万年桥舟中，子知之否?"芸曰："有之，其一即我也。"因以偕游始末详告之，鲁大笑，释然而去。

注释

1 觞政：酒令。
2 觥（gōng）：饮酒的容器。

译文

船家女儿叫素云，和我有杯酒之交，人很不错，把她喊来和芸同坐。船头不举灯火，等月亮升起来了，我们一起饮酒、猜酒令。素云两眼炯炯有神，听了很久，说："我对于酒令也是比较熟悉的，但是这个酒令就从未听说过，愿赐教。"芸便打比方来教导她，素云始终还是不懂。我笑着说："女先生先不要讲了，我来打个比方她就能明白了。"芸说："你有什么比方？"我回答说："鹤擅舞而不会耕地，牛擅耕地却不会舞，这是物性使然。先生却反其道而教导，这不是徒劳吗？"

素云笑着捶打我肩膀说："你这是在骂我啊！"芸出令说："只许动口，不许动手，违者罚大杯。"素云酒量很大，斟满一杯，一饮而尽。我说："动手可以摸索，但不准捶打人。"芸笑着挽着素云到我怀里，说："请夫君尽情摸索吧！"我笑着说："你不理解人啊，摸索的奥秘在于有意无意之间，拥抱着疯狂摸索那是伧夫所为。"当时素云头上戴的茉莉簪花，被酒气熏蒸，又掺杂着粉汗油香，香气逼人。我开玩笑说："小人的臭味充满船头，令人作呕。"素云不禁握着拳头连连捶打我："谁让你狂闻了？"芸对她说："你违反了酒令的规则，罚两杯！素云说："他拿小人之词骂我，难道不应当捶吗？"芸制止她说："他所说的小人，是有缘故的。请喝了这杯酒，我就告诉你。"素云连喝了两杯。芸于是告诉她沧浪亭乘凉的事情。素云说："果真是这样，那我便错怪了，理应再罚酒。"接着又喝了一杯。芸说："久闻素娘擅歌，能不能让我们聆听下你美妙的歌声？"素云便用象箸击打小碟唱歌。芸开怀畅饮，不知不觉醉了，便坐轿子先回去。我与素云又小谈片刻，便也乘着月色步行而归。

当时我寄居在朋友鲁半舫家的萧爽楼中。过了几天，鲁夫人误听传闻，悄悄告诉芸说："前几日我听说你夫君带着两个歌妓在万年桥的船中一起喝酒，你知道吗？"芸说："确有此事，其中一个就是我。"因此就把我们一起游玩的始末详细告诉了她。鲁夫人大笑，释然而去。

乾隆甲寅[1]七月，余自粤东归。有同伴携妾回者，曰徐秀峰，余之表妹婿也。艳称新人之美，邀芸往观。芸他日谓秀峰曰："美则美矣，韵犹未也。"秀峰曰："然则若[2]郎纳妾，必美而韵者乎?"芸曰："然。"从此痴心物色，而短于资。

时有浙妓温冷香者，寓于吴，有《咏柳絮》四律，沸传吴下，好事者多和之。余友吴江张闲憨素赏冷香，携柳絮诗索和。芸微其人而置之，余技痒而和其韵，中有"触我春愁偏婉转，撩他离绪更缠绵"之句，芸甚击节。

注释

1 乾隆甲寅：乾隆五十九年，即 1794 年。

2 若：第二人称代词，指你。

译文

乾隆甲寅七月，我从广东东归。我的同伴徐秀峰，是我的表妹夫，带着个小妾回来。他大肆炫耀小妾的美貌，邀请芸前往观看。过了几日，芸对秀峰说："美是美，就是缺少点韵味。"秀峰说："你家夫君纳妾，一定是又美又有韵味的了?"芸说："是的。"从那以后，芸就一心帮我物色，只是手头资金短缺，迟迟未能如意。

当时有位浙江名妓温冷香，寓居吴地，曾作《咏柳絮》四首，在吴地疯传，好事的人多有唱和。我的朋友吴江张闲憨向来很欣赏温冷香，带着柳絮诗，让我唱和。芸因看不起她而放到一边，我却技痒难耐，写了和诗，其中有"触我春愁偏婉转，撩他离绪更缠绵"的句子。芸很是赞赏。

明年乙卯秋八月五日，吾母将挈芸游虎丘[1]，闲憨忽至曰："余亦有虎丘之游，今日特邀君作探花使者。"因请吾母先行，期于虎丘半塘相晤，拉余至冷香寓。见冷香已半老，有女名憨园，瓜期[2]未破，亭亭玉立，真"一泓秋水照人寒"者也。

款接间，颇知文墨。有妹文园，尚雏。余此时初无痴想，且念一杯之叙，

非寒士所能酬，而既入个中，私心忐忑，强为酬答。因私谓闲憨曰："余贫士也，子以尤物玩我乎？"闲憨笑曰："非也，今日有友人邀憨园答我，席主为尊客拉去，我代客转邀客，毋烦他虑也。"余始释然。

注释

1 虎丘：位于苏州城西北郊，相传春秋时吴王夫差葬其父阖闾于此，葬后三日有白虎踞其上，故名虎丘。另一说认为，山的形状似蹲虎，故名。

2 瓜期："瓜"字纵横破之成二"八"字，故瓜期指女子十六岁，"瓜期未破"即未满十六岁。

译文

第二年秋天的八月五日，我母亲打算带着芸去游虎丘。张闲憨忽然来了，说："我也打算去虎丘游玩，今天特地邀请你做探花使者。"因此请母亲先出发，约定在虎丘半塘相会合。他拉着我到了温冷香的住所，见到温冷香已是半老徐娘，她有一个女儿叫憨园，还不到十六岁，长得亭亭玉立，真是"一泓秋水照人寒"。

交往谈吐之间，觉得她颇有学识。她还有个妹妹名叫文园，年纪还小。我当时并没有痴心妄想，不过就是陪张闲憨喝一杯聊聊天而已，这已不是我这寒士所能承受的，既然到了这个境地，我私心忐忑，勉强酬答。便私下对闲憨说："我是个穷书生，你这是拿佳人尤物来戏弄我吗？"闲憨笑着说："不是的，今天有个朋友邀请了憨园来酬答我，但是中间这个朋友被一个尊客拉走了，我便转邀你来，不要有其他顾虑。"听完我才释然。

至半塘，两舟相遇，令憨园过舟叩见吾母。芸、憨相见，欢同旧识，携手登山，备览名胜。芸独爱千顷云[1]高旷，坐赏良久。返至野芳滨，畅饮甚欢，并舟而泊。及解维，芸谓余曰："子陪张君，留憨陪妾可乎？"余诺之。

返棹至都亭桥，始过船分袂[2]，归家已三鼓，芸曰："今日得见美而韵者矣。顷已约憨园，明日过我，当为子图[3]之。"余骇曰："此非金屋[4]不能贮，穷措大[5]岂敢生此妄想哉？况我两人伉俪[6]正笃，何必外求？"芸笑曰："我自爱之，子姑待之。"

注释

1 千顷云：山名，在虎丘山上。

2 分袂（mèi）：离别，分手。

3 图：考虑解决的办法。

4 金屋：即金屋藏娇。金屋指富丽华贵的房屋。娇指阿娇，指汉武帝刘彻的姑母长公主刘嫖的女儿。原指汉武帝刘彻要用金屋接纳阿娇为妇，后指特别宠爱喜欢的女子。

5 穷措大：穷光蛋。

6 伉俪：指夫妻。

译文

到了半塘，两船相遇，我让憨园到船上拜见我的母亲。芸与憨园相见，很是高兴，她俩像是旧相识似的，手拉手一起爬山，观赏名胜。芸特别喜欢千顷云的高旷，坐在那儿欣赏很久。回到野芳滨，大家一起开怀畅饮，两只船并排停泊。等解了缆绳，芸对我说："你陪张先生，留下憨园陪我，可以吗？"我答应了。

返回到都亭桥，两只船才道别。回到家已经是三更了。芸说："今天我是见到美丽又有韵味的人了，我刚才已经与憨园约定，让她明天来找我，我为夫君张罗这件事。"我大吃一惊，说道："这样的女子，没有金屋大厦是养不起的，况且我又是个穷光蛋，怎么能痴心妄想呢？又何况我们夫妻情深，何必再找一妾呢？"芸笑着说："是我自己喜欢她，你就等着吧。"

明午，憨果至。芸殷勤款接，筵中以猜枚[1]（赢吟输饮）为令，终席无一罗致语。及憨园归，芸曰："顷又与密约，十八日来此结为姊妹，子宜备牲牢[2]以待。"笑指臂上翡翠钏[3]曰："若见此钏属于憨，事必谐矣，顷已吐意，未深结其心也。"余姑听之。

注释

1 猜枚：古代饮酒时一种助兴取乐的游戏。把瓜子、莲子或黑白棋子等握在手心里，让别人猜单双、数目或颜色，猜中者为胜，不中者罚饮。

2 牲牢：祭祀之物。

3 钏（chuàn）：几个手镯串在一起束在臂腕间叫钏。

译文

第二天中午，憨园果然来了。芸热情款待她，吃饭的时候猜枚数为令（赢了吟诗，输了喝酒），酒席结束了，芸也没有提到这件事。等到憨园回去了，芸说："我刚才又和她密约，十八号来到这里和我结为姐妹，你最好预备些牲劳祭拜的东西等着。"又笑着指指她手臂上的翡翠钏，说："如果你见到这个翡翠钏戴在憨园手上，那事情就算成了，我刚才已经暗示她了，只不过还没和她交心。"我暂且先由她吧。

十八日大雨，憨竟冒雨至。入室良久，始挽手出，见余有羞色，盖翡翠钏已在憨臂矣。焚香结盟后，拟再续前饮，适憨有石湖之游，即别去。芸欣然告余曰："丽人已得，君何以谢媒耶?"

余询其详，芸曰："向之秘言，恐憨意另有所属也，顷探之无他，语之曰：'妹知今日之意否?'憨曰：'蒙夫人抬举，真蓬蒿倚玉树也，但吾母望我奢，恐难自主耳，愿彼此缓图之。'脱钏上臂时，又语之曰：'玉取其坚，且有团圞[1]不断之意，妹试笼之，以为先兆。'憨曰：'聚合之权总在夫人也。'即此观之，憨心已得，所难必者冷香耳，当再图之。"余笑曰："卿将效笠翁[2]之《怜香伴》[3]耶?"芸曰："然。"自此无日不谈憨园矣。后憨为有力者夺去，不果。芸竟以之死。

注释

1 团圞（luán）：团圆。

2 笠翁：李渔，号笠翁，清初文学家，尤擅戏曲和小说，著有《笠翁十种曲》《闲情偶寄》等。

3《怜香伴》：又名《美人香》，是《笠翁十种曲》其中一篇，讲述了崔笺云与曹语花两名女子以诗文相会，互生倾慕，两人想方设法争取长相厮守的故事。

译文

十八日大雨，憨园竟冒雨前来。进入房间很久，她们才手挽手出来，见到我，憨园面带羞色，原来翡翠钏已经戴在憨园手臂上了。烧香结拜之后，打算继续像以前那样畅饮，恰逢憨园已经预定要去石湖游玩，便离开了。芸高兴地对我说："佳人已经得到，郎君该如何谢我这个媒人啊?"

我问了她详情。芸说："之前那么秘密，是担心憨园已经心有所属，我悄悄地询问她，她还没有意中人。我便对她说：'妹妹知道我今天的意思吗？憨园答道：'承蒙夫人抬举，我真如蓬蒿倚上了玉树，但我母亲想让我嫁给有钱人，恐怕自己做不了主，希望彼此慢慢想办法吧。'我摘下翡翠钏戴她手上时，又对她说：'玉最难能可贵的地方在于它的坚实，而且还有团圆不断的意思。妹妹先戴着它，取个好兆头吧。'憨园说：'聚散离合的主导权，全在夫人您这里了。'这样看来，憨园心里已经默许了，比较难办的就是温冷香那边，我再想想办法。"我笑她说："你将效仿李笠翁的《怜香伴》吗？"芸说："是的。"自打那之后，芸没有一天不提到憨园的。后来憨园被更有势力的人夺去，这门亲事最终也没有结果，芸竟因此事而郁郁以终。

浮生六记

闲情记趣

本记开篇，作者以儿童的视角叙述童年趣事，帐中观蚊，草间窥虫，写来别有风味，真实地再现了孩童特有的天真与懵懂。童年是人生的天真时代，无忧无虑，沈复以此作为人生趣事之始。

本文所记之趣，举凡剪枝插花、盆景园林、静室焚香、案头清供、萧爽楼雅集、南园游乐等等，展现了作者高雅的品位，精湛的艺术造诣，一种艺术人生，一种洒脱的生活态度，同时这种生活也是对平庸的超越。本记中沈复、陈芸大部分时间寄居在他人檐下，却能不以己悲，如此热爱生活，真可谓“苦中作乐”。

所记之“趣”，是生活之趣，是融我于物所得之趣，是以我观物皆染我之色彩之趣，这种趣体现在对细节的刻画上。如对插花的详细描绘：花朵宜单、瓶口宜阔、瓶口宜清、排列宜参差高下，俨然插花教科书，于细处凸显眼光的独特。沈复所追求的趣是天然之趣，以自然为法，不沾染丝毫匠气。夫妻两人匪夷所思的想法和实践更为这“趣”平添一个“奇”字，如使鸡孵莲子、草虫法、置茶叶于荷心、活花屏、梅花盒等等，让人神往不置，不禁啧啧称奇。总之，这种“趣”是两人用心感受的生活之趣，充满了知足和欢乐的笑声，也是对闺房之乐的补充和延伸。

余忆童稚时，能张目对日，明察秋毫。见藐小微物，必细察其纹理，故时有物外之趣[1]。夏蚊成雷，私拟作群鹤舞空，心之所向，则或千或百果然鹤也。昂首观之，项[2]为之强。又留蚊于素帐中，徐喷以烟，使其冲烟飞鸣，作青云白鹤观，果如鹤唳云端，怡然称快。

于土墙凹凸处、花台小草丛杂处，常蹲其身，使与台齐，定神细视，以丛草为林，以虫蚁为兽，以土砾凸者为丘，凹者为壑，神游其中，怡然自得。一日，见二虫斗草间，观之正浓，忽有庞然大物拔山倒树而来，盖一癞蛤蟆也，舌一吐而二虫尽为所吞。

余年幼，方出神，不觉呀然惊恐，神定，捉蛤蟆，鞭数十，驱之别院。年长思之，二虫之斗，盖图奸不从也。古语云"奸近杀"，虫亦然耶？贪此生涯，卵为蚯蚓所哈（吴俗称阳曰卵），肿不能便。捉鸭[3]开口哈之，婢妪偶释手，鸭颠其颈作吞噬状，惊而大哭，传为语柄。此皆幼时闲情也。

注释

1 物外之趣：指大于或超出事物之外的乐趣。

2 项：脖子。

3 捉鸭：鸭善食蚯蚓，故吴地俗传鸭口涎可治疗蚯蚓之毒。

译文

我记得小时候，能够睁大眼睛直视太阳，明察秋毫，见到微小的东西，我一定会仔仔细细观察它们的纹理，因此经常能体会到物外之趣。夏日蚊声如雷，我私下比作群鹤舞空。心中向往，看起来果真像是千百只鹤在空中飞翔，昂头观看，脖子都僵了。又曾把蚊子留在白色的蚊帐里，慢慢地喷上烟雾，让它们冲破烟雾飞翔。可当作青云白鹤来观看，这样一想，果真如鹤唳云端，让人欣然称快。

在土墙凹凸不平、花台小草丛杂的地方，我常常蹲下身子，和石台平齐，凝神细看，把草丛当作森林，把虫蚁比作怪兽，把土堆高的地方看作山丘，凹的地方看作沟壑，神游其中，怡然自得。有一天，我看见草丛里两只虫子在争斗，看得正出神，突然有只庞然大物以拔山倒树的气势扑过来，原来是只癞蛤蟆，只见它舌头一伸，两只虫子就被它吞吃了。

我当时年幼，看得正入神，不觉异常惊恐。待我回过神来，便捉住癞蛤蟆，鞭打了数十下，把它赶到别的院子去。长大后再回想此事，两只虫子争斗，大概是图谋奸情，一方不从吧。古语说“奸近杀”，虫子也是这样吧？我因为贪玩，小鸡鸡被蚯蚓吸了（吴地称阳物为卵），肿得不能小便。听说鸭子的口水可以治疗这个，便让仆人抓了只鸭子，让它张嘴含着，老仆女不小心突然松了下手，鸭子扑腾着脖子做出吞噬的样子，我吓得大哭。这事一时传为笑柄。这些都是我小时候的闲情逸事。

及长，爱花成癖，喜剪盆树。识张兰坡，始精剪枝养节之法，继悟接花叠石之法。花以兰为最，取其幽香韵致也，而瓣品之稍堪入谱者不可多得。兰坡临终时，赠余荷瓣素心春兰[1]一盆，皆肩平心阔，茎细瓣净，可以入谱者，余珍如拱璧，值余幕游于外，芸能亲为灌溉，花叶颇茂。不二年，一旦忽萎死，起根视之，皆白如玉，且兰芽勃然。初不可解，以为无福消受，浩叹而已，事后始悉有人欲分不允，故用滚汤灌杀也。从此誓不植兰。

次取杜鹃，虽无香而色可久玩，且易剪裁。以芸惜枝怜叶，不忍畅剪，故难成树。其他盆玩皆然。

注释

1 素心春兰：即素心兰，为多年生草本花卉，根长筒状。叶自茎部簇生，线状披针形，稍具革质，三两片成一束，主要分布在长江流域及西南地区。

译文

年纪稍长，嗜爱养花，喜欢修剪盆栽。结识张兰坡以后，开始精通剪枝养节之法，接着又领悟了接花叠石的奥妙。兰花为花中佳品，因为它幽香韵致，花瓣品相能入花谱的，实在不可多得。张兰坡临终时，赠给我一盆荷瓣素心春兰，肩平心阔，茎细瓣净，是可入花谱的上品，我视若珍宝。我在外担当幕僚的时候，芸亲自灌溉，花叶十分茂盛。不到两年，一天早晨却突然枯萎而死。拔出根查看，色泽洁白如玉，而且兰芽生机盎然。我起初迷惑不解，认为是自己无福消受，悲叹不已。事后才明白，是有人想分得这盆兰花，我不同意，因此故意用滚水浇灌，烫死了它。从此我发誓再也不种植兰花了。

兰花之外，我也喜欢杜鹃花，虽无芳香，但色泽可长久赏玩，而且容易剪裁。因为芸怜惜它的枝叶，不忍深剪，所以难长成树。其他盆景也是如此。

惟每年篱东菊绽，积兴成癖。喜摘插瓶，不爱盆玩。非盆玩不足观，以家无园圃，不能自植，货于市者，俱丛杂无致，故不取耳。其插花朵，数宜单，不宜双，每瓶取一种，不取二色，瓶口取阔大不取窄小，阔大者舒展不拘，自五七花至三四十花，必于瓶口中一丛怒起，以不散漫、不挤轧、不靠瓶口为妙，所谓“起把宜紧”也。或亭亭玉立，或飞舞横斜。花取参差，间以花蕊，以免飞钹耍盘[1]之病。叶取不乱，梗取不强。用针宜藏，针长宁断之，毋令针针露梗，所谓“瓶口宜清”也。

视桌之大小，一桌三瓶至七瓶而止，多则眉目不分，即同市井之菊屏矣。几之高低，自三四寸至二尺五六寸而止，必须参差高下，互相照应，以气势联络为上，若中高两低，后高前低，成排对列，又犯俗所谓“锦灰堆”[2]矣。或密或疏，或进或出，全在会心者得画意乃可。

注释

1 飞钹（bó）耍盘：钹、盘比喻花朵，此处指花朵杂乱无章。

2 锦灰堆：指瓷器的四面堆画折枝花果，如同将各色名花瑞果堆集其中，本文指花枝插得堆垛密集。

译文

每年东篱菊花盛开的时候，我们便乘兴赏菊，年年如此，已然成癖。我喜欢摘了菊花插瓶，不喜欢做成盆景，并不是因为盆景不足观赏，而是因为我家没有园圃，不能自己种植。街市上也有卖插瓶的菊花，但是全都丛杂无序，所以无意购取。菊花插瓶，数量宜单数，不宜双数。每瓶最好只取一个品种、一种颜色。选用的花瓶，以瓶口阔大为好，不宜取瓶口窄的。瓶口阔大的，花朵可以舒展开来不显拘束，无论是五到七朵还是三四十朵，一定在瓶口做一丛怒起，以不散漫、不挤轧、不靠瓶口最佳，这就是所谓的“起把宜紧”。这些花朵，有的亭亭玉立，有的飞舞横斜。插花应当插得参差不齐，点缀花蕊作间隔，但也要避免杂乱无章。选花插瓶时，选取的花叶子不能芜乱，花梗不可太硬，这样方便固定。用来固定花的针，最好隐藏起来，如果针太长的话，宁愿折断一截，不要让针暴露在花梗外面，所谓“瓶口宜清”。

看桌子的大小，一张桌子最多放置三瓶到七瓶插花，多了的话，就显得眉目不分，如同市井中卖的菊花屏了。花几的高低，从三四寸到二尺五六寸，必须要参差高下，互相照应，最重要的是气势联络。如果中间高两边低，或者后面高前面低，成排对列的话，就不免沦为“锦灰堆”。花枝或密或疏，或进或出，全在于会心之人体悟它入画的意境。

若盆碗盘洗，用漂青、松香、榆皮、面和油，先熬以稻灰，收成胶，以铜片按钉向上，将膏火化，粘铜片于盘碗盆洗中。俟冷，将花用铁丝扎把，插于钉上，宜偏斜取势，不可居中，更宜枝疏叶清，不可拥挤。然后加水，用碗沙少许掩铜片，使观者疑丛花生于碗底方妙。

若以木本花果插瓶，剪裁之法（不能色色自觅，倩人攀折者每不合意），必先执在手中，横斜以观其势，反侧以取其态。相定之后，剪去杂枝，以疏瘦古怪为佳。再思其梗如何入瓶，或折或曲，插入瓶口，方免背叶侧花之患。若一枝到手，先拘定其梗之直者插瓶中，势必枝乱梗强，花侧叶背，既难取态，更无韵致矣。

折梗打曲之法，锯其梗之半而嵌以砖石。则直者曲矣，如患梗倒，敲一二钉以管[1]之。即枫叶竹枝，乱草荆棘，均堪入选。或绿竹一竿配以枸杞数粒，几茎细草伴以荆棘两枝，苟位置得宜，另有世外之趣。若新栽花木，不妨歪斜取势，听其叶侧，一年后枝叶自能向上，如树树直栽，即难取势矣。

注释

1 管：固定，支撑。

译文

若用盆、碗、盘等浅口器皿，可先用漂青、松香、榆皮、面和油，加上稻灰熬制成胶状，把铜片钉上钉子，钉尖朝上，将膏火化，把铜片背面粘贴在盆、碗、盘等器皿中。等冷却后，用铁丝把花枝扎成把束，插在钉子上，略为偏斜，不可居中，更宜枝叶清疏，不可拥挤。然后加水，用约略一碗沙掩盖住铜片，让观者以为花丛生于碗底方始为妙。

如果用木本花果插瓶，剪裁的方法（各色花枝自己无法一一觅取，让人代为攀折又多不合意），一定要把花枝拿在手中，横斜观其长势，反侧察其姿态。相定之后，剪去杂枝，以花枝疏瘦古怪为佳。再考虑花梗如何入瓶，无论折弯还是扭曲插入瓶口，总要避免叶子背反、花朵侧边的弊端。如果花枝在手，仅因花梗笔直便径直插入瓶中，势必花枝杂乱、花梗僵硬、花朵侧边、叶子背反，既难取定其姿态，韵致也荡然无存。

折曲花梗之法，锯掉一半花梗而后用砖石镶嵌，那么笔直的花梗便会弯曲。如果担心花梗倒伏，敲一两枚钉子把花梗固定起来。即使枫叶竹枝，乱草荆棘，均可插瓶。或一竿绿竹配数粒枸杞，或几茎细草伴两枝荆棘，如果位置得宜，当有世外之趣。如果是新栽花木，不妨歪斜取势，听任花叶背侧，一年后枝叶自会朝上，如果树树都是笔直栽植，那就难以取其自然之势了。

至剪裁盆树，先取根露鸡爪[1]者，左右剪成三节，然后起枝。一枝一节，七枝到顶，或九枝到顶。枝忌对节如肩臂，节忌臃肿如鹤膝。须盘旋出枝，不可光留左右，以避赤胸露背之病；又不可前后直出。有名“双起”“三起”者，一根而起两三树也。如根无爪形，便成插树[2]，故不取。

然一树剪成，至少得三四十年。余生平仅见吾乡万翁名彩章者，一生剪成数树。又在扬州商家见有虞山[3]游客携送黄杨、翠柏各一盆，惜乎明珠暗投[4]，余未见其可也。若留枝盘如宝塔，扎枝曲如蚯蚓者，便成匠气矣。

注释

1 鸡爪：指露出土面形如鸡爪的盆景根部。

2 插树：中国画论中将不露根的树称作“插树”，是山水画中的败笔，在盆景根部造型中也是大忌。

3 虞山：位于江苏常熟，古称乌目山，横卧于常熟城西北，北濒长江。

4 明珠暗投：比喻贵重物品落到不识货的人手里。

译文

至于剪裁盆树，先选取树根已露出土面形如鸡爪的，分左、中、右剪裁成三部分，然后修剪起枝，一枝一节，或七枝到顶，或九枝到顶。花枝最忌左右对称如肩臂，骨节忌臃肿如鹤膝。须盘旋回环伸出花枝，不可光留左右两侧花枝，以避免赤胸露背的弊病，也不可使花枝前后直出。盆景中有名为“双起”“三起”的，是由一根而生出两三树。如果根部未露出土面成鸡爪状，便拿来剪裁成盆景，这就成了“插树”，是不足取的。

然而一棵佳树剪成，至少需要三四十年。我平生仅见到过家乡长者万彩章，他一生也就剪成数棵树。又在扬州商家见到有个虞山游客携送来的黄杨、翠柏各一盆，可惜明珠暗投了，我为之深感可惜。如果剪裁后留取的花枝盘旋如宝塔，或是把花枝扎得弯曲像蚯蚓，那真是俗匠之气。

点缀盆中花石，小景可以入画，大景可以入神。一瓯清茗，神能趋入其中，方可供幽斋之玩。种水仙无灵璧石[1]，余尝以炭之有石意者代之。黄芽菜心，其白如玉，取大小五七枝，用沙土植长方盆内，以炭代石，黑白分明，颇有意思。以此类推，幽趣无穷，难以枚举。

如石菖蒲结子，用冷米汤同嚼喷炭上，置阴湿地，能长细菖蒲，随意移养盆碗中，茸茸可爱。以老莲子磨薄两头，入蛋壳使鸡翼之，俟雏成取出，用久年燕巢泥加天门冬[2]十分之二，捣烂拌匀，植于小器中，灌以河水，晒以朝阳，花发大如酒杯，叶缩如碗口，亭亭可爱。

注释

1 灵璧石：中国四大观赏石之一，产于安徽灵璧。

2 天门冬：又名天冬草，多年生草本植物，根块可入药。

译文

点缀盆中花石，布置得宜，小景可入画境，大景可通神韵。一盏清茶在手，静对盆景精妙，神游其中，如此方可供幽斋赏玩。种植水仙，苦于没有灵璧石，我曾取具有石韵的木炭来代替。黄芽菜心，莹白如玉，取大小五七枝，用沙土种植在长方盆内，以木炭代替石块，黑白分明，颇有意思。以此类推，幽趣无穷，难以枚举。

例如石菖蒲的籽儿，把它同冷米汤一同咀嚼，然后喷在木炭上，放置在阴湿的地方，便能长出细小的菖蒲，随意移植供养在盆碗中，丛丛茸茸，十分可爱。把老莲子的两头磨薄，放入蛋壳中让母鸡孵化，等雏鸡破壳而出时取出莲子，用陈年燕泥十份加两份天门冬，捣烂拌匀，然后种在小器皿中，用河水浇灌，放在朝阳处轻晒，等到盛开时，莲花大如酒杯，莲叶却缩如碗口，亭亭净植，煞是可爱。

若夫园亭楼阁，套室回廊，叠石成山，栽花取势，又在大中见小，小中见大，虚中有实，实中有虚，或藏或露，或浅或深。不仅在“周回曲折”四字，又不在地广石多，徒烦工费。或掘地堆土成山，间以块石，杂以花草，篱用梅编，墙以藤引[1]，则无山而成山矣。大中见小者，散漫处植易长之竹，编易茂之梅以屏之。

小中见大者，窄院之墙宜凹凸其形，饰以绿色，引以藤蔓；嵌大石，凿字作碑记形。推窗如临石壁，便觉峻峭无穷。虚中有实者，或山穷水尽处，一折而豁然开朗；或轩阁设厨处，一开而通别院。实中有虚者，开门于不通之院，映以竹石，如有实无也；设矮栏于墙头，如上有月台而实虚也。

注释

1 篱用梅编，墙以藤引：种植梅花当篱笆，架设藤蔓爬满墙头。

译文

至于园亭楼阁，套室回廊，以层叠的奇石为假山，栽种花草取其生机之势，又在大中见小，小中见大，虚中有实，实中有虚，或藏或露，或浅或深。不仅在“周回曲折”四字，又不在地广石多，徒然烦费。或者掘地堆土成山，中间以石块间隔，点缀些花草，植梅为篱，架藤攀墙，那么于无山处便可成山。所谓大中见小，散漫的地方种植易于生长的翠竹，用易于繁茂的梅花编成屏障。

所谓小中见大，窄狭院落的墙壁宜使其有凹凸，用绿色装饰，用藤蔓牵引；镶嵌大石块，雕凿出看似碑铭的文字。推窗如同面临石壁，便觉得峻峭无穷。所谓虚中有实，或于山穷水尽处，一折步豁然开朗；或在轩阁厨房处，一开门即通向别院。所谓实中有虚，如在无通口的院落开门洞，用竹石掩映，如有实无；在墙头上设置矮栏杆，看似上面有月台，而实际却是虚设。

贫士屋少人多，当仿吾乡太平船后梢之位置，再加转移其间，台级为床，前后借凑，可作三榻，间以板而裱以纸，则前后上下皆越绝，譬之如行长路，即不觉其窄矣。余夫妇乔寓扬州时，曾仿此法，屋仅两椽[1]，上下卧室、厨灶、客座皆越绝，而绰然有余。芸曾笑曰：“位置虽精，终非富贵家气象也。”是诚然欤？

注释

1 椽（chuán）：装于屋顶以支持顶盖的木杆，这里是指房间的数量。

译文

贫寒之士，房屋简陋而家口众多，当仿效我家乡太平船后梢的位置，再加以转移空间布置，比如台级可以当床，前后借凑，可作三榻，用木板间隔再裱糊上纸，则前后上下都隔绝了，如同沿长路步行，而不觉得狭窄。我们夫妻寓居扬州时，曾仿效此法，仅两间屋，上下卧室、厨灶、客座都隔绝起来，从而显得宽绰有余。芸曾笑着说："位置虽然精妙，但终究不是富贵之家的气象。"这应是真的吧？

余扫墓山中，检有峦纹可观之石，归与芸商曰："用油灰[1]叠宣州石于白石盆，取色匀也。本山黄石虽古朴，亦用油灰，则黄白相间，凿痕毕露，将奈何？"芸曰："择石之顽劣者，捣末于灰痕处，乘湿糁[2]之，干或色同也。"乃如其言，用宜兴窑长方盆叠起一峰，偏于左而凸于右，背作横方纹，如云林石法[3]，巉岩[4]凹凸，若临江石矶状；虚一角，用河泥种千瓣白萍。石上植茑萝，俗呼云松。经营数日乃成。

至深秋，茑萝蔓延满山，如藤萝之悬石壁，花开正红色，白萍亦透水大放，红白相间。神游其中，如登蓬岛。置之檐下与芸品题：此处宜设水阁，此处宜立茅亭，此处宜凿六字曰"落花流水之间"，此可以居，此可以钓，此可以眺。胸中丘壑，若将移居者然。一夕，猫奴争食，自檐而堕，连盆与架顷刻碎之。余叹曰："即此小经营，尚干造物忌耶！"两人不禁泪落。

注释

1 油灰：桐油、石灰合成的黏合剂。

2 糁（sǎn）：涂抹。

3 云林石法：倪云林所画山石的笔法。元代画家倪瓒，号云林子。

4 巉（chán）岩：陡峭的山岩。

译文

我在山中扫墓，捡拾到一些纹理可供观赏的石头，回去和芸商量说："用油灰把宣州石黏合垒叠在白石盆中，因其色泽匀称。本地山上黄石虽然古朴，如果也用油灰黏合，则黄白相间，斧凿的痕迹全然显露，该怎么办呢？”芸回答道：“选取顽劣的石块，捣成粉末，均匀撒在油灰黏合有痕迹的地方，趁湿润时揉合在一起，等干了颜色就一样了。”于是就按她的话去做，用宜兴窑烧制的长方盆叠起一座假山，位置稍偏向左，整体却向右凸出，背面布有横方纹路，如同倪云林所画山石的笔法，陡峭的岩石凹凸有致，好似江边石矶。空出的一个角落，用河泥种上千瓣白萍。石头上种植茑萝，俗名“云松”。经过几日的经营张罗才完成。

等到深秋，茑萝蔓延覆盖住假山，如同石壁上悬挂的藤萝，殷红的花朵竞相开放，白萍也在水面盛开，红白相间。神游其中，恍如置身蓬莱仙岛。我把这盆假山放置在屋檐下和芸一起品题：这处宜设水榭阁，这处宜立茅草亭，这地方最好凿刻六字“落花流水之间”，此处可以安居，此处可以垂钓，此处可以远眺，林林总总，不一而足。胸中怀想丘壑，仿佛要移居其中。一晚猫儿们争食，从檐头上坠落，正好砸中假山，连盆带花架一起砸碎了。我感叹说：“如此微小的经营，尚且有干造物的忌讳！”我俩不禁潸然泪下。

静室焚香，闲中雅趣。芸尝以沉速[1]等香，于饭镬[2]蒸透，在炉上设一铜丝架，离火半寸许，徐徐烘之，其香幽韵而无烟。佛手忌醉鼻嗅，嗅则易烂；木瓜忌出汗，汗出，用水洗之；惟香圆[3]无忌。佛手、木瓜亦有供法，不能笔宣。每有人将供妥者随手取嗅，随手置之，即不知供法者也。

余闲居，案头瓶花不绝。芸曰：“子之插花能备风、晴、雨、露，可谓精妙入神。而画中有草虫一法，盍仿而效之？”余曰：“虫踯躅[4]不受制，焉能仿效？”芸曰：“有一法，恐作俑[5]罪过耳。”余曰：“试言之。”曰：“虫死色不变，觅螳螂、蝉、蝶之属，以针刺死，用细丝扣虫项系花草间，整其足，或抱梗，或踏叶，宛然如生，不亦善乎？”余喜，如其法行之，见者无不称绝。求之闺中，今恐未必有此会心者矣。

注释

1 沉速：香名，指沉香和速香。

2 饭镬（huò）：饭锅。

3 香圆：又名香橼，为芸香科植物的果实。
4 踯躅（zhí zhú）：徘徊不前，走走停停。
5 作俑：即始作俑者，指恶劣风气的创始者。

译文

静室之中，焚香默坐，乃闲中雅趣。芸曾经把沉速等香，在饭锅中蒸熟，又在火炉上设一铜丝架，离火约半寸，慢慢用文火烘烤，清香缭绕，幽韵无烟。佛手果忌讳醉醺醺后去嗅，嗅则容易腐烂；木瓜忌出汗，一出汗，就要用水洗濯；只有香圆果无所忌讳。佛手、木瓜也有供养之法，笔墨难以详说。每每有人将供养的佳果随手取嗅，又随手乱放，这就是不知道供养的原则。

我闲居时，案头瓶花不断。芸说："你插花能风、晴、雨、露四时常备，真可谓精妙入神，而绘画中有草虫一法，何不仿效呢？"我说："草虫前后爬行，不受控制，怎么能效仿？"芸回答说："有一方法，但恐怕开了坏头。"我说："你试着说下。"芸说道："虫死颜色不变，寻觅到螳螂、蝉、蝴蝶之类的草虫，用针刺死，然后拿细丝扣住它们的头颈，系到花草间，调摆它们的腿，或抱住叶梗，或踏住叶子，这样看起来栩栩如生，不也挺好吗？"我大喜，按她的话去做，见者无不称绝。求之闺阁之中，今天怕是难有此知心的人了。

余与芸寄居锡山[1]华氏，时华夫人以两女从芸识字。乡居院旷，夏日逼人，芸教其家作活花屏法，甚妙。每屏一扇，用木梢二枝，约长四五寸，作矮条凳式，虚其中，横四挡，宽一尺许，四角凿圆眼，插竹编方眼[2]。屏约高六七尺，用砂盆种扁豆置屏中，盘延屏上，两人可移动。多编数屏，随意遮拦，恍如绿阴满窗，透风蔽日，纡回曲折，随时可更，故曰"活花屏"。有此一法，即一切藤本香草，随地可用。此真乡居之良法也。

注释

1 锡山：在今江苏无锡西郊，是惠山东峰凸起的山峰，因古代产锡矿，故称锡山。
2 方眼：编口成四方眼孔的编织物。

译文

我和芸寄居在锡山华氏家中，华夫人让两个女儿跟从芸读书识字。乡间的居所院落空旷，夏日灼人，芸教给她们制作活花屏的方法，此法甚妙。每座屏风有一扇，用两枝长四五寸的木梢，做成矮条凳的式样，中间留空，横放上宽约一尺的四根挡木，四角凿出圆眼，插入竹子编织的方眼。屏风高约六七尺，用砂盆种植扁豆放置在屏中，让它盘绕蔓延在屏上，两人可以移动。多编几面这种屏风，随意遮拦，恍然如同绿阴满窗，透风蔽日，纡回曲折，随时可移动，所以叫“活花屏”。有此方法，即使一切藤本香草，随处可用。这真是乡居的好法子。

友人鲁半舫名璋，字春山，善写松柏及梅菊，工隶书，兼工铁笔。余寄居其家之萧爽楼一年有半。楼共五椽，东向，余居其三，晦明风雨，可以远眺。庭中有木犀[1]一株，清香撩人。有廊有厢，地极幽静。移居时，有一仆一妪，并挈其小女来。仆能成衣，妪能纺绩，于是芸绣、妪绩、仆则成衣，以供薪水。余素爱客，小酌必行令。芸善不费之烹庖，瓜蔬鱼虾，一经芸手，便有意外味。同人知余贫，每出杖头钱[2]，作竟日叙。余又好洁，地无纤尘，且无拘束，不嫌放纵。

时有杨补凡名昌绪，善人物写真；袁少迂名沛，工山水；王星烂名岩，工花卉翎毛，爱萧爽楼幽雅，皆携画具来。余则从之学画，写草篆，镌图章，加以润笔[3]，交芸备茶酒供客，终日品诗论画而已。更有夏淡安、揖山两昆季，并缪山音、知白两昆季，及蒋韵香、陆橘香、周啸霞、郭小愚、华杏帆、张闲憨诸君子，如梁上之燕，自去自来。芸则拔钗沽酒，不动声色，良辰美景，不放轻过。今则天各一方，风流云散，兼之玉碎香埋，不堪回首矣！

注释

1 木犀：即桂花树。

2 杖头钱：晋代阮脩常以百钱挂杖头，至酒店便买酒酣饮，后因以“杖头钱”指酒钱。

3 润笔：书画文章的酬劳。

译文

友人鲁璋，字春山，号半舫，善画松柏及梅菊，工隶书，兼工篆刻。我寄居他家的萧爽楼有一年半。楼共五间，朝东，我住第三间，风雨晦明，可以远眺。庭院中有一株木犀，清香撩人。庭有长廊，有厢房，很是幽静。我和芸搬来住，带着一个仆人和仆妇，同时还有他们的小女儿。仆人能制衣，仆妇会织布，于是芸刺绣、仆妇纺织、仆人则裁衣，以此来供给日常开支。我平素好客，小饮必行酒令。芸厨艺精湛，却所费无多，瓜蔬鱼虾，一经芸手，便有出人意外的味道。朋友们知道我清贫，每次来都会凑个份子钱，作一天的欢会。我又喜好清洁，地上纤尘不染，且又无拘无束，不嫌放纵。

当时有一人叫杨补凡，名昌绪，擅长人物写真；袁少迂名沛，工山水画；王星烂名岩，工花卉翎毛，他们均爱萧爽楼幽雅，都携画具前来。我便跟他们学画画，写草书、篆书，镌刻图章。作为酬谢，我便把茶酒供客之事一并交给了芸，终日品评诗画而已。更有夏淡安、揖山两兄弟，还有缪山音、知白两兄弟，及蒋韵香、陆橘香、周啸霞、郭小愚、华杏帆、张闲憨诸位君子，他们如梁上之燕，自去自来。芸则不动声色地典当了首饰，买来好酒，良辰美景，岂能等闲放过。今日则天各一方，风流云散，况且玉碎香埋，不堪回首啊！

萧爽楼有四忌：谈官宦升迁、公廨时事、八股时文、看牌掷色，有犯必罚酒五斤。有四取：慷慨豪爽、风流蕴藉、落拓不羁、澄静缄默。长夏无事，考对为会。每会八人，每人各携青蚨[1]二百，先拈阄，得第一者为主者，关防别座，第二者为誊录，亦就座，余作举子，各于誊录处取纸一条，盖用印章。主考出五七言各一句，刻香为限，行立构思，不准交头私语，对就后投入一匣，方许就座。

各人交卷毕，誊录启匣，并录一册，转呈主考，以杜徇私。十六对中取七言三联，五言三联。六联中取第一者即为后任主考，第二者为誊录，每人有两联不取者，罚钱二十文，取一联者免罚十文，过限者倍罚。一场，主考得香钱[2]百文。一日可十场，积钱千文，酒资大畅矣。惟芸议为官卷[3]，准坐而构思。

注释

1 青蚨：虫名。传说青蚨生子，母与子分离后仍聚回一处，人用青蚨母子的血各涂在钱上，涂母血的钱或涂子血的钱用出后必会飞回，所以用青蚨代指钱。

2 香钱：本指布施给佛寺庙宇的香火钱，此处指钱。

3 官卷：清代科举制度，凡高级官员子弟参加乡试，皆另编字号。因其试卷均编为“官”字号，故名官卷。

译文

在萧爽楼有四忌：忌谈官职升迁、衙门时事、八股时文、看牌掷色。有犯忌者罚酒五斤。又有四倡：慷慨豪爽、风流蕴藉、落拓不羁、澄静缄默。长夏无事，便以文会友，吟诗对句。每次聚会八人，每人各携二百文钱。先抓阄，得第一者为主考官，监督检查其他人，第二位誊录官，也入座。余下的便是应试的举人，各自从誊录官那儿取一张纸，用印章盖章。主考官出五七言各一句，焚香为限，走着或是站着构思，悉听尊便，只是不准交头接耳。对出后投入一箱中，才允许归座。

各人都交卷完毕后，誊录官打开箱子，另誊录一册，转呈给主考官，以防徇私。十六对中取七言三联，五言三联。六联中荣获第一的，便为下任主考官，第二即为下任誊录官。两联都没有取中的便要罚二十文钱，仅取一联的，少罚十文，过了限期仍未对出的加倍。一场下来，主考官得百文钱，一天可进行十场，就能积累千文，够酒钱了。唯有芸以官员子弟的身份另行对待，准许坐着构思。

杨补凡为余夫妇写载花[1]小影，神情确肖。是夜月色颇佳，兰影上粉墙，别有幽致，星烂醉后兴发曰："补凡能为君写真，我能为花图影。"余笑曰："花影能如人影否？"星烂取素纸铺于墙，即就兰影，用墨浓淡图之。日间取视，虽不成画，而花叶萧疏，自有月下之趣。芸甚宝之，各有题咏。

注释

1 载花：头上戴着花朵为装饰。

译文

杨补凡为我们夫妻画过戴花的小像，神情惟妙惟肖。当晚月色皎洁，兰花投影在粉墙上，别有幽致，星烂趁着酒兴说："补凡能为你们写真，我能为花画影。"我笑着说："花影果真能和人影一样入画吗？"星烂拿来白纸铺在墙上，就沿着兰花的影子摹写，用墨或浓或淡地涂抹。白天取来观看，虽然不甚成画，但花叶萧疏可爱，自有一番月下之趣。芸很珍惜它，各人皆有题咏。

苏城有南园、北园二处，菜花黄时，苦无酒家小饮。携榼[1]而往，对花冷饮，殊无意味。或议就近觅饮者，或议看花归饮者，终不如对花热饮为快。众议未定。芸笑曰："明日但各出杖头钱，我自担炉火来。"众笑曰："诺。"众去，余问曰："卿果自往乎？"芸曰："非也，妾见市中卖馄饨者，其担锅灶无不备，盍雇之而往？妾先烹调端整，到彼处再一下锅，茶酒两便。"

余曰："酒菜固便矣，茶乏烹具。"芸曰："携一砂罐去，以铁叉串罐柄，去其锅，悬于行灶中，加柴火煎茶，不亦便乎？"余鼓掌称善。街头有鲍姓者，卖馄饨为业，以百钱雇其担，约以明日午后，鲍欣然允议。明日看花者至，余告以故，众咸叹服。

注释

1 榼（kē）：古代盛酒的器具，后泛指盒一类的器物。

译文

苏州有南园、北园，每到菜花变黄的时节，我们便想去游玩饮酒，却苦于附近无酒家可以小酌。自带酒盒前往，对花冷饮，却又感觉毫无味道。有人提议找最近的酒家，或是赏花后回去再饮，终究不如对花热饮快意。众人议论未定。芸笑着说："明日大家各出酒钱，我自担火炉过来。"大家齐声说："遵命！"众人离去后，我问芸："你真要自己担着火炉前往？"芸说："不是的，我看到市中有卖馄饨的，担子、锅、灶无一不备，何不雇他一同前往？我先把酒菜食具准备妥当，到地方后再下锅，茶酒自然就有了。"

我说："酒菜固然好办，却缺少烹茶的器具。"芸回答道："带一个砂罐去，用铁叉把罐柄串起来，取下馄饨锅，悬挂在灶台上方，添加柴火煎茶，不是很方便吗？"我听罢鼓掌叫好。街头有个姓鲍的，以卖馄饨为业，芸用百文钱雇了他，约定明天午后出发，他欣然同意。明天赏花的人来齐，我把主意告诉他们，大家无不感叹佩服。

饭后同往，并带席垫，至南园，择柳阴下团坐。先烹茗，饮毕，然后暖酒烹肴。是时风和日丽，遍地黄金，青衫红袖，越阡度陌，蝶蜂乱飞，令人不饮自醉。既而酒肴俱熟，坐地大嚼，担者颇不俗，拉与同饮。游人见之，莫不羡为奇想。杯盘狼藉，各已陶然，或坐或卧，或歌或啸。红日将颓，余思粥，担

者即为买米煮之，果腹而归。芸问曰："今日之游乐乎？"众曰："非夫人之力不及此。"[1] 大笑而散。

注释

1 非夫人之力不及此：语出《左传》"烛之武退秦师"篇，用在文中造成文雅的谐趣。

译文

大家饭后同去，一并带着凉席垫子，到南园后，在柳阴下围成一圈坐下。先煎茶，饮茶后再温酒做饭食。当日风和日丽，菜花黄灿灿的，触目皆是，游人如织，男男女女，来来往往，花间蝴蝶蜜蜂上下飞舞，此情此景，让人不饮自醉。一会儿酒温好饭也熟了，我们坐在地上大嚼起来。雇来的脚夫也非俗人，拉来同饮。游人见此，无不歆羡，都认为是奇思妙想。饭罢杯盘狼藉，各各微醺，或坐或卧，或歌或啸。夕阳西下，我想喝粥，脚夫当即为我买米煮粥，饱食一顿，大腹便便而回。芸问道："今日游玩开心吗？"众人异口同声回答："没有夫人您的操办就不会有今天游玩的快乐。"于是众人会心大笑而散。

贫士起居、服食以及器皿、房舍，宜省俭而雅洁，省俭之法曰"就事论事"。余爱小饮，不喜多菜。芸为置一梅花盒：用二寸白磁深碟六只，中置一只，外置五只，用灰漆就，其形如梅花，底盖均起凹楞，盖之上有柄如花蒂。置之案头，如一朵墨梅覆桌；启盖视之，如菜装于花瓣中，一盒六色，二三知己可以随意取食，食完再添。

另做矮边圆盘一只，以便放杯、箸、酒壶之类，随处可摆，移掇[1] 亦便。即食物省俭之一端也。余之小帽领袜皆芸自做，衣之破者，移东补西，必整必洁，色取暗淡，以免垢迹，既可出客，又可家常。此又服饰省俭之一端也。

注释

1 移掇：移动拾掇。

译文

清贫寒士起居饮食，以及器皿居室，应节俭而雅洁，节俭方法叫作"就事论事"。我平时爱小酌几杯，不喜多菜。芸为我置办一个梅花盒，用六只两寸白磁深碟，中间放一只，外面放五只，用油灰漆好，形状如梅花，底盖都有凹楞，盖子上有形如花蒂的手柄。放在案头，如同一朵墨梅覆在桌上；揭开盖子，菜肴如同装在花瓣中，一盒六色，二三知己可以随意取食，吃完再添。

芸另外做一只矮边圆盘，以便放置杯、筷、酒壶之类，随处可放，移动方便。这就是一种节俭的方法。我的小帽、领、袜，都是芸亲手做的。衣服破了，便移东补西，但必求整洁，衣色取暗淡，以免污垢弄脏，穿上既可会客，又可家居。这是节省衣饰的方法。

初至萧爽楼中，嫌其暗，以白纸糊壁，遂亮。夏月楼下去窗，无阑干，觉空洞无遮拦。芸曰："有旧竹帘在，何不以帘代栏？"余曰："如何？"芸曰："用竹数根，黝黑色，一竖一横，留出走路，截半帘搭在横竹上，垂至地，高与桌齐，中竖短竹四根，用麻线扎定，然后于横竹搭帘处，寻旧黑布条，连横竹裹缝之。既可遮拦饰观，又不费钱。"此"就事论事"之一法也。以此推之，古人所谓竹头木屑皆有用，良有以也。夏月荷花初开时，晚含而晓放，芸用小纱囊撮茶叶少许，置花心，明早取出，烹天泉水[1]泡之，香韵尤绝。

注释

1 天泉水：指雨水、露水或雪水。

译文

刚移居萧爽楼中，我们嫌它昏暗，便用白纸裱糊墙壁，于是显得明亮多了。夏天楼下取掉窗子，没有栏杆，感觉空洞没有遮拦。芸便说："有旧竹帘在，何不以竹帘代替栏杆？"我疑惑说："那该怎么做呢？"芸说："用数根黝黑色的竹子，一竖一横，留出小路，截取半边竹帘搭在横着的竹子上，垂直至地，高和桌子齐平，中间竖四根短竹，用麻线扎好固定牢，然后在竹帘横竹结合处，找来旧黑布条，裹着横竹缝好。既可以遮拦装饰，又不费钱。"这也是"就事论事"的一个方法。以此类推，古人所说的竹头木屑都有用处，确实如此啊。夏荷初绽时，晚上敛起，天明开放，芸用小纱囊撮取少许茶叶，放在荷花心中，第二天早晨取出，用雨水烹泡，茶香淡雅，余韵不绝。

浮生六记

坎坷记愁

本记开篇作者感叹自己“多情重诺，爽直不羁”却因之受累，足见世路难行与人心不古。沈复如此，芸何尝不如此，他们的“痴”与浊世相忤。他们因痴而难以恪守封建礼法遂失欢于父母，以致两次被逐而赁屋别住；他们因痴为人借贷担保致使自身受牵累，不得不替人还债，使本就拮据的生活雪上加霜；芸因痴于情、笃于谊，故憨园被“有力者夺去”，念念不忘，遂至沉疴，寻医问药，负债累累，招致非议。

本记集中展示了夫妻两人坎坷多艰、充满荆棘的生活之路。为了生活，沈复开设画铺，却入不敷出；为了生活，芸以带病之身赶绣《心经》，却病上加痛，一句“岂知命薄者，佛亦不能发慈悲也”让人喟叹太息。接下来夫妻遭遇之惨怛，更令人不忍卒读。匆忙嫁女，母子泣别，逢森号哭“噫，我母不归矣”，如闻凄厉之声，夫妻肝肠寸断。冷风寒夜中沈复背起芸乘船驶进浓黑的夜，母子遂为永诀，生人作死别，恨恨那可论！

另如寄人篱下、东奔西走、借款筹资、扬州遇雪、夜宿土地祠、风餐露宿，备尝艰辛，凡此种种大不幸，又怎能一个“愁”字了得！最让人伤心惨恸的莫过于芸的临终泣别，二十三年的恩爱在心头闪现，芸虽口说无憾，但中道相离，不能亲眼见儿子长大成人，心中遗憾更不知凡几。弥留之际，期以来世，喃喃叠言，幽冥永隔，绵绵长恨何有终极？

读者阅此血泪文字未有不对芸的香消玉殒一掬同情之泪。作者在回魂之夜痴情等待的心理也叙述得细入毫芒，再见一面的愿望随着烛火的腾起回缩，也终归于幻灭，生死茫茫，阴阳永隔，不久独子逢森竟也夭折，人生坎坷，曷其有极！悲剧就是把美好的东西撕碎给人看，《坎坷记愁》让读者得见沈复生活中“乐”“趣”之外的另一悲剧侧面，感受盛世之下底层文人生活的辛酸悲楚。

人生坎坷，何为乎来哉？往往皆自作孽耳。余则非也，多情重诺[1]，爽直不羁[2]，转因之为累。况吾父稼夫公，慷慨豪侠，急人之难、成人之事、嫁人之女、抚人之儿，指不胜屈，挥金如土，多为他人。余夫妇居家，偶有需用，不免典质。始则移东补西，继则左支右绌。谚云："处家人情，非钱不行。"先起小人之议，渐招同室之讥。"女子无才便是德"，真千古至言也！

余虽居长而行三，故上下呼芸为"三娘"，后忽呼为"三太太"。始而戏呼，继成习惯，甚至尊卑长幼，皆以"三太太"呼之，此家庭之变机欤？

注释

1 多情重诺：指为人注重感情，喜热心助人，答应别人的事就一定要做到。

2 爽直不羁：指性格豪爽，放荡不羁。

译文

人生为何总是坎坷相伴呢？往往都是自作孽。我却不是这样，多情重诺，爽直不羁，反而因此受牵累。更何况我父亲稼夫公，慷慨豪侠，急人所急，成人之美，帮助别人嫁女，抚育他人幼儿，这种事情，数不胜数，常为他人挥金如土。我夫妇二人居家，偶尔有急用，不免要典当物资换些钱财。起初移东墙补西墙，继而开始捉襟见肘。谚语说："处家人情，非钱不行。"开始是一些小人议论纷纷，渐渐招致家族中人的嘲讽。"女子无才便是德"，真是千古至言啊！

我虽是长子，却在族中排行第三，因此家里上上下下都喊芸为"三娘"，后来忽然喊她"三太太"。开始只不过是戏称，继而成了习惯，甚至尊卑长幼都喊她"三太太"，这难道是后来家庭变故的征兆吗？

乾隆乙巳[1]，随侍吾父于海宁官舍。芸于吾家书中附寄小函，吾父曰："媳妇既能笔墨，汝母家信付彼司之。"后家庭偶有闲言，吾母疑其述事不当，乃不令代笔。吾父见信非芸手笔，询余曰："汝妇病耶？"余即作札问之，亦不答。久之，吾父怒曰："想汝妇不屑代笔耳！"迨余归，探知委曲，欲为婉剖[2]，芸急止之曰："宁受责于翁，勿失欢于姑也。"竟不自白。

注释

1 乾隆乙巳：乾隆五十年，即 1785 年。

2 婉剖：委婉地剖析讲明。

译文

乾隆乙巳年，我随侍父亲到海宁官舍。芸在给我的家书中附寄了小信函。我父亲说："你媳妇既然粗通文墨，那你母亲的家书也由她来代劳吧。"后来家族里偶有闲言碎语，我母亲怀疑芸叙事不当，就不让她代笔了。我父亲不知缘由，看到信不是芸的手笔，就问我："你媳妇生病了吗？"我赶紧写信去询问情况，也没有回信。时间久了，我父亲非常生气，说："想来是你媳妇不屑于代笔罢了！"等到我回家之后，探知事情的原委，想要为她澄清。芸急忙制止我，说："我宁愿受公公的责备，也不想失去婆婆的欢心。"最终也没有澄清这件事。

庚戌[1]之春，予又随侍吾父于邗江[2]幕中。有同事俞孚亭者，挈眷居焉。吾父谓孚亭曰："一生辛苦，常在客中，欲觅一起居服役之人而不可得。儿辈果能仰体亲意，当于家乡觅一人来，庶语音相合。"孚亭转述于余，密札致芸，倩媒物色，得姚氏女。芸以成否未定，未即禀知吾母。其来也，托言邻女之嬉游者。及吾父命余接取至署，芸又听旁人意见，托言吾父素所合意者。吾母见之曰："此邻女之嬉游者也，何娶之乎？"芸遂并失爱于姑矣。

注释

1 庚戌：乾隆五十五年，即 1790 年。
2 邗（hán）江：扬州下辖区。

译文

乾隆庚戌年的春天，我又随父亲到邗江幕府。同事俞孚亭，带着家眷一起上任。我父亲对孚亭说："我一生辛苦奔波，常在客途之中，想寻一个能跟随我在外地，照顾我起居生活的人，却始终没能如愿。儿辈们如果能体会我的感受，体察我的心意，应当在家乡帮我寻觅一个人来，语音相通，好歹能陪我说说话。"孚亭把这些话转述给我，我给芸写了一封密信，让她请媒人帮忙物色，找到一位姚家姑娘。芸因为是否能成还不确定，便没有立即禀报我母亲。姚家姑娘来的时候，芸借口说是邻家姑娘来玩。等我父亲命我把她接到官衙时，芸又听信旁人意见，借口说姚家姑娘是我父亲向来一直合意的。我母亲见到了，说：

“她不是来玩的邻家女儿吗，怎么娶了呢？”因为这件事，芸在我母亲那里也失了欢心。

壬子[1]春，余馆真州。吾父病于邗江，余往省，亦病焉。余弟启堂时亦随侍。芸来书曰：“启堂弟曾向邻妇借贷，倩芸作保，现追索甚急。”余询启堂，启堂转以嫂氏为多事。余遂批纸尾曰：“父子皆病，无钱可偿，俟启弟归时，自行打算可也。”未几，病皆愈，余仍往真州。芸覆书来，吾父拆视之，中述启弟邻项事，且云：“令堂以老人之病，皆由姚姬而起。翁病稍痊，宜密嘱姚托言思家，妾当令其家父母到扬接取。实彼此卸责之计也。”

吾父见书，怒甚，询启堂以邻项事，答言不知。遂札饬[2]余曰：“汝妇背夫借债，谗谤小叔，且称姑曰‘令堂’，翁曰‘老人’，悖谬之甚！我已专人持札回苏斥逐，汝若稍有人心，亦当知过！”余接此札，如闻青天霹雳，即肃书认罪，觅骑遄归[3]，恐芸之短见也。到家述其本末，而家人乃持逐书至，历斥多过，言甚决绝。芸泣曰：“妾固不合妄言，但阿翁当恕妇女无知耳。”越数日，吾父又有手谕至，曰：“我不为已甚，汝携妇别居，勿使我见，免我生气足矣。”

注释

1 壬子：乾隆五十七年，即1792年。

2 札饬：写信训斥。

3 遄归：急速归家。

译文

乾隆壬子年的春天，我在真州营生。父亲在邗江生病了，我前往探望，也病了。我弟弟启堂当时跟随服侍。芸来家书说：“启堂弟曾向邻妇借钱，请我担保，现在人家追债很急。”我询问启堂这件事，启堂反而觉得嫂子多事。我于是在信尾批注说：“我们父子都病了，没有钱可以偿还，等启堂回去以后，让他自己处理吧。”没过多久，我们的病都痊愈了，然后我又前往真州。芸写来回信，我父亲拆开看，信中讲述了启堂与邻居之间的事，而且还提到：“你母亲认为老人得病，是因娶了姚姬引起的。等老人稍稍痊愈了，应该悄悄嘱咐姚姬借口思家心切，我让她的父母到扬州去接她回家，这才是彼此卸脱责任的方法啊。”

我父亲看到这封家书更愤怒了，询问启堂向邻居借钱的事，启堂说不知道。

于是父亲写信斥责我说："你媳妇背着丈夫在外借钱，还中伤诽谤小叔，而且称呼婆婆'你母亲'，称呼公公'老人'，如此忤逆荒谬！我已经派专人带着书札回苏州斥责赶她出门了，你若是稍稍还有人心，就应当知道自己的过错！"我收到这封信札，顿时如晴天霹雳，即刻写书信向父亲认错，又赶紧寻觅马匹火速回家，担心芸想不开寻短见。到家之后，我述说了事情的来龙去脉，然而家人却拿着我父亲写的逐书，历数芸的种种不是，言辞甚为决绝。芸哭泣说："我自当不该妄言，但求公公看在我是一个妇人，不懂礼数，宽恕我的无知吧。"过了几日，父亲又有手谕到来，说："我也不想做得太过分，你带着媳妇去别的地方住吧，不要让我见到，免得我生气就够了。"

乃寄芸于外家。而芸以母亡弟出，不愿往依族中。幸友人鲁半舫闻而怜之，招余夫妇往居其家萧爽楼。越两载，吾父渐知始末，适余自岭南归，吾父自至萧爽楼，谓芸曰："前事我已尽知，汝盍归乎？"余夫妇欣然，仍归故宅，骨肉重圆。岂料又有憨园之孽障耶！

芸素有血疾，以其弟克昌出亡不返，母金氏复念子病没，悲伤过甚所致。自识憨园，年余未发，余方幸其得良药。而憨为有力者夺去，以千金作聘，且许养其母。佳人已属沙叱利[1]矣。余知之而未敢言也。及芸往探始知之，归而呜咽，谓余曰："初不料憨之薄情乃尔也！"余曰："卿自情痴耳，此中人何情之有哉？况锦衣玉食者，未必能安于荆钗布裙也，与其后悔，莫若无成。"因抚慰之再三。而芸终以受愚为恨，血疾大发，床席支离，刀圭[2]无效，时发时止，骨瘦形销。不数年而逋负[3]日增，物议日起。老亲又以盟妓一端，憎恶日甚。余则调停中立，已非生人之境矣。

注释

1 沙叱利：唐传奇《柳氏传》中夺走柳氏的将领，这里指霸占他人妻室或强娶民妇的权贵。

2 刀圭：古代量取药物的用具，这里指医药。

3 逋负：债务。

译文

我本来想让芸回娘家住，但是芸的母亲已经去世，弟弟又出门在外，她不愿意依附族人生活。幸好我的朋友鲁半舫听说了此事，非常同情我们的遭遇，招待我夫妇住在他家的萧爽楼里。过了两年，我父亲渐渐知道了事情的始末，当时恰逢我从岭南归来，父亲亲自来到萧爽楼，对芸说："以前的事，我已经全知道了，你们何不回来住呢？"我夫妇二人心中大喜，便搬回旧宅，算是骨肉团圆了。谁能料到又有憨园这等孽障之事呢？

芸素来有血疾之症，因为她弟弟克昌出门远游久居不返，母亲思子心切，终致病故，芸也悲伤过度而得病。自从认识了憨园，一年多都没复发，我还庆幸芸得了良药，说不定就好了呢。而憨园后来被有势力的人夺去，给了千金聘礼，并且答应赡养她母亲。佳人终究为权豪所夺。我知道这件事情，但是没敢告诉芸。等到芸去探望憨园的时候，方才知悉，回到家呜咽痛哭，对我说："我当初不知道憨园竟然如此薄情啊！"我宽慰她说："是你太痴情了，这种人怎么会有情呢？况且锦衣玉食的女子，未必能安于荆钗布裙的生活，与其之后懊悔，不如早早看清面目，开始就不成的好。"因此再三抚慰她。但是芸终究还是觉得自己受了愚弄，心中忿忿不平，血疾发作，缠绵病榻，药剂也没有效果。这病时发时止，弄得她形销骨立，十分痛苦。没几年便欠债累累，于是引起各种非议。我父母又因为芸与妓女私下订约，对她的憎恶与日俱增。我在两者之间费尽心力调停，种种境遇，已经不是一般人能承受得了的。

芸生一女名青君，时年十四，颇知书，且极贤能，质钗典服，幸赖辛劳。子名逢森，时年十二，从师读书。余连年无馆，设一书画铺于家门之内，三日所进，不敷一日所出，焦劳困苦，竭蹶时形[1]，隆冬无裘，挺身而过。青君亦衣单股栗，犹强曰"不寒"。因是芸誓不医药。

偶能起床，适余有友人周春煦自福郡王幕中归，倩[2]人绣《心经》一部，芸念绣经可以消灾降福，且利其绣价之丰，竟绣焉。而春煦行色匆匆，不能久待，十日告成。弱者骤劳，致增腰酸头晕之疾。岂知命薄者，佛亦不能发慈悲也！绣经之后，芸病转增，唤水索汤，上下厌之。

注释

1 竭蹶时形：经常匮乏，缺钱少用。

2 倩（qiàn）：请。

译文

芸生有一女，名唤青君，那年十四岁，知书达理，而且非常贤能，常常典当质押些簪钗衣服，多亏她辛劳。我们的儿子叫逢森，那年十二岁，跟着老师读书。我连年无事可做，只好在家门口设一画铺，三天挣的钱，还抵不上一天的花费，入不敷出，焦虑劳累，困苦不堪，极为拮据。隆冬季节，我们没有暖衣可穿，只能硬挺过来。青君也是衣服单薄，冻得两腿发抖，还强忍着说不冷。因此，芸发誓再不医治用药了。

芸偶尔能够下床，恰逢我的朋友周春煦给福郡王做幕僚回来，请人绣《心经》一部，芸考虑绣《心经》可以消灾降福，而且价格颇丰，就开始绣了。但是春煦行色匆匆，不能久等，芸十天就绣好了。本来芸身子就虚弱，这些天又突然特别辛劳，致使她又增加了腰酸头晕的病症。哪里知道命薄的人，佛也不能发慈悲啊！绣经之后，芸的病情又加重了，唤水索汤，都要有人帮忙，于是家里上上下下的人都讨厌她。

有西人赁屋于余画铺之左，放利债为业，时倩余作画，因识之。友人某向渠[1]借五十金，乞余作保。余以情有难却，允焉，而某竟挟资远遁。西人惟保是问，时来饶舌。初以笔墨为抵，渐至无物可偿。岁底，吾父家居，西人索债，咆哮于门。吾父闻之，召余诃责曰："我辈衣冠之家，何得负此小人之债？"

正剖诉间，适芸有自幼同盟姊锡山华氏，知其病，遣人问讯。堂上误以为憨园之使，因愈怒曰："汝妇不守闺训，结盟娼妓；汝亦不思习上，滥伍小人。若置汝死地，情有不忍。姑宽三日限，速自为计，迟必首[2]汝逆矣。"芸闻而泣曰："亲怒如此，皆我罪孽。妾死君行，君必不忍；妾留君去，君必不舍。姑密唤华家人来，我强起问之。"

注释

1 渠：第三人称代词，他。

2 首：向官府告发。

译文

有个山西人，在我家画铺左边租赁了一个铺子，以放高利贷为职业，时常请我作画，因此便认识了。我的某个朋友向他借了五十金，请我做担保，我碍于情面，不便推托，便答应了。谁知道他竟然携款潜逃。因为是我做保，那个山西人只能唯我是问，时常前来要债，起初我拿笔墨抵债，渐渐到了没有什么物资可抵偿。年底，我父亲回到家，正巧这个山西人跑到家里来要债，在门口咆哮。我父亲听到了，把我召来斥责说：“我们这种书香门第，怎么欠了这等小人的债务？”

我正要解释，恰逢芸从小结拜的嫁到无锡的华氏姊妹，听说芸病了，专门派人前来询问。我父母听说了，以为是憨园派来的，因此更加恼怒，说：“你媳妇不守妇道，和妓女结拜，你也不求上进，与小人为伍。我如果置你于死地，情有不忍，姑且宽限你三天时间，自己想法子吧，否则我必去报官，告发你忤逆不孝。”芸听闻，哭泣不止，说：“公婆如此愤怒，都是因我而起，都是我的罪孽，我死了，你出走，你必不忍心；我活着，让你离开，郎君必不舍得。姑且悄悄叫华家人过来，我勉强起身，问问情况。”

因令青君扶至房外，呼华使问曰：“汝主母特遣来耶？抑便道来耶？”曰：“主母久闻夫人卧病，本欲亲来探望，因从未登门，不敢造次。临行嘱咐：‘倘夫人不嫌乡居简亵[1]，不妨到乡调养，践幼时灯下之言。’”盖芸与同绣日，曾有疾病相扶之誓也。因嘱之曰：“烦汝速归，禀知主母，于两日后放舟密来。”其人既退，谓余曰：“华家盟姊情逾骨肉，君若肯至其家，不妨同行，但儿女携之同往既不便，留之累亲又不可，必于两日内安顿之。”

时余有表兄王荩臣一子名韫石，愿得青君为媳妇。芸曰：“闻王郎懦弱无能，不过守成之子，而王又无成可守。幸诗礼之家，且又独子，许之可也。”余谓荩臣曰：“吾父与君有渭阳之谊[2]，欲媳青君，谅无不允。但待长而嫁，势所不能。余夫妇往锡山后，君即禀知堂上，先为童媳，何如？”荩臣喜曰：“谨如命。”逢森亦托友人夏揖山转荐学贸易。

注释

1 简亵：怠慢不恭。

2 渭阳之谊：指外甥和舅舅之间的情谊，典出《诗经·秦风·渭阳》：“我送舅氏，曰至渭阳。”

译文

于是让青君扶着她到房外，喊来华家的来使，问："是你家夫人特地派你来的，还是顺道来访？"来使回答说："我家夫人久闻夫人卧病在床，本来想要亲自探望的，又因从未登门拜访过，不敢造次。临行前，我家夫人再三嘱咐我：'如果夫人您不嫌弃乡村居住简陋，不妨到乡下来调养身体，践行幼时灯下的盟约。'"原来芸以前和华氏姊妹情深，一同刺绣习女红时，曾结下了生病相扶持的誓言。芸于是嘱咐她说："烦请你赶紧回去，禀告你家夫人，两天后放船来悄悄接应。"那人离开之后，芸对我说："华家盟姊与我情同骨肉，夫君如果愿意去她家，不妨同行。但是带着儿女同去，多有不便，留下牵累公婆又不可，两日之内一定要安顿好他们。"

当时我表兄王荩臣有一儿子名叫韫石，愿意娶青君做媳妇。芸说："我听说王家儿子懦弱无能，不过是守成之子，而王家又无家业可守，所幸他们是诗礼之家，且他又是独子，把青君许给他也可以。"我对王荩臣说："家父与你有甥舅之亲，想要青君做儿媳，本不会不答应。但是等到青君长大再嫁过去，看现在的情形，是不可能的了。我夫妇二人前往无锡后，你便可立即禀告我父亲，让青君先做你家童养媳，如何？"荩臣大喜说："好的，就按照你的意思办吧！"逢森也托付给朋友夏揖山，辗转推荐去学贸易了。

安顿已定，华舟适至，时庚申[1]之腊二十五日也，芸曰："孑然出门，不惟招邻里笑，且西人之项无着，恐亦不放，必于明日五鼓悄然而去。"余曰："卿病中能冒晓寒耶？"芸曰："死生有命，无多虑也。"密禀吾父，亦以为然。

是夜，先将半肩行李挑下船，令逢森先卧，青君泣于母侧。芸嘱曰："汝母命苦，兼亦情痴，故遭此颠沛，幸汝父待我厚，此去可无他虑。两三年内，必当布置重圆。汝至汝家，须尽妇道，勿似汝母。汝之翁姑以得汝为幸，必善视汝。所留箱笼什物，尽付汝带去。汝弟年幼，故未令知，临行时托言就医，数日即归。俟我去远，告知其故，禀闻祖父可也。"旁有旧妪，即前卷中曾赁其家消暑者，愿送至乡，故是时陪侍在侧，拭泪不已。

注释

1 庚申：指嘉庆庚申年，公元 1800 年，时年沈复 37 岁。

译文

我们把一切安顿好之后，华家的船正好也到了，当时是庚申年腊月二十五日。芸说：“孑然一身离开，不免招邻里嘲笑，而且山西人的款项也没有着落，恐怕他也不会放我们走的，所以我们必须在明天五更时悄悄离开。”我回答说：“你还在病中，能受得了早晨的严寒吗？”芸说：“死生有命，不要多虑。”于是我悄悄禀明父亲，父亲也认为这样做更好些。

当晚，我们先将一半行李放在华家船上，让逢森先睡下，青君在芸身边悲泣。芸嘱咐她说：“你母亲命苦，而且又痴情，因此才颠沛流离，幸好你父亲对我很好，这次离开，我也没有什么后顾之忧。两三年内，我们必当再次团圆。你到了婆家，一定要恪守妇道，不要像我一样。你的公婆以得你做儿媳为幸事，必定会善待你。家里留下的箱笼什物，你都带走吧。你弟弟年幼，因此没有告诉他发生的事情，临行前我借口说只是去就医问药，几天就会回来，等我上船走远了，你再告诉他，然后再去禀明你祖父。”旁边有个老婆婆，就是前卷中提到的曾租赁她家房子来消暑的那位，她愿意送我们去锡山乡下，所以当时也陪侍在侧，听芸这么说，也拭泪不止。

将交五鼓，暖粥共啜之。芸强颜笑曰：“昔一粥而聚，今一粥而散，若作传奇，可名《吃粥记》矣。”逢森闻声亦起，呻曰：“母何为？”芸曰：“将出门就医耳。”逢森曰：“起何早？”曰：“路远耳。汝与姊相安在家，毋讨祖母嫌。我与汝父同往，数日即归。”

鸡声三唱，芸含泪扶妪，启后门将出，逢森忽大哭曰：“噫，我母不归矣！”青君恐惊人，急掩其口而慰之。当是时，余两人寸肠已断，不能复作一语，但止以“勿哭”而已！青君闭门后，芸出巷十数步，已疲不能行，使妪提灯，余背负之而行。将至舟次，几为逻者[1]所执，幸老妪认芸为病女，余为婿，且得舟子（皆华氏工人）闻声接应，相扶下船。解维后，芸始放声痛哭。是行也，其母子已成永诀矣！

注释

1 逻者：巡逻的人。

译文

快要到五更天了，我们热了粥喝。芸强颜欢笑说："昔日我们因一粥团聚，今日因一粥分离，如果写成传奇，可叫《吃粥记》了。"逢森听到我们说话，也起来了，喃喃地问："母亲，你要去哪？"芸说："我将出门就医。"逢森接着问："为什么起那么早啊？"芸回答他说："因为路途遥远。你和你姐姐要在家相安无事，不要讨祖母嫌弃。我和你父亲一起去，几天后就会回来。"

鸡鸣了三声，芸含着眼泪扶着老婆婆，打开后门将要出去，逢森突然大哭："啊！我母亲不回来了。"青君恐怕他的哭声惊动了邻居，急忙捂住他的嘴巴安慰他。那时，我夫妇二人早已是肝肠寸断，悲痛不已，痛苦地说不出话，只能对他说"不要哭"而已。青君关上门之后，芸才走出巷子十来步，就已经虚弱疲惫得不能行走了，我让老婆婆提着灯笼走在前面，我背着芸走。快要到华家船时，差点被巡逻的人当坏人抓起来，幸好老婆婆借口说芸是她生病的女儿，要去就医，说我是她的女婿，而且正好华家的船工闻声也前来接应，于是我们相互扶着上了船。解缆绳开船后，芸才开始放声痛哭，这次远行，谁料竟成了母子永别！

华名大成，居无锡之东高山，面山而居，躬耕为业，人极朴诚。其妻夏氏，即芸之盟姊也。是日午未之交[1]，始抵其家。华夫人已倚门而待。率两小女至舟，相见甚欢。扶芸登岸，款待殷勤。四邻妇人孺子哄然入室，将芸环视，有相问讯者，有相怜惜者，交头接耳，满室啾啾。芸谓华夫人曰："今日真如渔父入桃源矣。"华曰："妹莫笑，乡人少所见，多所怪耳。"自此相安度岁。

注释

1 午未之交：午时，十一时到十三时，未时，十三时至十五时。这里指十三时左右。

译文

华夫人的夫君名叫大成，住在无锡的东高山，面山而居，躬耕为业，人非常朴实诚恳。他的妻子夏氏，也就是芸的盟姊。当日差不多午后一时，我们才到达华家。华夫人早已倚在门口等待我们了，带着两个小姑娘到船上，与芸相见，特别高兴。然后扶着芸登岸，热情款待。邻居妇人、小孩都哄然跑进屋里，将芸环视，有问询的，有怜惜的，交头接耳，满屋啾啾，很是热闹。芸对华夫人说："今天真像渔父来到了桃花源啊！"华夫人说："妹妹不要笑话啊，乡下人少见多怪罢了。"从此相安无事，岁月静好。

至元宵，仅隔两旬，而芸渐能起步。是夜，观龙灯于打麦场中，神情态度，渐可复元，余乃心安。与之私议曰："我居此非计，欲他适，而短于资，奈何？"芸曰："妾亦筹之矣。君姊丈范惠来现于靖江盐公堂司会计，十年前曾借君十金，适数不敷，妾典钗凑之，君忆之耶？"余曰："忘之矣。"芸曰："闻靖江去此不远，君盍一往？"余如其言。

时天颇暖，织绒袍哔叽[1]短褂，犹觉其热。此辛酉正月十六日也。是夜宿锡山客旅，赁[2]被而卧。晨起，趁江阴航船，一路逆风，继以微雨。夜至江阴江口，春寒彻骨，沽酒御寒，囊为之罄[3]。踌躇终夜，拟卸衬衣质钱而渡。

注释

1 哔叽：用毛线或棉线织成的斜条纹织物。

2 赁：租赁。

3 罄：尽，完。

译文

到了元宵佳节，虽然才过了二十多天，然而芸竟然渐渐能下床走路了。当晚，我们在打麦场观龙灯，芸的神情态度渐渐复原如初，我才感到心安。于是悄悄和芸商量说："我住在这里，终非长远之计。我想前往其他地方，但是却苦于没有钱，该如何是好呢？"芸说："我也筹划很久了，你的姐夫范惠来现在靖江盐公堂做会计，十年前曾借你十金，当时钱数不够，我典当了簪钗才凑够数，你还记得这事吗？"我回答："不记得了。"芸接着说："听说靖江离这儿不远，夫君为何不去一趟呢？"我就按芸说的做了。

当时天气颇暖和，穿着织绒袍和哔叽短褂，还是觉得热。那天是辛酉年正月十六日。当晚，我住宿在锡山的一家旅店里，租赁了一床被子躺下休息。早晨起来，乘坐前往江阴的航船，一路上逆风行驶，接着又下起了小雨。当晚到达江阴江口，春寒彻骨，便买酒取暖，结果自己已身无分文。我辗转反侧，一宿没睡着，打算把衬衣脱了，去典当些钱来渡船。

十九日，北风更烈，雪势犹浓，不禁惨然泪落，暗计房资渡费，不敢再饮。正心寒股栗间，忽见一老翁，草鞋毡笠，负黄包入店，以目视余，似相识者。余曰："翁非泰州曹姓耶？"答曰："然。我非公，死填沟壑矣！今小女无恙，时诵公德。不意今日相逢，何逗留于此？"盖余幕泰州时，有曹姓，本微贱，一女有姿色，已许婿家，有势力者放债谋其女，致涉讼。余从中调护[1]，仍归所许，曹即投入公门为隶，叩首作谢，故识之。余告以投亲遇雪之由，曹曰："明日天晴，我当顺途相送。"出钱沽酒，备极款洽。

注释

1 调护：调停，保护。

译文

正月十九日，北风凛冽，大雪纷飞。想到前路漫漫，步履艰难，我不禁怅然泪下。心里暗暗地计算着房资渡费，实在不敢再喝酒了。正心寒颤栗时，忽然看见一位老翁穿着草鞋、戴着毡笠、身上背着一个黄包袱走进店里。他看着我，好像认识似的。我说："老人家，你莫非是泰州人，姓曹吧？"他回答说："是的。如果不是您当初帮忙的话，我估计早就死了。如今我家女儿安然无恙，时常感念您的恩德。没想到今日居然在此相逢。您为何逗留在此呢？"原来我在泰州做幕僚的时候，有位姓曹的老人家，本分老实，出身微贱，有一个女儿，颇有姿色，本来已经许配给一户人家了。但又遇到有权有势的放高利贷，让这位曹姓老人用女儿来偿债，闹到对簿公堂。我从中调停，最后这个女子还是许给了原先的人家，这位老人便投入府衙做了隶卒，对我叩头谢恩，所以就认识了。我告诉他我是去投奔亲戚的，路上遇到大雪，所以滞留在此处。曹姓老人说："明日天晴，我顺路送你去。"然后又帮我买了酒喝，招待特别周到。

二十日，晓钟初动，即闻江口唤渡声，余惊起，呼曹同济。曹曰："勿急，宜饱食登舟。"乃代偿房饭钱，拉余出沽。余以连日逗留，急欲赶渡，食不下咽，强啖麻饼两枚。及登舟，江风如箭，四肢发战。曹曰："闻江阴有人缢于靖，其妻雇是舟而往，必俟雇者来始渡耳。"

枵腹[1]忍寒，午始解缆。至靖，暮烟四合矣。曹曰："靖有公堂两处，所访者城内耶？城外耶？"余踉跄随其后，且行且对曰："实不知其内外也。"曹曰：

"然则且止宿，明日往访耳。"进旅店，鞋袜已为泥淤湿透，索火烘之。草草饮食，疲极酣睡。晨起，袜烧其半，曹又代偿房饭钱。

注释

1 枵（xiāo）腹：饿着肚子。

译文

正月二十日，早钟刚响过，就听到江口有唤渡船的声音。我惊起，赶紧喊曹老翁一起上渡船。曹老翁说："不要急，应该吃饱了再出发。"于是他帮我付了房费和饭钱，拉着我去吃饭。我因为连日来一直逗留在外，急着想赶路，所以食不下咽，强迫自己吃了两枚麻饼。等到坐上了船，江风如箭，四肢发抖。船迟迟没有发动。曹老翁说："听说有个江阴人在靖江上吊了，他的妻子雇了这只船前去，我们得等到雇船的人来了，才能出发。"

我只好饿着肚子，忍着饥寒等待，到午后，才开始解缆放舟。到了靖江，已是暮色四垂。曹老翁说："靖江有两处公堂，你要到访的是城内的，还是城外的？"我踉跄地在后面跟着，边走边说："我实在不知道是城内的还是城外的。"曹老翁说："既然这样，那就先别赶路了，先住宿吧，明天再去一一探访。"我们进了一家旅店，鞋袜已经被淤泥浸透，问店家要了火来烘烤。草草吃了饭，疲惫不堪，很快便酣然入睡。第二天清晨起来，发现袜子被烘焦了一半。曹老翁又代我付了房饭钱。

访至城中，惠来尚未起，闻余至，披衣出，见余状，惊曰："舅何狼狈至此？"余曰："姑勿问，有银乞借二金，先遣送我者。"惠来以番饼二圆授余，即以赠曹。曹力却，受一圆而去。余乃历述所遭，并言来意。惠来曰："郎舅至戚，即无宿逋[1]，亦应竭尽绵力；无如航海盐船新被盗，正当盘账之时，不能挪移丰赠，当勉措番银二十圆，以偿旧欠，何如？"余本无奢望，遂诺之。留住两日，天已晴暖，即作归计。

二十五日仍回华宅。芸曰："君遇雪乎？"余告以所苦。因惨然曰："雪时，妾以君为抵靖，乃尚逗留江口。幸遇曹老，绝处逢生，亦可谓吉人天相矣。"越数日，得青君信，知逢森已为揖山荐引入店，荩臣请命于吾父，择正月二十四日将伊接去。儿女之事，粗能了了，但分离至此，令人终觉惨伤耳。

注释

1 宿逋：过去的欠账。

译文

寻访至城中，我姐夫范惠来还没有起床，听到我来了，赶紧披衣服出来见我，看到我当时的状况，大吃一惊，问道："舅子怎么如此狼狈啊？"我说："先不要问了，有没有钱呢，先借给我二金，给这位送我来的老翁。"惠来给了我两枚银元，我便立即转送曹老翁。曹老翁极力推辞不要，最后勉强接受一枚银元便离开了。然后我把遭遇详细地告诉惠来，并说明来意。惠来说："舅子是我的至亲，即使没有原先的欠款，我也应当竭尽绵力，无奈近来航海的盐船被盗，正是盘账结算的时候，所以不能挪动丰厚的钱财赠送，我当尽力拿出二十银圆，用来补偿以前所欠，怎么样呢？"我本来就没抱多大的奢望，便答应了。惠来留我住了两日，天气已经晴暖，我便计划要回去了。

正月二十五日，我仍旧回到华家。芸说："郎君遇到风雪了吗？"我便把一路上遇到的苦楚告诉她。芸听了伤心地说："下雪的时候，我以为你已经抵达靖江了，没想到你当时尚在江口逗留，幸好遇到了曹老翁，绝处逢生，也可谓是吉人自有天相啊！"过了几日，青君来信，我们得知逢森已经被夏揖山引荐到一家店里做学徒去了。王荩臣也已经请示过我的父亲，择正月二十四日把青君接走了。儿女的事情，也算大致解决了。但是如此骨肉分离，最终还是让人觉得悲惨伤怀。

二月初，日暖风和，以靖江之项薄备行装，访故人胡肯堂于邗江盐署。有贡局[1]众司事公延入局，代司笔墨，身心稍定。至明年壬戌八月，接芸书曰："病体全瘳[2]，惟寄食于非亲非友之家，终觉非久长之策，愿亦来邗，一睹平山[3]之胜。"余乃赁屋于邗江先春门外，临河两椽。自至华氏接芸同行。华夫人赠一小奚奴[4]曰阿双，帮司炊爨[5]，并订他年结邻之约。时已十月，平山凄冷，期以春游。

满望散心调摄，徐图骨肉重圆。不满月，而贡局司事忽裁十有五人，余系友中之友，遂亦散闲。芸始犹百计代余筹画，强颜慰藉，未尝稍涉怨尤。至癸亥仲春，血疾大发。余欲再至靖江，作"将伯"[6]之呼，芸曰："求亲不如求友。"余曰："此言虽是，亲友虽关切，现皆闲处，自顾不遑。"芸曰："幸天时

已暖，前途可无阻雪之虑，愿君速去速回，勿以病人为念。君或体有不安，妾罪更重矣。"

注释

1 贡局：掌管赋税的衙门。

2 全瘳（chōu）：痊愈。

3 平山：在扬州西北，有大明寺及平山堂等名胜。

4 小奚奴：小女仆。

5 爨（cuàn）：烧火做饭。

6 将伯：典出《诗经·小雅·正月》："将伯助予。"将，请。伯，长者。后世用以指向人求助或帮助他人。

译文

二月初，日暖风和，靠着靖江之行得来的银钱，简单地置办了行囊，我前往邗江盐署去拜访故人胡肯堂。贡局里众司事一起请我入贡局工作，代理文书笔墨。我身心才略微安定下来。到第二年壬戌八月，我收到芸的家书，说："我病体差不多痊愈了，只是寄食在非亲非友家里，最终还是觉得不是长久之计，也想前来邗江，一睹平山的胜景。"看完此信，我便在邗江先春门外租赁一处房屋，是一处临河的两间屋。我亲自到达华家，接芸一起同行。华夫人赠给我们一个小女仆，叫阿双，让她帮助我们烧火做饭，并订下他年比邻而居的约定。当时已经十月份，平山非常凄冷，我期盼着明年春游。

本来我满心欢喜接来芸，可以散心调养，慢慢考虑骨肉团圆的事，谁料想，还不到一个月，贡局突然裁员十五人，我是朋友引荐来的，也在裁员之列，于是再次赋闲。芸开始仍千方百计帮我筹划，强颜欢笑地安慰我，没有过一丝一毫埋怨。到癸亥年的仲春，芸血疾又严重发作。我打算再去靖江找范惠来帮忙。芸说："求亲不如求友。"我回答说："这话虽然有道理，奈何朋友虽然关切，但是现在大多都赋闲在家，自顾不暇。"芸说："也是的，幸好现在天气暖和，前路不用担心有风雪，愿郎君快去快回，不要挂念我。郎君身体若是有恙，妾身罪孽更深重了。"

时已薪水不继，余佯[1]为雇骡以安其心，实则囊饼徒步，且食且行。向东

南，两渡叉河，约八九十里，四望无村落。至更许，但见黄沙漠漠，明星闪闪，得一土地祠，高约五尺许，环以短墙，植以双柏，因向神叩首，祝曰："苏州沈某，投亲失路至此，欲假神祠一宿，幸神怜佑。"于是移小石香炉于旁，以身探之，仅容半体。以风帽反戴掩面，坐半身于中，出膝于外，闭目静听，微风萧萧而已。足疲神倦，昏然睡去。

及醒，东方已白，短墙外忽有步语声，急出探视，盖土人赶集经此也。问以途，曰："南行十里即泰兴县城，穿城向东南，十里一土墩，过八墩即靖江，皆康庄也。"余乃反身，移炉于原位，叩首作谢而行。过泰兴，即有小车可附。

注释

1 佯：假装。

译文

当时家中日常开支已经很紧张了，我假装雇了骡子前行，为的是让芸安心，实际上我只不过是背着馕饼徒步远行，风餐露宿。我一路向东南出发，两次渡过叉河，大约走了八九十里路，放眼望去，渺无村落。到了打更的时候，只见黄沙漠漠，明星闪闪，终于看到一间土地祠，高约五尺，周围短墙环绕，种着两棵柏树。于是我向土地神叩头，祈祷道："苏州沈某投亲失路，路过此地，想借神祠住一宿，愿神明怜佑。"于是我把小石香炉移到旁边，把身子探进神祠里，只容得下半个身子，我把风帽反戴，用来挡住脸，半个身子坐在祠中，膝盖露在外面，闭目静听，只听见微风萧萧。长途跋涉，脚下疲惫，倦怠至极，昏然入睡。

等到醒来的时候，天色已亮。我听到短墙外面有脚步声，赶紧探出身子探视，原来是当地乡民赶集经过此处。我上前问路，他们说："你往南行走十里就是泰兴县城，穿过泰兴城往东南走十里就有一个土墩，过了八个土墩，就到靖江了，这一路都是大路。"我于是赶紧返身，把小石香炉放回原位，叩首道谢就离开了。过了泰兴城，便有小车可以搭乘。

申刻[1]抵靖，投刺[2]焉。良久，司阍者[3]曰："范爷因公往常州去矣。"察其辞色，似有推托。余诘之曰："何日可归？"曰："不知也。"余曰："虽一年亦将待之。"阍者会余意，私问曰："公与范爷嫡郎舅耶？"余曰："苟非嫡者，不待

其归矣。”阍者曰：“公姑待之。”越三日，乃以回靖告，共挪二十五金。雇骡急返。

芸正形容惨变，咻咻涕泣。见余归，卒然曰：“君知昨午阿双卷逃乎？倩人大索，今犹不得。失物小事，人系伊母临行再三交托，今若逃归，中有大江之阻，已觉堪虞[4]，倘其父母匿子图诈，将奈之何？且有何颜见我盟姊？”余曰：“请勿急，卿虑过深矣。匿子图诈，诈其富有也，我夫妇两肩担一口耳。况携来半载，授衣分食，从未稍加扑责，邻里咸知。此实小奴丧良，乘危窃逃。华家盟姊赠以匪人，彼无颜见卿，卿何反谓无颜见彼耶？今当一面呈县立案，以杜后患可也。”芸闻余言，意似稍释。然自此梦中呓语，时呼“阿双逃矣”，或呼“憨何负我”，病势日以增矣。

注释

1 申刻：午后三时至五时。

2 刺：名片，名帖。

3 司阍（hūn）者：看门人。

4 虞：担忧。

译文

下午约四点钟才抵达靖江，于是我到范惠来府上投了名刺。过了很久，看门人才回我："范老爷因公事前往常州去了。"我观察他的神情，看出像是推托。我便追问："哪天能回来呢？"他回答说不知道。我接着说："即使是一年才能回来，我也要在这里等他。"看门的人听了，知晓我的意思，悄悄问："您是范老爷的嫡亲郎舅吗？"我说："如果不是嫡亲关系，我就不在这里等他回来了。"于是看门人说："那您暂且等着。"过了三天，看门人回复我说范惠来已经回到靖江了，之后范惠来见了我，并且给我挪用了二十五金，我赶紧雇骡马急返回家。

我回到家时，芸正满面愁容，焦虑不安，咻咻涕泣。看见我回来了，着急地说："郎君知道昨日中午阿双卷东西逃走了吗？我请人帮忙去找，到现在也没找到。丢了东西是小事，只不过这孩子是她母亲临行前再三嘱咐我看管照顾的，如今若是逃跑回去，路途中间会有大江阻隔，我已经觉得不安了。如果她真的逃回家里，她父母把她藏起来勒索我们，该怎么办呢？而且我还有何脸面见我的盟姊呢？"我赶紧安慰她说："夫人先别着急，你太过虑了！藏起孩子敲诈，只会敲诈有钱人，你我夫妇二人，两个肩膀担只嘴而已，并没有钱财。况且我们把她带来的这半年，给她衣服穿，给她饭吃，从未对她严厉苛刻过，也没有亏待她，邻里都知道。实在是这个小奴婢没有良心，趁着我们情势危急，卷了东西逃跑。华家夫人送我们一个小偷，她才会觉得没颜面见你呢，你怎么反过来说没颜面见她呢？如今我们应该去衙门报案，以绝后患。”芸听完我的话，心情稍稍释然了一些，然而从此以后经常会梦中呓语，有时喊着：“阿双逃跑了！”或者喊：“憨园为什么辜负我？”病情越来越严重了。

余欲延医诊治，芸阻曰：“妾病始因弟亡母丧，悲痛过甚，继为情感，后由忿激，而平素又多过虑，满望努力做一好媳妇而不能得，以至头眩、怔忡[1]诸症毕备，所谓病入膏肓，良医束手，请勿为无益之费。忆妾唱随二十三年，蒙君错爱，百凡体恤，不以顽劣见弃。知己如君，得婿如此，妾已此生无憾！若布衣暖，菜饭饱，一室雍雍，优游泉石，如沧浪亭、萧爽楼之处境，真成烟火神仙矣。神仙几世才能修到，我辈何人，敢望神仙耶？强而求之，致干造物之忌，即有情魔之扰。总因君太多情，妾生薄命耳！”因又呜咽而言曰：“人生百年，终归一死。今中道相离，忽焉长别，不能终奉箕帚[2]，目睹逢森娶妇，此心实觉耿耿。”言已，泪落如豆。余勉强慰之曰：“卿病八年，恹恹欲绝者屡矣，今何忽作断肠语耶？”芸曰：“连日梦我父母放舟来接，闭目即飘然上下，如行云雾中，殆魂离而躯壳存乎？”

余曰：“此神不收舍，服以补剂，静心调养，自能安痊。”芸又唏嘘曰：“妾若稍有生机一线，断不敢惊君听闻。今冥路已近，苟再不言，言无日矣。君之不得亲心，流离颠沛，皆由妾故，妾死则亲心自可挽回，君亦可免牵挂。堂上春秋高矣，妾死，君宜早归。如无力携妾骸骨归，不妨暂厝[3]于此，待君将来可耳。愿君另续德容兼备者，以奉双亲，抚我遗子，妾亦瞑目矣！”言至此，痛肠欲裂，不觉惨然大恸。余曰：“卿果中道相舍，断无再续之理，况‘曾经沧海难为水，除却巫山不是云’[4]耳。”芸乃执余手而更欲有言，仅断续叠言“来世”二字，忽发喘，口噤，两目瞪视，千呼万唤已不能言。痛泪两行，涔涔流溢。既而喘渐微，泪渐干，一灵缥渺，竟尔长逝！时嘉庆癸亥三月三十日也。当是时，孤灯一盏，举目无亲，两手空拳，寸心欲碎。绵绵此恨，曷其有极！承吾友胡省堂以十金为助，余尽室中所有，变卖一空，亲为成殓[5]。

注释

1 怔忡（zhēng chōng）：中医病名，患者心脏剧烈跳动的一种症状，又称心悸。

2 奉箕帚：服侍的意思。

3 厝（cuò）：暂时安置，停柩。

4 曾经沧海难为水，除却巫山不是云：出自唐元稹《离思》："曾经沧海难为水，除却巫山不是云。取次花丛懒回顾，半缘修道半缘君。"表现爱情的执着。

5 殓（liàn）：安葬，埋葬。

译文

我打算请大夫为她诊治。芸阻拦说："我这病开始是因为弟弟出亡、母亲病逝，悲痛过度，之后又因为被情感触，继而又悲愤异常引起的。而且我平时又思虑过多，满心希望自己做一个好媳妇，而没做到，以至于如今头晕目眩、心悸恐慌，这些症状全都齐全了。所谓病入膏肓，良医无策，郎君就不要再为我做无益的浪费了。回忆我跟随郎君二十三年，蒙君错爱，对我百般体恤，不因顽劣嫌弃我。知己如君，得婿如此，我此生已经没有遗憾了。如果能够布衣蔬食、粗茶淡饭，一家其乐融融，游山玩水，就像沧浪亭、萧爽楼那时的情境，真是成了烟火神仙啊。神仙几世才能修到呢？何况我们是什么人，哪敢奢望修成神仙呢？强求得之，必会触犯了造物主的禁忌，才有了情魔的困扰。总因郎君太多情，而我又命薄，无福消受罢了！"接着又呜咽说："人生百年，终归一死。如今我们半路分离，忽然要永别了，我不能始终服侍你，也不能亲眼看到逢森娶妻，这真让人觉得遗憾。"说完，芸已是泪落如豆。我勉强安慰她说："夫人生病八年了，恹恹欲死的情况经常出现，你今天为何突然说出这样让人肝肠寸断的话呢？"芸说："连日来我梦到父母放船来接我，闭上眼睛就觉得飘飘然，如行云雾中，大概是魂魄已经走了，而身躯还留在这儿吧。"

我回答她说："你这是神不守舍，吃些补药，再静心调养，自然就痊愈了。"芸又唏嘘不已，说："我若还有一线生机，断不会对郎君说出这样的话。如今冥路已近，我快要离去了，如果再不说这些话，恐怕就没有机会了。郎君不得公婆的欢心，颠沛流离，都是因为妾身的缘故。如果我死了，那么父母的心意便会挽回，郎君便也没了牵挂。公婆年事已高，我若死了，郎君应该赶紧回去奉养双亲。如果没有能力带着妾身的骨殖回去，不妨暂时停柩于此，等将来有机会再带回去。希望郎君再续娶一位德才兼备的女子为妻，一起奉养双亲，抚育我的遗子，我死也瞑目了！"说到这儿，肝肠寸断，悲痛不已，不觉惨然恸哭。

我安慰她说："夫人如果真的半路离开，我绝对不会再续弦。何况'曾经沧海难为水，除却巫山不是云'。"于是芸握着我的手还想要说话，但只是断断续续地重复"来世"二字，忽然大口喘气，说不出话，两眼瞪视，纵使我千呼万唤，她也已经不能说出话了，两行热泪，涔涔流溢，接着喘气声慢慢变得微弱，眼泪也渐渐干了，灵魂缥缈，竟就此长逝！当时是嘉庆癸亥年三月三十日。当时，孤灯一盏，举目无亲，两手空拳，寸心欲碎。绵绵长恨，何有尽头！承蒙友人胡肯堂借我十金相助，我倾尽家中所有，变卖一空，亲自安葬芸。

呜呼！芸一女流，具男子之襟怀才识。归吾门后，余日奔走衣食，中馈缺乏，芸能纤悉不介意。及余家居，惟以文字相辩析而已。卒之疾病颠连，赍[1]恨以没，谁致之耶？余有负闺中良友[2]，又何可胜[3]道哉！奉劝世间夫妇，固不可彼此相仇，亦不可过于情笃。语云"恩爱夫妻不到头"，如余者，可作前车之鉴也。

注释

1 赍（jī）：带着，怀抱。
2 闺中良友：指妻子。
3 胜（shēng）：尽，完。

译文

呜呼！芸乃女流之辈，却具有男子的襟怀才识。自打嫁入我家，我整日在外为生计奔波，始终还是缺衣短食，芸却能细心体谅，毫不介意。等到我住在家里时，她也只是和我谈论文字而已。最后却疾病缠身，抱憾离世，是谁造成的呢？我对于妻子的负疚，又怎能说尽呢！奉劝普天之下的夫妻，固然不能彼此相互仇恨，但也不可太过于深情。古人云"恩爱夫妻不到头"，就像我这样，可以作为前车之鉴啊！

回煞之期[1]，俗传是日魂必随煞而归，故房中铺设，一如生前，且须铺生前旧衣于床上，置旧鞋于床下，以待魂归瞻顾，吴下相传谓之"收眼光"。延羽士[2]作法，先召于床而后遣之，谓之"接眚[3]"。邗江俗例，设酒肴于死者之

室，一家尽出，谓之“避眚”。以故有因避被窃者。

芸娘眚期，房东因同居而出避，邻家嘱余亦设肴远避。余冀魄归一见，姑漫应之。同乡张禹门谏余曰：“因邪入邪，宜信其有，勿尝试也。”余曰：“所以不避而待之者，正信其有也。”张曰：“回煞犯煞，不利生人，夫人即或魂归，业已阴阳有间，窃恐欲见者无形可接，应避者反犯其锋耳。”时余痴心不昧，强对曰：“死生有命。君果关切，伴我何如？”张曰：“我当于门外守之。君有异见，一呼即入可也。”

注释

1 回煞之期：回煞即回魂，旧时迷信，谓逝者头七回魂。煞，煞气，指一种邪气。

2 羽士：道士。

3 眚（shěng）：灾难。

译文

到了芸头七回魂的日子，俗传那天魂魄会随着煞气归来，因此房中铺设如死者生前的样子，而且还要把死者生前穿的衣服铺在床上，旧鞋放置在床下，等待魂魄归来探视。吴地称之为“收眼光”。还要请来道士作法，先把灵魂招到床上，然后再送走，称之为“接眚”。邗江的风俗是在死者家里置办酒菜，一家人全都出去，称为“避眚”。因此还有因为避眚家里被偷的事情。

芸娘回魂之夜，房东因为住在一起，所以出去躲避了，邻居嘱咐我也要摆上饭菜然后避开。我原本就希望借此机会与芸的魂魄相见，因此只是随口答应，不肯离去。同乡张禹门劝说我道：“着了邪气，自己就会入邪，宁可信其有不可信其无，你不要尝试啊。”我说：“我之所以不避开而在这里等待，就是因为我相信鬼魂的事情啊！”张禹门又说：“回煞犯煞，不利于活着的人，即使夫人的魂魄能够回来，你俩也是阴阳相隔，恐怕想见面却没有形体可以接触，应该避开的人反而被她的煞气所伤。”当时我仍旧痴心不改，勉强对他说：“死生由命，你如果真的关心我，就陪我一起，怎么样？”张禹门说：“我在门外守着，你要是有什么事，喊一声我便进来。”

余乃张灯入室，见铺设宛然，而音容已杳，不禁心伤泪涌。又恐泪眼模糊，失所欲见，忍泪睁目，坐床而待。抚其所遗旧服，香泽犹存，不觉柔肠寸断，

冥然昏去。转念待魂而来，何遽睡耶？开目四视，见席上双烛青焰荧荧，缩光如豆，毛骨悚然，通体寒栗。因摩两手擦额，细瞩之，双焰渐起，高至尺许，纸裱顶格[1]，几被所焚。余正得借光四顾间，光忽又缩如前。此时心舂股栗，欲呼守者进观，而转念柔魂弱魄，恐为盛阳所逼。悄呼芸名而祝之，满室寂然，一无所见。既而烛焰复明，不复腾起矣。出告禹门，服余胆壮，不知余实一时情痴耳。

注释

1 纸裱顶格：纸糊的天花板。

译文

于是我张灯进了房间，看到屋里摆设一如芸生前的样子，而芸的音容笑貌却再也看不到了，不禁心伤泪涌。又恐怕泪眼模糊，错过自己想要看的，我强忍泪水，睁着眼睛，坐在床上等待。抚摸着芸生前的衣物，香泽犹存，不觉柔肠寸断，冥然昏去。但是转念一想，万一芸的魂魄归来，自己却睡着了怎么办？便睁大眼睛，四处环视，只见桌上一对蜡烛，青焰荧荧，光缩如豆，令人毛骨悚然，全身颤栗。我摩擦着两只手，然后抚摸额头，再仔细看，只见两支蜡烛，火焰慢慢升高，居然高至尺许，纸裱的天花板差点被烧到。我正借着烛光四处观望时，烛光突然又缩小到之前那样。当时我心跳如舂米，双腿发抖，想要喊守门的张禹门进来，可是转念一想，芸的魂魄如此柔弱，恐怕会被阳气逼走。我悄悄地喊着芸的名字祷告，满室寂然，什么都看不见。过了一会儿，烛火重新明亮，不再腾起。我出门告诉张禹门刚才所见，他很佩服我的勇气，却不知道我只不过是一时痴情罢了。

芸没后，忆和靖[1]“妻梅子鹤”语，自号梅逸。权[2]葬芸于扬州西门外之金桂山，俗呼郝家宝塔。买一棺之地，从遗言寄于此。携木主[3]还乡，吾母亦为悲悼。青君、逢森归来，痛哭成服。启堂进言曰：“严君[4]怒犹未息，兄宜仍往扬州，俟严君归里，婉言劝解，再当专札相招。”余遂拜母别子女，痛哭一场，复至扬州，卖画度日。因得常哭于芸娘之墓，影单形只，备极凄凉。且偶经故居，伤心惨目。重阳日，邻冢皆黄，芸墓独青。守坟者曰：“此好穴场，故地气旺也。”余暗祝曰：“秋风已紧，身尚衣单，卿若有灵，佑我图得一馆，度此残年，

以待家乡信息。”

注释

1 和靖：北宋诗人林逋，字君复，世称和靖先生，隐居西湖孤山，终生不仕不娶，只喜欢植梅养鹤，人称“梅妻鹤子”。

2 权：暂且权宜。

3 木主：木制牌位。

4 严君：指父亲。

译文

芸去世以后，我想起林和靖的“妻梅子鹤”，因此自号梅逸。我暂时把芸葬在扬州西门外的金桂山，俗称郝家宝塔。买了够容纳一个棺材的地方，依从芸的遗言寄棺在此。只带着芸的灵位回家乡，我的母亲见了也是悲伤哀悼。青君、逢森回到家来，披麻戴孝痛哭一场。启堂对我说：“父亲余怒未消，兄长最好还是回到扬州去。等父亲回家来，我们好言相劝，再写信招你回来。”于是我拜别母亲和儿女，伤心痛哭，又回到了扬州，卖画度日。这样反而可以经常到芸的坟墓那里哭诉，只是自己形单影只，备极凄凉。而且偶尔经过和芸一起住过的故居，便会伤心泪目。重阳日的时候，相邻的坟冢，墓草皆枯黄离披，只有芸的坟冢绿草盈盈。守坟的人说：“这是块好墓啊，所以地气旺盛。”我暗自祈祷：“秋风已紧，衣着单薄，你若是在天有灵，保佑我找到一份差事，度此残年，以等待家乡来的消息。”

未几，江都[1]幕客章驭庵先生欲回浙江葬亲，倩余代庖三月，得备御寒之具。封篆[2]出署，张禹门招寓其家。张亦失馆，度岁艰难，商于余，即以余赀二十金倾囊借之，且告曰：“此本留为亡荆扶柩之费，一俟得有乡音，偿我可也。”

是年，即寓张度岁。晨占夕卜，乡音殊杳。至甲子[3]三月，接青君信，知吾父有病，即欲归苏，又恐触旧忿。正趑趄[4]观望间，复接青君信，始痛悉吾父业已辞世。刺骨痛心，呼天莫及。无暇他计，即星夜驰归，触首灵前，哀号流血。呜呼！吾父一生辛苦，奔走于外。生余不肖，既少承欢膝下，又未侍药床前，不孝之罪，何可逭[5]哉，吾母见余哭，曰：“汝何此日始归耶？”余曰：“儿

之归，幸得青君孙女信也。”吾母目余弟妇，遂默然。

注释

1 江都：扬州别称。

2 封篆：旧时官府于岁末年初停止办公，称封篆。篆，官印的代称。本文指作者为人代理的任务结束，离开府衙。

3 甲子：嘉庆九年，即 1804 年。

4 趑趄（zī jū）：想前进又不敢前进，形容犹豫畏惧。

5 逭（huàn）：逃避，免除。

译文

没多久，江都幕客章驭庵先生想回浙江葬亲，请我代理三个月，这样我才能好好度过寒冷的冬天。三月已过，我离开府衙，张禹门让我暂住在他家里。那时，他也丢了工作，度日艰难，和我商量。于是我把剩下的二十两银子全都借给了他，并告诉他说：“这本是我留着给亡妻扶柩回家的钱，现在先借给你吧，一旦我得到家里的消息，你再还给我也可以。”

这年，我就寓居在张禹门家里。早晚占卜，乡音茫然。到了嘉庆九年的三月份，我收到青君的来信，得知父亲病了，想要立即回到苏州，又怕触动父亲的旧怒。正在踌躇犹豫之间，又收到青君来信，才知道父亲已经去世了。刺骨痛心，呼天莫及。也没时间考虑太多，即刻星夜驰归苏州。我跪在父亲的灵前磕头，哀嚎流血。呜呼！父亲一生辛苦，奔波在外，生下我这个不肖的儿子，既很少在他膝下承欢，生病的时候又未曾侍药床前，我这不孝之罪，如何能逃避呢！母亲见我痛哭，便问道：“你怎么到现在才回来呢？”我回答说：“我这次能回来，幸好是您孙女青君给我写信告诉我的。”我母亲看了眼我弟、弟媳，于是也就沉默了。

余入幕守灵至七，终无一人以家事告，以丧事商者。余自问人子之道已缺，故亦无颜询问。一日，忽有向余索逋者，登门饶舌。余出应曰：“欠债不还，固应催索，然吾父骨肉未寒，乘凶追呼，未免太甚。”中有一人私谓余曰：“我等皆有人招之使来，公且避出，当向招我者索偿也。”

余曰：“我欠我偿，公等速退！”皆唯唯而去。余因呼启堂谕之曰：“兄虽不

肖，并未作恶不端，若言出嗣降服[1]，从未得过纤毫嗣产。此次奔丧归来，本人子之道，岂为争产故耶？大丈夫贵乎自立，我既一身归，仍以一身去耳！”言已，返身入幕，不觉大恸[2]。

注释

1 出嗣降服：沈复已经过继给堂伯父，所以与生父关系降级，丧服也降一等。

2 大恸：大为痛心难过。

译文

我为父亲守灵守到头七，却始终没有一人和我说及家事或商量丧事。我扪心自问人子之道已缺，所以也无颜面主动询问。一天，忽然有人上门向我讨债，百般饶舌，喋喋不休，我出门回应：“欠债不还，固然应催索。只不过我父亲如今尸骨未寒，你们趁人之危，未免欺人太甚。”其中有一个人悄悄地对我说：“我们几个人是被人招来要债的，你暂且避出去，我们去跟招我们来的人讨债。”

我说：“我欠我偿，你们赶紧退下吧。”于是讨债的便默然离开了。于是我叫来弟弟启堂，对他义正言辞地说：“你兄长我虽然不肖，但未曾作恶不端。若是说我曾经过继给别人，但从未得到过他们的家产。我此次回来奔丧，本来就是为尽人子之道，难道是回来争家产吗？大丈夫贵在自立，我既然空手而来，仍就空手而去。”说完，我返身进了灵堂，不禁痛哭流涕。

叩辞吾母，走告青君，行将出走深山，求赤松子[1]于世外矣。青君正劝阻间，友人夏南熏（字淡安）、夏逢泰（字揖山）两昆季[2]寻踪而至。抗声谏余曰：“家庭若此，固堪动忿，但足下父死而母尚存，妻丧而子未立，乃竟飘然出世，于心安乎。”余曰：“然则如之何？”淡安曰：“奉屈暂居寒舍，闻石琢堂[3]殿撰[4]有告假回籍之信，盍俟其归而往谒之，其必有以位置君也。”余曰：“凶丧未满百日，兄等有老亲在堂，恐多未便。”

揖山曰：“愚兄弟之相邀，亦家君意也。足下如执以为不便，西邻有禅寺，方丈僧与余交最善，足下设榻于寺中，何如？”余诺之。青君曰：“祖父所遗房产，不下三四千金，既已分毫不取，岂自己行囊亦舍去耶？我往取之，径送禅寺父亲处可也。”因是于行囊之外，转得吾父所遗图书、砚台、笔筒数件。

注释

1 赤松子：神话传说中的上古仙人。

2 昆季：兄弟。

3 石琢堂：石韫玉，字执如，号琢堂，江苏吴县人，乾隆五十五年（1790）举一甲第一名进士，官至山东按察使。

4 殿撰：明清时对状元的称呼。

译文

于是我叩拜辞别母亲，又去和青君道别，打算入山隐居。青君正在劝阻我时，我的朋友夏南熏（字淡安）、夏逢泰（字揖山）两兄弟，循着我的踪迹赶来。他们大声劝谏我说："家事闹到这地步，确实令人忿忿不平，但是足下父亲去世了，母亲还在啊，妻子去世了，但儿子还没成家立业，你竟然要飘然出世，在外求道，你会安心吗？"听完，我说："那该怎么办呢？"淡安说："那就先委屈你住在寒舍。我听闻石琢堂已经写了告假回乡的信，何不等他回来前去拜会，我想他一定有办法安置你。"我对他说："我为父亲服丧还不满百日，你们有双亲在堂，我住过去，恐有不妥。"

揖山说："我们兄弟来邀请你，也是家父的意思。如果足下执意觉得不便，西邻有座禅寺，那里的方丈和我关系不错，你先借宿在寺中，如何？"我答应了。青君接着说："祖父遗留下来的家产，不少于三四千金，即使父亲分毫不取，难道自己的行囊也要舍弃吗？我去帮您取来，直接送到寺院里父亲住的地方去。"于是我便拿到了自己的行囊，还转而得到了父亲遗留下的图书、砚台、笔筒数件。

寺僧安置予于大悲阁。阁南向，向东设神像。隔西首一间，设月窗，紧对佛龛[1]，本为作佛事者斋食之地，余即设榻其中。临门有关圣提刀立像，极威武。院中有银杏一株，大三抱，荫覆满阁，夜静风声如吼。揖山常携酒果来对酌，曰："足下一人独处，夜深不寐，得无畏怖耶？"余曰："仆一生坦直，胸无秽念，何怖之有？"

居未几，大雨倾盆，连宵达旦三十余天，时虑银杏折枝，压梁倾屋。赖神默佑，竟得无恙。而外之墙坍屋倒者不可胜计，近处田禾俱被漂没。余则日与僧人作画，不见不闻。

注释

1 佛龛（kān）：供奉佛像、神位的小阁子。

译文

寺僧安置我住在大悲阁。阁朝向南，东面设神像。隔出西首一间，设月窗，紧对佛龛，本来是留给做佛事的人吃斋用的，我在中间设榻居住。临门有关圣人提着青龙偃月刀的雕像，非常威武。院子里有一棵银杏树，大三抱，绿阴覆盖着大悲阁，静夜时分，风声如吼。夏揖山经常带着酒果来找我对饮，说："足下一个人住在这里，夜深睡不着时，心里害怕吗？"我回答说："我一生坦荡率直，心中无邪念，问心无愧，有什么害怕的呢？"

住了没多久，大雨倾盆，连宵达旦下了三十多天，当时担心银杏枝折断，压倒房屋，还好神灵保佑，竟然安然无恙，寺院外墙屋倒塌不可胜数，近处的庄稼全都被淹没了。我则是每日与僧人作画，对外面的事不闻不问。

七月初，天始霁[1]。揖山尊人[2]号莼芗，有交易赴崇明[3]，偕余往，代笔书券，得二十金。归，值吾父将安葬，启堂命逢森向余曰："叔因葬事乏用，欲助一二十金。"余拟倾囊与之，揖山不允，分帮其半。余即携青君先至墓所。葬既毕，仍返大悲阁。九月杪[4]，揖山有田在东海永泰沙，又偕余往收其息。盘桓两月，归已残冬，移寓其家雪鸿草堂度岁。真异姓骨肉也。

注释

1 霁（jì）：雨停天晴。

2 尊人：对他人或自己父母的敬称，此处指夏揖山的父亲。

3 崇明：今上海崇明。

4 杪（miǎo）：树枝的末梢，或时间的末尾。

译文

七月初，天才开始放晴。夏揖山的父亲号莼芗，有交易要去崇明，便带着我一起去。我为他代笔做文书，因此得了二十金。回到苏州，正值我父亲要安葬，启堂命逢森来跟我说："叔叔因为筹办祖父的丧事，缺钱用，想借一二十两银子用用。"我打算把所得的银子全都给他，夏揖山不同意，帮着分担了一半。

于是我先带着青君去了墓地。等父亲安葬完，我又返回到大悲阁。九月末，夏揖山在东海永泰沙有田地，又带着我一起去收佃租。盘桓了两个月，回来时已经是残冬时节，我移居到夏揖山家的雪鸿草堂度日，他对我真如同异姓骨肉兄弟啊！

乙丑[1]七月，琢堂始自都门回籍。琢堂名韫玉，字执如，琢堂其号也，与余为总角交[2]。乾隆庚戌[3]殿元，出为四川重庆守。白莲教之乱，三年戎马，极著劳绩。及归，相见甚欢。旋于重九日，挈眷重赴四川重庆之任，邀余同往。余即叩别吾母于九妹倩[4]陆尚吾家，盖先君故居已属他人矣。吾母嘱曰："汝弟不足恃，汝行须努力。重振家声，全望汝也！"逢森送余至半途，忽泪落不已，因嘱勿送而返。

注释

1 乙丑：嘉庆十年，即1805年。

2 总角交：儿时结识的好朋友。

3 乾隆庚戌：乾隆五十五年，即1790年。

4 妹倩：妹夫。

译文

嘉庆十年七月，石琢堂才从都城回到家乡。石琢堂，名韫玉，字执如，琢堂是他的号，他和我是总角之交，自幼相识。他是乾隆庚戌年的状元，出任四川重庆守备。因为白莲教之乱，他征战三年，战功卓著。等到他回来的时候，我们相见甚欢。不久于重阳日，他带着家眷重回四川重庆去赴任，便邀请我一同前往。我即刻去九妹夫陆尚吾家拜别母亲，因为先父去世以后，故居已经属于其他人了。我母亲嘱咐我道："你弟弟就不指望了，你要努力上进，重振咱们家的声望，就全指望你了。"逢森送我到半路，突然泪落不止，因此我就叮嘱他不要再送了，他这才回去。

舟出京口[1]，琢堂有旧交王惕夫孝廉在淮扬盐署，绕道往晤，余与偕往，又得一顾芸娘之墓。返舟由长江溯流而上，一路游览名胜。至湖北之荆州，得升潼关观察之信，遂留余与其嗣君[2]敦夫眷属等，暂寓荆州。琢堂轻骑减从至重庆

度岁，遂由成都历栈道之[3]任。丙寅[4]二月，川眷始由水路往，至樊城登陆。途长费巨，车重人多，毙马折轮，备尝辛苦。

抵潼关甫四月，琢堂又升山左[5]廉访[6]，清风两袖，眷属不能偕行，暂借潼川书院作寓。十月杪，始支山左廉俸，专人接眷。附有青君之书，骇悉逢森于四月间夭亡。始忆前之送余堕泪者，盖父子永诀也。呜呼！芸仅一子，不得延其嗣续耶！琢堂闻之，亦为之浩叹，赠余一妾，重入春梦。从此扰扰攘攘，又不知梦醒何时耳。

注释

1 京口：今江苏镇江。
2 嗣君：对朋友儿子的敬称。
3 之：动词，到，往。
4 丙寅：嘉庆十一年，即 1806 年。
5 山左：山东旧时别称。
6 廉访：清代对按察使的尊称。

译文

船出了京口，石琢堂有故交王惕夫举人，在淮扬盐署任职，于是绕道去看他。我和他一同前往，因此又去看望了芸的坟墓。返川坐船由水路，沿着长江逆流而上，我得以一路游览名胜，到湖北荆州，石琢堂收到升任为潼关观察的消息，于是他安排我与他的儿子石敦夫及家眷暂时居住在荆州。石琢堂自己则轻骑简从奔赴重庆，然后从成都出发，经由栈道去潼关上任。丙寅年二月，家眷才由水路到樊城登陆转去潼关。这一行，路途遥远，费用短缺，舟车劳顿，车重人多，马死轮折，备尝辛苦。

我们抵达潼关刚四个月，石琢堂又升为山东按察使，因为他两袖清风，经费不够，家眷们不能同行，因此只能暂时借居在潼川书院。十月末，石琢堂支取自己的俸禄，这才派专人来接他的家属，而且附带来了青君寄来的家书，我惊骇得知逢森在四月份夭亡，这才回忆起之前逢森送别我时哭泣不止的场景，原来是父子永别啊！呜呼！芸仅有这一个儿子，不能延续她的血脉了。琢堂听说了这件事，也替我悲叹不已，又赠给我一个小妾，让我重入春梦。从此扰扰攘攘，又不知道何时才能梦醒。

浮生六记

浪游记快

沈复是一位有“旅游癖”的人，且颇具胆识，不仅对盆景园林、剪裁插花见解超俗，对自然山水的欣赏也不随人后。首段即言“凡事喜独出己见，不屑随人是非”“有名胜而不觉其佳者，有非名胜而自以为妙者”，可作本记最佳注脚。沈复生长于苏州，自古苏杭并称，有“人间天堂”之美誉，但沈复对苏州园林山水甚少称道，除了千顷云、剑池等一二景点，余皆认为被脂粉所污，多为人工架构，少天然之趣。

沈复所会心的乃是自然山水，僻地幽景、关隘古亭尤能契其心，娱其情。三十多年所见景色多为游幕中匆匆观览，不过领略其大概，山阴吼山作为快游之始，即是沈复十五岁时习幕之余所游历。幕僚的流动性也使得沈复的足迹遍布大半个中国，以长江中下游为中心，辐射面所及，东至上海，南到广州，西北至潼关，甚至远到琉球，《中山记历》也可算作沈复的海外之快游。

沈复文笔生动，写景如生，兼之擅长绘画，故笔下之景时有画意。如鸟瞰杭州“西湖如镜，杭城如丸，钱塘江如带”，惜墨如金，绘景如生；又如来鹤庵的幽景，无隐庵的奇绝皆令人神往，沈复走笔至此，心中该是何等快意，读者于本记须留意这一“快”字。另如勇攀虞山，永泰沙驰逐，使得我们知晓沈复并非文弱书生，给我们展示了勇武的一面。还有就是极易引起非议的花艇之恋，似乎有损沈复执着专一的形象，要知道在当时出入青楼，狎妓纳妾等事是极其稀松平常的，甚至被看作风雅之事，芸就曾专为沈复物色妾室，我们对此应多一些理解，少一些苛责。

余游幕[1]三十年来，天下所未到者，蜀中、黔中与滇南耳。惜乎轮蹄征逐，处处随人，山水怡情，云烟过眼，不过领略其大概，不能探僻寻幽也。余凡事喜独出己见，不屑随人是非，即论诗品画，莫不存人珍我弃、人弃我取之意。故名胜所在，贵乎心得，有名胜而不觉其佳者，有非名胜而自以为妙者。聊以平生所历者记之。

注释

1 游幕：飘游四方给人做幕僚。

译文

我做幕僚，出游在外三十年来，天下没有到的地方只有四川、贵州和云南了。只可惜一生奔波，处处跟着别人，山水怡情，却是过眼云烟，只不过领略其大概，没能够探其深味。我凡事喜欢独抒己见，不愿意附和他人，即使论诗品画，也存有“别人珍惜，我偏舍弃，别人舍弃，我偏珍惜”的想法。所以风景名胜，贵乎会心。有些名胜我并不觉有什么好，也有些非名胜我却自得其乐。在这里，也仅是记录下我所游历过的。

余年十五时，吾父稼夫公馆于山阴[1]赵明府幕中。有赵省斋先生名传者，杭之宿儒也。赵明府延教其子，吾父命余亦拜投门下。暇日出游，得至吼山。离城约十余里，不通陆路。近山见一石洞，上有片石，横裂欲堕，即从其下荡舟入，豁然空其中，四面皆峭壁，俗名之曰“水园”。临流建石阁五椽，对面石壁有“观鱼跃”三字，水深不测，相传有巨鳞潜伏，余投饵试之，仅见不盈尺者出而唼食[2]焉。阁后有道通旱园，拳石乱矗，有横阔如掌者，有柱石平其顶而上加大石者，凿痕犹在，一无可取。游览既毕，宴于水阁，命从者放爆竹，轰然一响，万山齐应，如闻霹雳声。此幼时快游之始。惜乎兰亭、禹陵[3]未能一到，至今以为憾。

注释

1 山阴：浙江绍兴。

2 唼（shà）食：吞食。

3 禹陵：大禹陵。

译文

我十五岁那年，父亲稼夫公在山阴赵明府那里做幕僚。有位赵省斋先生，名传，是杭州非常有名望的饱学之士。赵明府请他来教导子弟，我父亲便命我投拜在他的门下。闲暇出游，得以到达吼山。这座山离城中约十余里，走陆路是不通的。临近吼山，看到一个石洞，顶上有片状的石块，横裂欲坠。我们从石头下荡舟过去，发现洞中豁然开旷，四面都是峭壁，当地人称它“水园”。邻着水流，建了五间石阁，对面石壁书有“观鱼跃”三字。水深不可测，相传有巨鱼潜伏在水底。我试着往水里撒鱼饵，仅看到长不过一尺的鱼冒出来吞吃。石阁后面有条路通往旱园，园里乱石矗立，有的横阔如手掌，还有根石柱顶上平齐，而上面又叠加着大石头，凿痕历历，了无可观。游玩结束，我们在水阁设宴，命跟从的人放爆竹，爆竹轰然一响，万山齐应，如闻霹雳声。这是我幼年畅游之始，只可惜未能去兰亭、禹陵一带游玩，至今仍引以为憾。

至山阴之明年，先生以亲老不远游，设帐于家，余遂从至杭。西湖之胜，因得畅游。结构之妙，予以龙井为最，小有天园次之。石取天竺之飞来峰，城隍山之瑞石古洞。水取玉泉，以水清多鱼，有活泼趣也。大约至不堪者，葛岭之玛瑙寺。其余湖心亭、六一泉诸景，各有妙处，不能尽述，然皆不脱脂粉气，反不如小静室之幽僻，雅近天然。

苏小[1]墓在西泠桥侧。土人指示，初仅半丘黄土而已。乾隆庚子[2]，圣驾南巡，曾一询及。甲辰[3]春，复举南巡盛典，则苏小墓已石筑，其坟作八角形，上立一碑，大书曰“钱塘苏小小之墓”。从此吊古骚人，不须徘徊探访矣！余思古来烈魄忠魂堙没不传者，固不可胜数，即传而不久者亦不为少。小小一名妓耳，自南齐至今，尽人而知之，此殆灵气所钟，为湖山点缀耶？

注释

1 苏小：南齐钱塘歌妓，历代多有吟咏。

2 乾隆庚子：乾隆四十五年，即 1780 年。

3 甲辰：乾隆四十九年，即 1784 年。

译文

到达山阴的第二年，赵先生因为父母年纪大了，不愿意离家远游，便在家里设了书塾。我于是也跟着去了杭州，因此得以畅游西湖胜景。西湖诸名胜，结构布局之精妙，我认为龙井最佳，若论精致小巧，则天园次之。石景之佳，当属天竺的飞来峰，以及城隍山的瑞石古洞。水则是玉泉的水，因为水清鱼多，活泼有趣。大约最不堪的就是葛岭的玛瑙寺。其余湖心亭、六一泉这些景点，也各有妙处，不能一一细述。然而都不脱脂粉气，反不如小静室幽雅静谧，宛若天成。

苏小小的墓在西泠桥畔，当地人指给我说，起初苏小小的墓仅半丘黄土而已。乾隆庚子年，圣驾南巡，曾问及苏小墓。甲辰年春天，圣上又举南巡盛典，这时候，苏小墓已改用石筑，墓状呈八角形，上面立了一个墓碑，大写着“钱塘苏小小之墓”。从此，文人墨客，来此凭吊，就无须徘徊探访了。我思忖着自古以来湮没无闻的烈魄忠魂，固然不可胜数。即使流传却不长久的，也不在少数。然而苏小小一个名妓而已，自南齐至今，竟然尽人皆知，这大概是灵气所钟，为西湖山水点缀的吧？

桥北数武，有崇文书院，余曾与同学赵缉之投考其中。时值长夏，起极早，出钱塘门，过昭庆寺，上断桥，坐石栏上。旭日将升，朝霞映于柳外，尽态极妍。白莲香里，清风徐来，令人心骨皆清。步至书院，题犹未出也。午后缴卷，偕缉之纳凉于紫云洞，大可容数十人，石窍上透日光。有人设短几矮凳，卖酒于此，解衣小酌，尝鹿脯甚妙，佐以鲜菱雪藕，微酣出洞。

缉之曰：“上有朝阳台，颇高旷，盍往一游?”余亦兴发，奋勇登其巅，觉西湖如镜，杭城如丸，钱塘江如带，极目可数百里。此生平第一大观也。坐良久，阳乌将落，相携下山，南屏晚钟动矣。韬光[1]、云栖[2]路远未到，其红门局之梅花，姑姑庙之铁树，不过尔尔。紫阳洞予以为必可观，而访寻得之，洞口仅容一指，涓涓流水而已。相传中有洞天，恨不能抉门而入。

注释

1 韬光：韬光寺，在杭州灵隐寺西北，因唐代高僧韬光禅师在此修行而得名。

2 云栖：云栖寺，在杭州五云山以西，相传有五色彩云集于此而得名。

译文

西泠桥北不远，有崇文书院，我曾和同学赵缉之报考过那里。考试那天，时值长夏，我们起得很早，出了钱塘门，走过昭庆寺，上断桥，就坐在石栏上等待。朝日将升，朝霞映照在柳树上，将柳树优美的姿态完全衬映出来，非常好看。白莲散发着香气，清风徐来，令人神清气爽，心骨皆清。我们步行到书院，题目还没有出好。所以到中午我们才交卷。然后我和赵缉之一起在紫云洞纳凉，这个紫云洞大到可容纳几十人，石头缝里透着阳光。有人在洞里摆上短几矮凳，专门在此卖酒。我和赵缉之脱了衣服小酌，品尝着鲜美的鹿肉，真是妙不可言，又搭配鲜菱雪藕，喝得微醉后，便出了洞。

赵缉之说："这上面有朝阳台，颇为高旷，何不一起游玩呢？"于是我也兴致大发，奋勇攀登，爬上了山顶，站在顶端，觉得西湖仿佛一面平镜，杭州城如一粒弹丸，钱塘江东流似带，极目远望，可远观数百里，这真是我生平第一大观。坐了很久，太阳要落山了，我们相扶着下了山，南屏晚钟已经敲响。韬光、云栖两寺，因为路远，我们没有去。红门局的梅花，姑姑庙的铁树，我们前去观赏，但也不过如此而已。本来我以为紫阳洞有可观之处，我们访寻到那地方，洞口仅容得下一指，只看到涓涓细流流出而已。相传这紫阳洞里别有洞天，我们恨不得凿出一道门进去。

清明日，先生春祭扫墓，挈余同游。墓在东岳，是乡多竹，坟丁掘未出土之毛笋，形如梨而尖，作羹供客。余甘之，尽其两碗。先生曰："噫！是虽味美而克心血，宜多食肉以解之。"余素不贪屠门之嚼[1]，至是饭量且因笋而减，归途觉烦躁，唇舌几裂。过石屋洞，不甚可观。水乐洞峭壁多藤萝，入洞如斗室，有泉流甚急，其声琅琅。池广仅三尺，深五寸许，不溢亦不竭。余俯流就饮，烦躁顿解。洞外二小亭，坐其中可听泉声。衲子[2]请观万年缸，缸在香积厨[3]，形甚巨，以竹引泉灌其内，听其满溢，年久结苔厚尺许，冬日不冰，故不损也。

注释

1 屠门之嚼：指吃肉。

2 衲子：僧人。

3 香积厨：寺院的厨房。

译文

清明节，先生春祭扫墓，携我一同出游。墓在东岳，乡间多竹，守墓人挖出还没破土的毛笋做羹汤款待客人，这些毛笋形状像梨，只是略尖。我尝了尝，觉得非常鲜美，连吃两碗。先生说："噫！毛笋虽然美味，但是会克心血，应当多吃些肉来化解。"我平素不喜吃肉，饭量因吃笋而大减。回来路上，只觉得口干舌燥，唇舌几乎要开裂。经过石屋洞，景观不甚可观。水乐洞的峭壁多攀附着藤萝，进洞如同斗室，有泉水淙淙，其声琅琅，特别动听。池子只有三尺宽，五寸深，池水不溢出也不枯竭。我俯下身子喝水，烦躁顿解。洞外有两个小亭子，坐在里面可以听到泉声。僧人请我们观赏万年缸，缸在寺厨里，形状很是巨大，用竹节引泉水浇灌到里面，听任它满溢。年久结了一层苔藓，有一尺来厚，冬天不结冰，故而缸没有损裂。

辛丑[1]秋八月，吾父病疟返里，寒索火，热索冰，余谏不听，竟转伤寒，病势日重。余侍奉汤药，昼夜不交睫者几一月。吾妇芸娘亦大病，恹恹在床。心境恶劣，莫可名状。吾父呼余嘱之曰："我病恐不起，汝守数本书，终非糊口计，我托汝于盟弟蒋思斋，仍继吾业可耳。"越日思斋来，即于榻前命拜为师。未几，得名医徐观莲先生诊治，父病渐痊，芸亦得徐力起床，而余则从此习幕矣。此非快事，何记于此？曰：此抛书浪游之始，故记之。

注释

1 辛丑：乾隆四十六年，公元 1781 年。

译文

辛丑年秋八月，我父亲得了疟疾，回到故乡。冷了就要火取暖，热了就要冰降温，我劝谏他不听，竟然转为伤寒，而且病情日渐加重。我在旁侍奉汤药，昼夜不敢合眼，这样持续了几乎一个月。这时妻子芸也大病，恹恹在床。我心境恶劣，难以形容。父亲叫我到跟前嘱咐说："我这次大病，恐怕是治不好了。你守着这几本书，终非是糊口的办法。我把你托付给我的盟弟蒋思斋，这样你仍然可以继承我的事业。"第二天，蒋思斋来了，于是立即让我在床前拜他为师。没多久，父亲得到名医徐观莲的诊治，渐渐痊愈。芸也病好了些，渐渐可以起床了。而我则已经拜了蒋先生，也从此开始学习做幕僚。这并非什么畅快的事，你要问我为什么要记在这里呢？答：这是我放弃读书，浪游的开始，所以就记下来。

思斋先生名襄。是年冬，即相随习幕于奉贤[1]官舍。有同习幕者，顾姓，名金鉴，字鸿干，号紫霞，亦苏州人也。为人慷慨刚毅，直谅不阿，长余一岁，呼之为兄。鸿干即毅然呼余为弟，倾心相交。此余第一知己交也。惜以二十二岁卒，余即落落寡交。今年且四十有六矣，茫茫沧海，不知此生再遇知己如鸿干者否？忆与鸿干订交，襟怀高旷，时兴山居之想。

注释

1 奉贤：地名，在今上海。

译文

蒋思斋先生，名襄。这年冬天，我便跟随他到奉贤官舍学习做幕僚了。有位一起学习当幕僚的人，姓顾，名金鉴，字鸿干，号紫霞，也是苏州人。为人慷慨刚毅，刚正不阿，比我大一岁，我喊他兄长。鸿干也毅然呼我为弟，倾心相交。他是我平生第一个知己。可惜他二十二岁就去世了。我从此独自一人，知己甚少。如今都已经四十六岁了，茫茫人海，不知道此生是否还能再遇到像鸿干那样的知己呢？我回忆起和鸿干订交的时候，襟怀高妙旷远，不时兴起住在山里隐居的想法。

重九日，余与鸿干俱在苏，有前辈王小侠与吾父稼夫公唤女伶演剧，宴客吾家。余患其扰，先一日约鸿干赴寒山登高，借访他日结庐之地，芸为整理小酒榼。越日，天将晓，鸿干已登门相邀。遂携榼出胥门，入面肆，各饱食。渡胥江，步至横塘枣市桥，雇一叶扁舟到山，日犹未午。舟子颇循良，令其籴米[1]煮饭。余两人上岸，先至中峰寺。寺在支硎[2]古刹之南，循道而上，寺藏深树，山门寂静，地僻僧闲，见余两人不衫不履，不甚接待。余等志不在此，未深入。

归舟，饭已熟。饭毕，舟子携榼相随，嘱其子守船。由寒山至高义园之白云精舍，轩临峭壁，下凿小池，围以石栏，一泓秋水，崖悬薜荔，墙积莓苔。坐轩下，惟闻落叶萧萧，悄无人迹。出门有一亭，嘱舟子坐此相候。余两人从石罅[3]中入，名“一线天”。循级盘旋，直造其巅，曰“上白云”，有庵已坍颓，存一危楼，仅可远眺。小憩片刻，即相扶而下。舟子曰：“登高忘携酒榼矣。”鸿干曰：“我等之游，欲觅偕隐地耳，非专为登高也。”舟子曰：“离此南行二三

里，有上沙村，多人家，有隙地，我有表戚范姓居是村，盍往一游？”余喜曰：“此明末徐俟斋[4]先生隐居处也。有园，闻极幽雅，从未一游。”于是舟子导往。

注释

1 籴（dí）米：买米。

2 支硎（xíng）：晋高士支遁（号支硎）曾隐居于此，故名。因山上曾有报恩寺，一名报愿山。因报恩寺原为观音禅院，故又称观音山。

3 罅（xià）：缝隙。

4 徐俟斋：徐枋，字昭发，号俟斋，明末清初诗人。

译文

重阳节那天，我与鸿干都在苏州。有前辈王小侠和我父亲稼夫公一起，请了女伶来演戏，在我家宴请客人。我不胜其扰，便提前一天约好了鸿干到寒山登高，也借此机会访求他日隐居的处所。芸为我收拾整理了小酒具。第二天，天将亮的时候，鸿干已经来到我家相邀前往了。于是我们带着酒具出了胥门，进一家面馆，饱食一顿。然后渡过胥江，步行到横塘枣市桥，我们雇了一叶扁舟，到山上的时候，还没到午时。船家人很老实善良，我们便让他买米煮饭。我们两个人上了岸，先去中峰寺。中峰寺在支硎古刹的南面，我们沿路爬了上去。寺庙藏在山林深处，山门寂静，地处偏僻，僧人也很悠闲，见到我们俩不修边幅，也没怎么接待。我们俩本志不在此，也就没有深入寺庙。

我们回到船上的时候，饭已经熟了。吃完饭，船家带着酒具相随，嘱咐他儿子守船。我们从寒山走到高义园的白云精舍。那轩临着峭壁，轩下凿有小池，用石栏围着，池里一泓秋水照人寒，悬崖上挂着薜荔藤萝，墙上长满莓苔。我们坐在轩下，只听到落叶萧萧，悄无人迹。出了精舍门有一亭子，我们嘱咐船家在此等候。然后我们二人从石罅中进去，很是狭窄，名为“一线天”。我们沿着台阶盘旋而上，直达山巅，名叫“上白云”，这里有座庵已经坍颓，仅存一栋危楼，只可远眺。小憩片刻，我们便互相扶着下去了。船家说：“你们登高忘带酒具了。”鸿干说：“我们俩出游是为了找能够一起归隐的好地方，而不是为了登高赏玩。”船家听了，说：“离这个地方往南走二三里，有个上沙村，那里人家挺多，还有空闲之地。我有个表亲姓范，就住在那个村里，何不前往看看呢？”我大喜说：“那里是明末徐俟斋先生隐居的地方。听说有个园子极其幽雅，还从未游玩过呢。”于是船家带着我们前往那里。

村在两山夹道中。园依山而无石，老树多极纡回盘郁之势，亭榭窗栏，尽从朴素。竹篱茅舍，不愧隐者之居。中有皂荚亭，树大可两抱。余所历园亭，此为第一。园左有山，俗呼鸡笼山。山峰直竖，上加大石，如杭城之瑞石古洞，而不及其玲珑。旁一青石如榻，鸿干卧其上曰："此处仰观峰岭，俯视园亭，既旷且幽，可以开樽矣。"因拉舟子同饮，或歌或啸，大畅胸怀。土人知余等觅地而来，误以为堪舆[1]，以某处有好风水相告。鸿干曰："但期合意，不论风水。"（岂意竟成谶语[2]！）酒瓶既罄，各采野菊插满两鬓。

归舟，日已将没。更许抵家，客犹未散。芸私告余曰："女伶中有兰官者，端庄可取。"余假传母命呼之入内，握其腕而睨之，果丰颐白腻。余顾芸曰："美则美矣，终嫌名不称实。"芸曰："肥者有福相。"余曰："马嵬之祸[3]，玉环[4]之福安在？"芸以他辞遣之出，谓余曰："今日君又大醉耶？"余乃历述所游，芸亦神往者久之。

注释

1 堪舆：看风水。

2 谶（chèn）语：指以后应验的话，多指不好的事。

3 马嵬（wéi）之祸：安史之乱时，唐玄宗携杨贵妃出逃，至马嵬坡，军队哗变，玄宗只得赐死杨贵妃。

4 玉环：即杨玉环，先为寿王李瑁王妃，被唐玄宗册封为贵妃，世称杨贵妃，她天生丽质，体态丰腴。

译文

上沙村在两山夹道中。园子依山却没有什么怪石，园子里的老树大多呈迂回盘郁之势。亭榭窗栏都是按朴素的格调设计的。竹篱茅舍，不愧是隐者居住的地方。园中有个皂荚亭，树很粗大，约有两抱。我所游历的园亭，这个当属第一。园子左面有山，俗称鸡笼山。山峰直竖，上面还有大石头，类似于杭城的瑞石古洞，但不及它玲珑可观。旁边有一块青石，如同坐榻，鸿干躺在上面说："在此处仰观峰岭，俯视园亭，不仅旷远而且清幽，可以开怀畅饮了。"因此拉着船家同饮，我们或歌吟，或长啸，极尽欢畅。当地人知道我们是为了觅地而来，误以为我们是在勘察风水，就告诉我们某地风水好。鸿干说："但求合意，不论风水。"（怎料竟一语成谶！）酒已喝尽，我们便采了野菊插满两鬓。

回到船上，太阳快要落山了。到家的时候已经是起更时分，此时家中的客人还没有散去呢。芸悄悄地告诉我说："女伶中有个叫兰官的，人品端庄，很是可取。"我假传母亲的命令喊她进屋，握着她的手腕看着她，果然脸颊饱满，肌肤白皙。我看了看，然后回头对芸说："美是美，但终究有些名不副实。"芸说："胖的姑娘有福相啊。"我说："当年唐明皇在马嵬坡赐死杨玉环，杨玉环长得丰满白皙，她的福在哪里呢？"芸听了之后便找其他借口先请兰官出去了，然后对我说："今日夫君又大醉了吗？"于是我把一整天游历的过程详述给她，芸也是神往很久。

癸卯[1]春，余从思斋先生就维扬之聘，始见金、焦面目。金山宜远观，焦山宜近视，惜余往来其间，未尝登眺。渡江而北，渔洋[2]所谓"绿杨城郭是扬州"一语，已活现矣！

平山堂[3]离城约三四里，行其途有八九里，虽全是人工，而奇思幻想，点缀天然，即阆苑瑶池、琼楼玉宇，谅不过此。其妙处在十余家之园亭合而为一，联络至山，气势俱贯。其最难位置处，出城入景，有一里许紧沿城郭。夫城缀于旷远重山间，方可入画，园林有此，蠢笨绝伦。而观其或亭或台、或墙或石、或竹或树，半隐半露间，使游人不觉其触目，此非胸有丘壑者断难下手。

注释

1 癸卯：乾隆四十八年，即 1783 年。

2 渔洋：清初著名诗人王士禛，字贻上，号渔洋山人，曾任扬州推官，主盟扬州词坛，有名作《浣溪沙·红桥》：北郭清溪一带流，红桥风物眼中秋，绿杨城郭是扬州。西望雷塘何处是？香魂零落使人愁，淡烟芳草旧迷楼。

3 平山堂：位于扬州西北郊蜀冈中峰大明寺内。北宋欧阳修任扬州知府时建，坐此堂上，江南诸山，历历在目，似与堂平，平山堂因此而得名。

译文

癸卯年春天，我跟随思斋先生前往扬州赴任，这才见识到金山、焦山的真面目。金山宜远观，焦山宜近赏。只可惜我往来金山、焦山之间，却未曾登山眺望过。渡江往北，王士禛所谓"绿杨城郭是扬州"这句话，真如同就在眼前啊！

平山堂离扬州城约三四里，游玩起来大约有八九里。那地方虽然全是人工，但是心思巧妙，点缀天然。即使是阆苑瑶池，琼楼玉宇，想来也不过如此。它的精妙之处在于十几家的园亭，合而为一，联络到山边，气势一气呵成。其最难处理的地方在于，出了城，入得平山堂景地，有一里左右紧沿城郭。本来城池点缀于旷远重山之间，才能入得图画。园林和城池连缀，简直愚笨至极。可是观平山堂，或亭或台，或墙或石，或竹或树，都在于半隐半露之间，使游人不觉得触目，这如果不是胸有丘壑的人是很难下手设计的。

城尽，以虹园为首，折而向北，有石梁曰“虹桥”，不知园以桥名乎？桥以园名乎？荡舟过，曰“长堤春柳”，此景不缀城脚而缀于此，更见布置之妙。再折而西，垒土立庙，曰“小金山”，有此一挡，便觉气势紧凑，亦非俗笔。闻此地本沙土，屡筑不成，用木排若干，层叠加土，费数万金乃成。若非商家，乌能如是。

过此有胜概楼，年年观竞渡[1]于此。河面较宽，南北跨一莲花桥，桥门通八面，桥面设五亭，扬人呼为“四盘一暖锅”。此思穷力竭之为，不甚可取。桥南有莲心寺，寺中突起喇嘛白塔，金顶缨络[2]，高矗云霄，殿角红墙，松柏掩映，钟磬时闻，此天下园亭所未有者。

注释

1 竞渡：赛龙舟。

2 缨络：又作“璎珞”，将项圈或项链以及长命锁等颈饰融为一体的一种饰物。

译文

扬州城的尽头为虹园，以之为起点，折而向北，有座石梁，名为“虹桥”。不知道园子是以桥而命名，还是桥以园子而命名呢？荡舟经过，两岸夹植垂柳，名“长堤春柳”，此景不点缀在城脚而点缀在这里，更显布置精妙。再折而向西，看见垒砌的土丘上立着一座庙宇，名叫“小金山”，有这庙一挡，便觉得气势紧凑，亦非俗笔。听说这个地方本属于沙土地，所以屡次建庙都不能成功，便用若干木排，层叠加土，耗费数万金才建成。如果不是大商人，哪能办成此事。

经过此处有座胜概楼，人们年年聚在这里观看赛舟竞渡。河面较宽，南北横跨一座莲花桥。桥门通八个方向，桥面设五亭，扬州人都称之为“四盘一暖锅”。这算是穷思竭力的设计了，不是很可取。桥的南面有座莲心寺，寺中突起一座喇叭白塔，这塔金顶璎珞，高矗云霄，殿角的红墙边，有松柏掩映，时时能听到钟磬声，这是天下园亭所没有的。

过桥见三层高阁，画栋飞檐，五采绚烂，叠以太湖石，围以白石栏，名曰“五云多处”，如作文中间之大结构也。过此名“蜀冈朝旭”，平坦无奇，且属附会。将及山，河面渐束，堆土植竹树，作四五曲。似已山穷水尽，而忽豁然开朗，平山之万松林已列于前矣。

“平山堂”为欧阳文忠公[1]所书。所谓淮东第五泉，真者在假山石洞中，不过一井耳，味与天泉同；其荷亭中之六孔铁井栏者，乃系假设，水不堪饮。九峰园另在南门幽静处，别饶天趣，余以为诸园之冠。康山未到，不识如何。此皆言其大概，其工巧处、精美处，不能尽述。大约宜以艳妆美人目之，不可作浣纱溪[2]上观也。余适恭逢南巡盛典，各工告竣，敬演接驾点缀，因得畅其大观，亦人生难遇者也。

注释

1 欧阳文忠公：即宋代文学家欧阳修。

2 浣纱溪：此处指民家女子。

译文

过了桥，看见三层高阁，飞梁画栋，五彩绚烂，又叠着太湖石，围着白石栏，名叫“五云多处”，就如同作文中的大结构一样。经过此处，便到了名叫“蜀冈朝旭”的地方，此地平淡无奇，而且名字也属牵强附会。快要到山上时，河面渐渐变窄，河边堆成土丘，种植竹木，让河水呈现四弯五折的样子。看似已经山穷水尽，但是又忽地豁然开朗，平山的万松林出现在眼前。

“平山堂”三个字为欧阳修亲手所写。所谓淮东第五泉，真正的泉水在假山的石洞中，不过是一口井而已，味道与雨水差不多；藏泉的荷花亭中，有六孔铁井栏，实际是虚设，里面的水不能喝。九峰园在南门的幽静之处，别有趣味，我认为是这几个园子里最好的。我没去过康山，也不知道那里的景象如何。我说的这些都只是大概，平山堂的匠心独运之处，精美巧设之处，没能一一详述。

大约适合把平山堂比喻成艳妆美人，不能看成溪头浣纱的民家女子。我正巧躬逢天子南巡盛典，各处工程已经完工，都在演练，预备迎接圣驾，因此得以畅快观赏，这也是人生难遇的事情。

甲辰之春，余随侍吾父于吴江[1]何明府幕中，与山阴章苹江、武林章映牧、苕溪顾霭泉诸公同事，恭办南斗圩行宫，得第二次瞻仰天颜。一日，天将晚矣，忽动归兴。有办差小快船，双橹两桨，于太湖飞棹疾驰，吴俗呼为“出水辔头”[2]，转瞬已至吴门桥。即跨鹤腾空，无此神爽。抵家，晚餐未熟也。吾乡素尚繁华，至此日之争奇夺胜，较昔尤奢。灯彩眩眸，笙歌聒耳，古人所谓“画栋雕甍[3]”“珠帘绣幕”“玉栏干”“锦步障”，不啻过之。余为友人东拉西扯，助其插花结彩，闲则呼朋引类，剧饮狂歌，畅怀游览。少年豪兴，不倦不疲。苟生于盛世而仍居僻壤，安得此游观哉？

注释

1 吴江：吴江县，位于苏州东南部。

2 出水辔（pèi）头：此处指行驶速度极快。

3 甍（méng）：屋顶。

译文

甲辰年的春天，我跟随父亲到吴江何明府幕中，与山阴的章苹江、武林的章映牧、苕溪的顾霭泉等人一起共事，因办理南斗圩行宫的事宜，于是得以第二次瞻仰天颜。一天，天色将晚，我忽然动心想回家。恰好有只办差事的小快船，我就坐上去，双橹双桨，在太湖飞棹疾驰，吴地俗称“出水辔头”，转瞬之间已经到了吴门桥。即使是跨鹤腾空，也没有如此让人神清气爽。到家的时候，晚饭还没有做好。我的故乡苏州，向来崇尚繁华，到这一天，争奇夺艳，比以往显得更加奢华。灯彩炫目，笙歌聒耳，古人所谓“画栋雕甍”“珠帘绣幕”“玉栏干”“锦步障”，也不过如此。我被朋友东拉西扯，帮他们插花结彩，空闲时呼朋引伴，开怀畅饮，放声高歌，尽情游览。少年时意气风发，豪迈万丈，不知疲倦。如果生于盛世却居住在偏僻之地，怎能如此快意游观呢？

是年，何明府因事被议，吾父即就海宁[1]王明府之聘。嘉兴[2]有刘蕙阶者，长斋佞佛[3]，来拜吾父。其家在烟雨楼侧，一阁临河，曰“水月居”，其诵经处也，洁静如僧舍。烟雨楼在镜湖[4]之中，四岸皆绿杨，惜无多竹。有平台可远眺，渔舟星列，漠漠平波，似宜月夜。衲子备素斋甚佳。至海宁，与白门[5]史心月、山阴俞午桥同事。心月一子名烛衡，澄静缄默，彬彬儒雅，与余莫逆，此生平第二知心交也。惜萍水相逢，聚首无多日耳。

注释

1 海宁：浙江海宁，位于浙江北部。

2 嘉兴：浙江嘉兴，位于浙江东南部。

3 佞（nìng）佛：崇信佛教。

4 镜湖：又名鉴湖，在浙江绍兴南。

5 白门：南京的别称。

译文

这年，何明府遭了事被弹劾，我父亲就赴海宁王明府的聘请。嘉兴有个叫刘蕙阶的人，素来吃斋念佛，来拜访我父亲。他家在烟雨楼旁边，有一个阁子临河，叫“水月居”，这是他诵经的地方，整洁安静如同僧舍。烟雨楼在镜湖中，四周都是绿杨，可惜竹子不多。楼上有平台可以放眼眺望。只见湖上渔舟星列，平波漠漠，此景很适宜月夜。僧人准备的斋饭，味道极佳。到了海宁，和南京人史心月、绍兴人俞午桥共事。史心月有一个儿子，名叫烛衡，安稳沉静，彬彬儒雅，和我为莫逆之交，他是我生平第二个知己，只可惜萍水相逢，聚在一起的日子并没有多少。

游陈氏安澜园[1]，地占百亩，重楼复阁，夹道回廊。池甚广，桥作六曲形，石满藤萝，凿痕全掩，古木千章，皆有参天之势。鸟啼花落，如入深山。此人工而归于天然者，余所历平地之假石园亭，此为第一。曾于桂花楼中张宴，诸味尽为花气所夺，惟酱姜味不变。姜桂之性老而愈辣，以喻忠节之臣，洵不虚也。

出南门即大海，一日两潮，如万丈银堤，破海而过。船有迎潮者，潮至，反棹相向，于船头设一木招，状如长柄大刀。招一捺，潮即分破，船即随招而

入，俄顷，始浮起，拨转船头，随潮而去，顷刻百里。塘上有塔院，中秋夜曾随吾父观潮于此。循塘东约三十里，名尖山，一峰突起，扑入海中。山顶有阁，匾曰“海阔天空”。一望无际，但见怒涛接天而已。

注释

1 安澜园：在浙江海宁盐官镇，原为大学士陈元龙私家花园，1762 年乾隆南巡曾驻跸于此，赐名安澜园。

译文

游览陈氏安澜园，此园占地百亩，重楼复阁，夹道回廊。园池很大，桥成六曲形，石头上布满了藤萝，凿痕全被掩盖了，古木千棵，都有参天之势，鸟啼花落，如入深山。这真是人工合于天然啊！我所游历过的平地上的假石园亭，这个当属第一。我们曾在桂花楼中设宴，各种菜肴的香味全被花的香味遮盖了，唯独酱姜味道不变。姜桂的特性是越老越辣，用来比喻忠节之臣，真是所言不虚啊！

出了南门，便是大海。一日涨潮两次，犹如万丈的银色堤岸破海而过。船有迎潮而进的，一看浪潮来了，便掉转头，迎着浪潮。在船头设一木招，形状如同长柄大刀。木招一捺，海潮就分开破裂，船就随着木招进入浪潮中。过了一会儿，才浮起，便又拨转船头，随着退潮而去，顷刻间便行至百里之外。塘上有个塔院，中秋之夜，我曾跟随父亲在此观潮。沿着此塘往东约三十里，有座山名叫尖山，有突起的山峰，好似扑入海中。山顶上有个阁，匾上题字“海阔天空”，一望无际，只见怒涛接连天际。

余年二十有五，应徽州绩溪[1]克明府之召。由武林[2]下“江山船”，过富春山，登子陵钓台[3]。台在山腰，一峰突起，离水十余丈。岂汉时之水竟与峰齐耶？月夜泊界口，有巡检署。“山高月小，水落石出”，此景宛然。黄山仅见其脚，惜未一瞻面目。

绩溪城处于万山之中，弹丸小邑，民情淳朴。近城有石镜山，由山弯中曲折一里许，悬崖急湍，湿翠欲滴。渐高，至山腰，有一方石亭，四面皆陡壁。亭左石削如屏，青色光润，可鉴人形，俗传能照前生。黄巢至此，照为猿猴形，纵火焚之，故不复现。

注释

1 徽州绩溪：今安徽绩溪。

2 武林：杭州旧称。

3 子陵钓台：严光，字子陵，东汉名士。曾隐居富春山，在此垂钓，因此得名。

译文

我那时候二十五岁，应了徽州绩溪克明府的召请。在杭州坐“江山船”，经过富春山，登子陵钓台。子陵钓台在山腰，一峰突起，离水面十余丈高。难道汉朝时，水面竟然与峰顶齐平吗？月夜停船在界口，那地方有巡检署。“山高月小，水落石出”，此景宛然在目！只看到黄山的山脚，可惜没能观其全貌。

绩溪城处于万山之中，是个弹丸小城，民情淳朴。它附近有座石镜山。在山弯中曲折一里左右，有悬崖和湍急的流水，湿翠欲滴。再往上爬到半山腰，有一方石亭，四面都是陡峭的崖壁。亭子左面的石头，平削光滑，如同屏风，青色光润，能照出人影来。当地人说此石能照出人的前生。唐末黄巢来过这里，照出他的前生是猿猴模样，一怒之下，便放火烧了它，从此以后，再也照不出前生了。

离城十里有火云洞天，石纹盘结，凹凸巉岩，如黄鹤山樵[1]笔意，而杂乱无章，洞石皆深绛色。旁有一庵甚幽静，盐商程虚谷曾招游设宴于此。席中有肉馒头，小沙弥眈眈旁视，授以四枚，临行以番银二圆为酬，山僧不识，推不受。告以一枚可易青钱七百余文，僧以近无易处，仍不受。乃攒凑青蚨六百文付之，始欣然作谢。

他日余邀同人携榼再往，老僧嘱曰：“曩者小徒不知食何物而腹泻，今勿再与。”可知藜藿[2]之腹不受肉味，良可叹也。余谓同人曰：“作和尚者，必居此等僻地，终身不见不闻，或可修真养静。若吾乡之虎丘山，终日目所见者妖童艳妓，耳所听者弦索笙歌，鼻所闻者佳肴美酒，安得身如枯木，心如死灰哉？”

注释

1 黄鹤山樵：元代画家王蒙，字叔明，自号黄鹤山樵，善画山水。

2 藜藿：指粗劣的饭菜。

译文

离城大约十里有个火云洞天，石头的纹理盘绕缠结，陡峭的岩石凹凸不平，如同元朝王蒙的山水写意画，但又杂乱无章，洞石都是深绛色。旁边有一座庵，很是幽静。盐商程虚谷曾招我游玩，并在此设宴。席中有肉馒头，小和尚在旁边眼巴巴地望着，于是我给了他四个。临行前我给老僧番银两枚作为酬劳。老僧不认识番银，推辞不愿接受。我告诉他一枚番银可以兑换铜钱七百余文。老僧说附近没有兑换钱的地方，仍然拒绝了。于是我们凑齐六百文铜钱给老僧，他才欣然接受道谢。

后来又有一次，我邀请同僚带着酒具再次去那里。老僧嘱咐我说："先前我庙里的小和尚不知道吃了什么东西拉肚子，这次就不要再给他东西吃了。"由此可知，吃惯了菜蔬的肠胃承受不了肉味，真是可叹啊。我对同僚说："做和尚，必须得到这等僻静的地方来，对于俗尘喧嚣，终身不见不闻，或可以修真养静。像我故乡的虎丘山，终日见到的都是些妖童艳妓，耳朵听到的都是些弦索笙歌，鼻子里闻的都是佳肴美酒，怎么能够做到身如枯木，心如死灰呢？"

又去城三十里，名曰"仁里"，有花果会，十二年一举，每举各出盆花为赛。余在绩溪，适逢其会，欣然欲往，苦无轿马。乃教以断竹为杠，缚椅为轿，雇人肩之而去，同游者惟同事许策廷，见者无不讶笑。至其地，有庙，不知供何神。庙前旷处，高搭戏台，画梁方柱，极其巍焕。近视，则纸扎彩画，抹以油漆者。锣声忽至，四人抬对烛，大如断柱；八人抬一猪，大若牯牛[1]，盖公养十二年始宰以献神。策廷笑曰："猪固寿长，神亦齿利。我若为神，乌能享此。"余曰："亦足见其愚诚也。"入庙，殿廊轩院所设花果盆玩，并不剪枝拗节，尽以苍老古怪为佳，大半皆黄山松。既而开场演剧，人如潮涌而至，余与策廷遂避去。未两载，余与同事不合，拂衣归里。

注释

1 牯（gǔ）牛：公牛。

译文

离城三十里，有个叫"仁里"的地方，每隔十二年举办一次花果会，每次举行的时候，各家都拿出盆花来比赛。我当时正好在绩溪，正巧赶上花果会，心里很高兴，便打算前去观赏，但苦于没有轿子，于是便用断竹做成杠，绑在椅子上做成轿子，雇了人抬着去。同游的人只有同事许策廷，见到的人没有不笑我的。到了那地方，有座庙，不知道供奉的是哪路神仙。庙前空旷的地方搭了一个高高的戏台，画梁方柱极其巍峨，色彩焕丽。走近看了看，发现是纸扎的彩画，又抹上了油漆。锣声突然响起来，四人抬着对烛，对烛大得像是断柱一样，八个人抬着一头猪，猪大得像公牛，大概是大家一起养了十二年的猪，宰杀后用来供奉给神的。策廷笑着说："猪固然寿命长，神仙也真是牙齿锋利啊，能吃得下这头猪；如果我要是神灵，哪里能吃得下呢？"我说："这也足见他们是多么愚诚啊！"进了庙，殿廊轩院内摆放的花果盆玩，并没有剪枝修节，全都以苍老古怪为最佳，大半部分都是黄山松。过了一会儿，演戏开场了，人如潮水般涌来，我和策廷于是都避开了。不到两年，我和同事不和，便辞职回乡了。

余自绩溪之游，见热闹场中卑鄙之状不堪入目，因易儒为贾[1]。余有姑丈袁万九，在盘溪之仙人塘作酿酒生涯，余与施心耕附资合伙。袁酒本海贩，不一载，值台湾林爽文之乱[2]，海道阻隔，货积本折，不得已，仍为冯妇[3]。

馆江北四年，一无快游可记。迨居萧爽楼，正作烟火神仙，有表妹倩徐秀峰自粤东归，见余闲居，慨然曰："足下待露而爨，笔耕而炊，终非久计，盍偕我作岭南游？当不仅获蝇头利也。"芸亦劝余曰："乘此老亲尚健，子尚壮年，与其商柴计米而寻欢，不如一劳永逸。"余乃商诸交游者，集资作本。芸亦自办绣货，及岭南所无之苏酒、醉蟹等物。禀知堂上，于小春十日，偕秀峰由东坝出芜湖口。

注释

1 贾（gǔ）：商贾，商人。

2 林爽文之乱：乾隆五十一年（1786），台湾各族人民为反对清朝统治者的压迫和剥削，在林爽文领导下掀起了大规模的农民起义。

3 冯妇：典出《孟子·尽心上》，冯妇为春秋时人，善于搏虎，后来成为读书人，然而偶然遇到虎，又情不自禁地去打。后比喻重操旧业。

译文

我自从绩溪游幕回来，看到官场中卑鄙阴暗的一面，因此便弃文从商。我有个姑丈叫袁万九，在盘溪的仙人堂做酿酒生意。我和施心耕出资合伙。袁万九的酒本来是销往海外的，不到一年的时间，正值台湾林爽文之乱，海运阻隔，货物囤积，折了本钱，不得已，我又重新做回本行。

在江北做了四年幕僚，无一畅游之事可记。直到迁居萧爽楼，夫唱妇随，才仿佛烟火神仙。有一个叫徐秀峰的表妹夫从广东回来，看到我赋闲在家，便感慨说道："你只靠笔墨书画挣钱，日子拮据，终非长久之计。何不随我同去岭南呢？不会仅仅获得蝇头微利的。"芸也劝我说："趁着父母康健，你正当壮年，与其柴米油盐紧巴巴地穷快活，不如外出营生而得一劳永逸。"我听从了芸的建议，和朋友们商量，筹来资金作为本钱。芸也亲自针织刺绣，并置办了岭南所没有的苏酒、醉蟹等物品。我于本年小阳春十月份禀告了父母，便同秀峰从水路由东坝出芜湖口。

长江初历，大畅襟怀。每晚舟泊后，必小酌船头。见捕鱼者罾幂[1]不满三尺，孔大约有四寸，铁箍四角，似取易沉。余笑曰："圣人之教虽曰'罟不用数'[2]，而如此之大孔小罾，焉能有获？"秀峰曰："此专为网鳊鱼设也。"见其系以长绠[3]，忽起忽落，似探鱼之有无。未几，急挽出水，已有鳊鱼枷罾孔而起矣。余始喟然曰："可知一己之见，未可测其奥妙。"

注释

1 罾（zēng）幂：渔网。

2 罟（gǔ）不用数（cù）：罟，网。数，细密。语出《孟子·梁惠王上》："数罟不入洿池，鱼鳖不可胜食也。"意为捕鱼不宜用网孔太细密的渔网，以利于鱼鳖休养生息。

3 绠（gěng）：绳子。

译文

初见长江，大畅胸怀。每天晚上待船停泊后，我和秀峰必在船头喝酒。有次我看到渔夫捕鱼的网长不满三尺，网孔大约四寸，用铁箍住四角，这样渔网容易下沉。我笑着说："圣人教化，虽然说：'罟不用数'，但如此大孔小网，怎么能捕获到鱼呢？"秀峰说："这是专为捕鳊鱼而设的。"我看到渔网用长绳系着，忽然一起一落，好像在试探有没有捕到鱼，不一会，急忙拽出来，鲫鱼已经枷到网孔中被提出来了。我喟然而叹："可知一己之管见，终究是难测万物的奥妙啊！"

一日，见江心中一峰突起，四无依倚。秀峰曰："此小孤山[1]也。"霜林中，殿阁参差，乘风径过，惜未一游。至滕王阁[2]，犹吾苏府学之尊经阁移于胥门[3]之大马头，王子安[4]序中所云不足信也。即于阁下换高尾昂首船，名"三板子"，由赣关至南安登陆。值余三十诞辰，秀峰备面为寿。越日，过大庾岭[5]，出巅一亭，匾曰"举头日近"，言其高也。山头分为二，两边峭壁，中留一道如石巷。口列两碑，一曰"急流勇退"，一曰"得意不可再往"。山顶有梅将军祠，未考为何朝人。所谓岭上梅花，并无一树，意者以梅将军得名梅岭耶？余所带送礼盆梅，至此将交腊月，已花落而叶黄矣。

注释

1 小孤山：位于安徽宿松城东南六十公里长江中的独立山峰。形态特异，孤峰耸立。

2 滕王阁：位于江西南昌西北部沿江路赣江东岸，始建于唐永徽四年（653），因滕王李元婴始建而得名。

3 胥门：位于苏州城西万年桥南，作东西向，为春秋吴国建造都城时所辟古门之一，明清复建。

4 王子安：初唐诗人王勃，字子安，省亲时过南昌，曾作有《滕王阁序》。

5 大庾岭：亦称庾岭、梅岭，位于江西与广东两省边境。

译文

一日，看到江心中一峰突起，四无依傍。秀峰说："这就是小孤山。"霜林中，遥见殿阁参差，轻舟顺风疾驰，可惜未登岸一游。到南昌，见到了滕王阁，就如同苏州府学的尊经阁移到了胥门的大码头上，王勃在《滕王阁序》中的盛赞不足为信。当即在阁下换乘高尾昂首船，名叫"三板子"，由赣关到南安登陆，适逢我三十岁生日，秀峰为我煮了长寿面庆祝。第二天，我们经过了大庾岭，山顶建有一亭，上有一匾，上书"举头日近"，是说此山甚高。山头一分为二，两边是峭壁，中间留有一条石巷。巷口立两块石碑，一写"急流勇退"，一写"得意不可再往"。山顶有梅将军祠，不知为哪朝人。岭上据说有梅花，但并没看到梅树，难道是以梅将军之名来命名山岭的吗？我带来要送人的梅花盆栽，到此将交腊月的季节，也是花落而叶黄了。

过岭出口，山川风物便觉顿殊。岭西一山，石窍玲珑，已忘其名，舆夫曰："中有仙人床榻。"匆匆竟过，以未得游为怅。至南雄[1]，雇老龙船。过佛山镇，见人家墙顶多列盆花，叶如冬青，花如牡丹，有大红、粉白、粉红三种，盖山茶花也。

腊月望，始抵省城[2]，寓靖海门内，赁王姓临街楼屋三椽。秀峰货物皆销与当道，余亦随其开单拜客。即有配礼者，络绎取货，不旬日而余物已尽。除夕，蚊声如雷。岁朝贺节，有棉袍纱套者。不惟气候迥别，即土著人物，同一五官而神情迥异。

注释

1 南雄：县名，位于广东东北部，大庾岭南麓，自古是岭南通往中原的要道。

2 省城：即广州城。

译文

翻过大庾岭，山川风味便觉不同。岭西有一山，石洞玲珑，忘记了名字，车夫说："洞中有仙人床榻。"可惜匆匆过去，以未得游玩为憾。等到了南雄，雇来老龙船。过佛山镇，见到人家墙顶多摆置着盆花，叶子像冬青，花朵如牡丹，有大红、粉白、粉红三种颜色，这是山茶花。

腊月十五，才到达省城，寓居在靖海门内，租赁一位姓王的临街屋三间。秀峰的货物都卖给了当地官员，我也跟着他开单拜客。也有提前预订的，络绎不绝地来取货，不到十天，余货已销完。除夕之夜，蚊声如雷。初一拜年，有人穿着棉袍纱套，此地不仅气候迥别，就连当地人，同一五官也是神情各异。

正月既望，有署中同乡三友拉余游河观妓，名曰"打水围"，妓名"老举"。于是同出靖海门，下小艇，如剖分之半蛋而加篷焉。先至沙面，妓船名"花艇"，皆对头分排，中留水巷，以通小艇往来。每帮约一二十号，横木绑定，以防海风。两船之间，钉以木桩，套以藤圈，以便随潮长落。鸨儿呼为"梳头

婆"，头用银丝为架，高约四寸许，空其中而蟠发[1]于外，以长耳挖插一朵花于鬓；身披元青短袄，着元青长裤，管拖脚背；腰束汗巾，或红或绿；赤足撒鞋，式如梨园旦脚。登其艇，即躬身笑迎。搴帏入舱，旁列椅杌[2]，中设大炕，一门通艄后。

妇呼"有客"，即闻履声杂沓而出，有挽髻者，有盘辫者，傅粉如粉墙，搽脂如榴火，或红袄绿裤，或绿袄红裤，有着短袜而撮绣花蝴蝶履者，有赤足而套银脚镯者。或蹲于炕，或倚于门，双瞳闪闪，一言不发。余顾秀峰曰："此何为者也？"秀峰曰："目成之后，招之始相就耳。"余试招之，果即欢容至前，袖出槟榔为敬。入口大嚼，涩不可耐，急吐之，以纸擦唇，其吐如血。合艇皆大笑。

注释

1 蟠发：盘着头发。

2 椅杌（wù）：椅子和凳子。

译文

正月十六日，有官署的三位同乡拉我去河边游玩观妓，当地叫"打水围"，称妓女为"老举"。于是和他们同出靖海门，乘小艇，小艇形如从中剖开的一半鸡蛋，又在上面加了顶篷。我们先到沙面，妓船名"花艇"，都是对头分开排列的，中间留有水巷，方便小艇进出。每帮有一二十号，都用横木绑定，用来防海风。两船之间用木桩钉住，再套上藤圈，以便随潮水涨落。老鸨唤作"梳头婆"，她的头发用银丝做支架，发髻高约四寸，中间空，却在外围盘发，鬓角用一根长耳挖插一朵花；身披元青短袄，穿着元青长裤，裤管到脚背；腰间束着汗巾，红绿相间；没穿袜子，脚蹬拖鞋，如同梨园旦角。我们登上艇子，老鸨便躬身笑迎，拉起帘子，让进船舱，舱内两旁放着椅子，中间放置一大炕，一扇门通往舱后。

老鸨喊"有客人来了"，立即便听到脚步声杂沓而来。她们有挽着发髻的，有盘着辫子的，有的擦粉如同粉墙，搽胭脂像榴火，有的穿红袄绿裤，而有的则是绿袄红裤，有的穿着短袜和绣花的蝴蝶履，还有光脚而套着银脚镯的。她们或是蹲在炕上，或是倚着门，双瞳闪闪，一言不发。我回头对秀峰说："她们这是干什么？"秀峰说："相中之后，就可以喊去了。"我试招一个，果然欢笑前来，从袖子里掏出槟榔给我做见面礼。我拿过来张口大嚼，口涩得难以忍受，急忙吐了，用纸擦嘴，如吐鲜血。满艇都大笑起来。

又至军工厂，妆束亦相等，惟长幼皆能琵琶而已。与之言，对曰“哋”，“哋”者“何”也。余曰：“少不入广者，以其销魂耳，若此野妆蛮语，谁为动心哉？”一友曰：“潮帮妆束如仙，可往一游。”至其帮，排舟亦如沙面。有著名鸨儿素娘者，妆束如花鼓妇。其粉头衣皆长领，颈套项锁，前发齐眉，后发垂肩，中挽一鬏[1]似丫髻；裹足者着裙，不裹足者短袜，亦着蝴蝶履，长拖裤管，语音可辨。而余终嫌为异服，兴趣索然。秀峰曰：“靖海门对渡有扬帮，皆吴妆，君往，必有合意者。”一友曰：“所谓扬帮者，仅一鸨儿，呼曰邵寡妇，携一媳曰大姑，系来自扬州，余皆湖广、江西人也。”

因至扬帮。对面两排仅十余艇，其中人物皆云鬟雾鬓，脂粉薄施，阔袖长裙，语音了了。所谓邵寡妇者，殷勤相接。遂有一友另唤酒船，大者曰“恒舻”，小者曰“沙姑艇”，作东道相邀，请余择妓。余择一雏年者，身材状貌有类余妇芸娘，而足极尖细，名喜儿。秀峰唤一妓名翠姑。余皆各有旧交。放艇中流，开怀畅饮。至更许，余恐不能自持，坚欲回寓，而城已下钥[2]久矣。盖海疆之城，日落即闭，余不知也。

注释

1 鬏（jiū）：头发挽成的结。

2 下钥（yuè）：关闭城门。

译文

我们又到一个叫“军工厂”的妓帮，装束也一样，只不过不分大小都会弹琵琶。与她们说话，仅回答“哋”，“哋”就是“什么”的意思。我说：“古人有云‘年少时不要去广州，因为那是温柔销魂乡’。像这样的野装蛮语，谁能动心呢？”一位友人又建议说：“潮帮装束如仙，可去一游。”到了潮帮，船也像沙面的妓船一样排列着。有个出名的鸨儿名叫素娘，打扮如同唱花鼓戏似的。她家的姑娘们衣服都是长领，脖子上套着项圈，前发齐眉，后发垂肩，中间挽成发结像是丫髻，裹足的穿裙子，没有裹足的穿短袜，也都是穿着蝴蝶履，裤管长长拖着地，她们的语音尚能听懂。而我却终究嫌弃她们奇装异服，毫无兴趣。

秀峰说："靖海门对面渡口有扬帮，都穿着吴地的服饰。你如果去，一定有合意的。"一位友人说："所谓的扬帮，仅鸨儿一人，叫'邵寡妇'，领着一个姑娘叫'大姑'，是来自扬州；其他也都是湖广和江西人。"

我们于是到了扬帮，对面两排排列着十余只艇子，其中人物云鬟雾鬓，薄施脂粉，阔袖长裙，语音可辨。所说的邵寡妇殷勤迎接。于是一个朋友另叫酒船，大的酒船叫"恒舻"，小的叫"沙姑艇"，他做东道主相邀，请我择妓。我选了一个年轻的，身材样貌类似芸的，足极尖细，名叫喜儿。秀峰唤来一个叫翠姑的。其他人都有旧好。于是放舟中流，开怀畅饮。到了打更时候，我恐怕不能自持，坚持要回去，而城门已经早早关闭了。因为是海疆之城，日落时分就要关闭城门，对此，我是不知道的。

及终席，有卧吃鸦片烟者，有拥妓而调笑者。伻头[1]各送衾枕至，行将连床开铺。余暗询喜儿："汝本艇可卧否？"对曰："有寮[2]可居，未知有客否也。"（寮者，船顶之楼。）余曰："姑往探之。"招小艇渡至邵船，但见合帮灯火相对如长廊，寮适无客。鸨儿笑迎，曰："我知今日贵客来，故留寮以相待也。"余笑曰："姥真荷叶下仙人哉！"遂有伻头移烛相引，由舱后梯而登，宛如斗室，旁一长榻，几案俱备。

揭帘再进，即在头舱之顶，床亦旁设，中间方窗嵌以玻璃，不火而光满一室，盖对船之灯光也。衾帐镜奁，颇极华美。喜儿曰："从台可以望月。"即在梯门之上叠开一窗，蛇行而出，即后梢之顶也。三面皆设短栏，一轮明月，水阔天空。纵横如乱叶浮水者，酒船也；闪烁如繁星列天者，酒船之灯也；更有小艇梳织往来，笙歌弦索之声杂以长潮之沸，令人情为之移。余曰："'少不入广'，当在斯矣！"惜余妇芸娘不能偕游至此，回顾喜儿，月下依稀相似，因挽之下台，息烛而卧。天将晓，秀峰等已哄然至，余披衣起迎，皆责以昨晚之逃。余曰："无他，恐公等掀衾揭帐耳！"遂同归寓。

注释

1 伻（bēng）头：指仆人。

2 寮（liáo）：小屋。

译文

等到宴席结束，有躺着吸鸦片的，有拥妓调笑的。仆人送来衾枕，将要连床合卧。我暗自询问喜儿："你的艇子里可以休息吗？"她回答说："有小屋可住，不知道现在有客人吗。"（寮即是位于船顶的小楼阁。）我说："姑且去看看。"于是招来小艇渡至邵寡妇船上，只见两排相对的船灯火辉煌，恍如长廊。小屋正好没有客人，鸨儿笑脸相迎道："我知道今天有贵客前来，特地给你留着小屋呢。"我笑着说："您真是荷叶下的仙人下凡啊！"于是有仆人掌烛在前引导，从舱后登梯而上，仅一间斗室，旁有长榻，桌椅具备。

掀开帘子再往前走，已经在头舱的顶端了，床也摆在旁边，中间方窗镶嵌着玻璃，不举火却满室光亮，大概是对面船照过来的光。衾帐镜奁，极其华美。喜儿说："从台上可以望月。"于是在梯门上方，又打开一窗，盘旋而出，就到了船后梢的顶端，三面都设有短栏杆。当头一轮明月，海阔天空。酒船纵横交织，如乱叶漂浮在水上；船上的灯火熠熠闪耀，如夜空中的繁星。更有小艇在水面上梳织往来，笙歌弦索之声，夹杂着涨潮的沸声，让人魂销情移。我说："'少不入广'，说的就是此刻啊！"只可惜芸不能相伴来此。回头看看喜儿，月光下与芸依稀相似，于是挽着她下了楼台，灭灯而卧。天快亮时，秀峰等人哄然而来。我披衣出迎，他们责备我昨晚不辞而别。我笑着说："不为别的，我是怕你们揭我床帘，掀我被子啊！"于是一同回寓所。

越数日，偕秀峰游海珠寺。寺在水中，围墙若城，四周离水五尺许，有洞，设大炮以防海寇，潮长潮落，随水浮沉，不觉炮门之或高或下，亦物理之不可测者。十三洋行在幽兰门之西，结构与洋画同。对渡名花地，花木甚繁，广州卖花处也。余自以为无花不识，至此仅识十之六七，询其名有《群芳谱》[1]所未载者，或土音之不同欤？

海幢寺规模极大。山门内植榕树，大可十余抱，阴浓如盖，秋冬不凋，柱槛窗栏皆以铁梨木为之。有菩提树，其叶似柿，浸水去皮，肉筋细如蝉翼纱，可裱小册写经。

注释

1《群芳谱》：明代王象晋所编，专门介绍植物栽培的著作，全称《二如亭群芳谱》，共三十卷。

译文

过了几天，我和秀峰一同去海珠寺游玩。寺在水中，墙像护城墙，四围离水约五尺，有洞口，内设大炮来防备海盗。潮涨潮落，随海水上下沉浮，不觉炮门时高时低，也是常理难以窥测的。十三洋行在幽兰门的西边，结构和西洋画里的房子相似。渡口对面是有名的花地，花木繁盛，是广州卖花的地方。我自以为无花不识，到此也仅仅认识六七成，询问花名，有《群芳谱》没有载入的，或是土音方言不同的缘故吧？

海幢寺规模极大，寺内种植着榕树，大的有十余抱，浓阴如盖，秋冬不凋，柱、槛、窗、栏都用铁梨木造成。有菩提树，叶子似柿，浸在水里，去除表皮，肉筋细如蝉翼薄纱，可裱糊小册子抄写佛经。

归途访喜儿于花艇，适翠、喜二妓俱无客。茶罢欲行，挽留再三。余所属意在寮，而其媳大姑已有酒客在上，因谓邵鸨儿曰："若可同往寓中，则不妨一叙。"邵曰："可。"秀峰先归，嘱从者整理酒肴。余携翠、喜至寓。正谈笑间，适郡署王懋老不期来，挽之同饮。酒将沾唇，忽闻楼下人声嘈杂，似有上楼之势，盖房东一侄素无赖，知余招妓，故引人图诈耳。秀峰怨曰："此皆三白一时高兴，不合我亦从之。"余曰："事已至此，应速思退兵之计，非斗口时也。"懋老曰："我当先下说之。"余即唤仆速雇两轿，先脱两妓，再图出城之策。闻懋老说之不退，亦不上楼。两轿已备，余仆手足颇捷，令其向前开路，秀峰挽翠姑继之，余挽喜儿于后，一哄而下。

秀峰、翠姑得仆力已出门去，喜儿为横手所拿，余急起腿，中其臂，手一松而喜儿脱去，余亦乘势脱身出。余仆犹守于门，以防追抢。急问之曰："见喜儿否？"仆曰："翠姑已乘轿去，喜娘但见其出，未见其乘轿也。"余急燃炬，见空轿犹在路旁。急追至靖海门，见秀峰侍翠轿而立，又问之，对曰："或应投东，而反奔西矣。"急反身，过寓十余家，闻暗处有唤余者，烛之，喜儿也，遂纳之轿，肩而行。秀峰亦奔至，曰："幽兰门有水窦[1]可出，已托人贿之启钥[2]，翠姑去矣，喜儿速往！"余曰："君速回寓退兵，翠、喜交我！"至水窦边，果已启钥，翠先在。余遂左掖喜，右挽翠，折腰鹤步，踉跄[3]出窦。天适微雨，路滑如油，至河干沙面，笙歌正盛。小艇有识翠姑者，招呼登舟。始见喜儿首如飞蓬，钗环俱无有。余曰："被抢去耶？"喜儿笑曰："闻此皆赤金，阿母物也，妾

于下楼时已除去，藏于囊中，若被抢去，累君赔偿耶。”余闻言，心甚德之，令其重整钗环，勿告阿母，托言寓所人杂，故仍归舟耳。翠姑如言告母，并曰：“酒菜已饱，备粥可也。”

注释

1 水窦：水道。

2 启钥：打开门锁。

3 踉跄（liàng qiàng）：走路跌跌撞撞。

译文

归途顺道去花艇探访喜儿，适逢翠姑、喜儿都没有接客，喝完茶水正准备回去，她们再三挽留。我想去的小屋已被大姑的客人占了。于是对邵鸨儿说：“如果可以带往寓所，不妨去叙叙话。”邵鸨儿说：“可以！”于是秀峰先回去，嘱咐从人准备酒菜。我带着翠姑、喜儿到寓所。正谈笑间，正巧衙门的王懋老不期而来，于是拉他同饮。他酒还没到嘴边，忽然听到楼下人声嘈杂，似乎有上楼之势。原来是房东的一个侄子，平时泼皮无赖，知道我们在寓所招妓，故意吸引人群，要来敲诈。秀峰口出怨言道：“都是三白一时高兴，本不合我意，但也只得听从了。”我说：“事已至此，应立即想退敌之计，不是斗嘴的时候。”懋老说：“我先下去说服他。”我立马唤仆人火速雇来两顶轿子，先让翠姑、喜儿脱身，再考虑出城的计策。听到懋老没有劝退，也没上楼来。两轿已经预备好了，我仆人身手颇为敏捷，让他在前面开路。秀峰挽着翠姑跟在后面，我挽着喜儿也跟着，一哄而下。

秀峰、翠姑得仆人之力，已成功夺门而出。喜儿却被人一把抓住，我急忙抬腿，一脚踢中他的手臂，手一松喜儿跑开了，我也趁势脱身而逃。我的仆人还守在门口，防止人再过来追抢。我急忙问仆人：“看到喜儿吗？”仆人说：“翠姑乘轿走了，只看到喜儿出来，没看到她乘轿子。”我急忙点上蜡烛，看到空轿子还在路旁，便急忙赶往靖海门，看到秀峰站在翠姑轿子旁，我又问他见到喜儿吗，他说：“喜儿本应往东跑，却向西了。”我急忙返回查找了十余间寓所，突然听到有人在暗处喊我，点上蜡烛一照，真是喜儿。于是让她上轿，抬着前行，秀峰赶来了，说：“幽兰门有水洞可以出去，已托人贿赂守卫开了门。翠姑已经走了，喜儿也得赶快些！”我说：“你速回寓所，翠姑、喜儿交给我就行了。”到了水洞边，果然已经开门。翠姑先在了，我于是左手挽着喜儿，右手扶着翠姑，弯腰轻步，踉踉跄跄才走出洞门。天正下小雨，路像抹了油一般滑。到了河边沙面，笙歌正盛。小艇中有人认识翠姑，喊她登舟。这时我才看到喜儿首如飞蓬，钗环俱失。我说：“被抢去了吗？”喜儿笑着说：“听说这些都是纯金的，是阿母的物件，我下楼的时候摘下藏在袋子里了。如果被抢去，会连累你赔偿的。”我听她这样说，心中十分感激。让她重新戴上首饰，不要告诉阿母，就说寓所人杂，仍旧回来了。翠姑也这样告诉了阿母，并说：“酒菜已经吃饱，准备些小粥就可以了。”

时寮上酒客已去，邵鸨儿命翠亦陪余登寮。见两对绣鞋泥污已透。三人共粥，聊以充饥。剪烛絮谈，始悉翠籍湖南，喜亦豫产，本姓欧阳，父亡母醮[1]，为恶叔所卖。翠姑告以迎新送旧之苦，心不欢必强笑，酒不胜必强饮，身不快必强陪，喉不爽必强歌。更有乖张其性者，稍不合意，即掷酒翻案，大声辱骂，假母不察，反言接待不周。又有恶客彻夜蹂躏，不堪其扰。喜儿年轻初到，母犹惜之。不觉泪随言落，喜儿亦嘿然涕泣。余乃挽喜入怀，抚慰之。嘱翠姑卧于外榻，盖因秀峰交也。

自此或十日或五日，必遣人来招，喜或自放小艇，亲至河干迎接。余每去必邀秀峰，不邀他客，不另放艇。一夕之欢，番银四圆而已。秀峰今翠明红，俗谓之“跳槽”，甚至一招两妓。余则惟喜儿一人。偶独往，或小酌于平台，或清谈于寮内，不令唱歌，不强多饮，温存体恤，一艇怡然，邻妓皆羡之。有空闲无客者，知余在寮，必来相访。合帮之妓，无一不识，每上其艇，呼余声不绝，余亦左顾右盼，应接不暇，此虽挥霍万金所不能致者。

注释

1 醮（jiào）：再嫁，改嫁。

译文

当时楼上小屋里酒客已离开，邵鸨儿让翠姑也陪我登上小屋。只见她们两对绣花鞋已经被污泥湿透了，三人一起喝粥，以此充饥。剪烛絮谈，才知道翠姑原籍湖南，喜儿原籍河南，本姓欧阳，父亲去世后，母亲改嫁了，后来她就被恶叔卖做妓女。翠姑诉说她堕入风尘，迎来送往的苦楚，心里不高兴却要强颜欢笑，不胜酒力却要强饮，身体不舒服还得强陪着客人，嗓子不好也必须勉强歌唱。更有性情乖张的，稍不合意，就扔酒杯，掀翻酒桌，大声辱骂，阿母不问青红皂白，却责备她接待不周。又有恶客彻夜蹂躏，不堪其扰。喜儿年轻初到，阿母尚爱惜她。说罢，翠姑不觉潸然泪下，喜儿也默然涕泣。我于是把喜儿挽入怀中抚慰。嘱托翠姑在外榻歇息，因为她是秀峰的相好。

从此之后，不过十天或五天，她们一定派人来相招，喜儿或是亲乘小艇渡至河边来迎。我每次去一定带着秀峰，不邀请其他人，也不另放小艇。一晚的欢会，只要番银四圆而已。秀峰今天要翠姑，明天点红儿，俗称“跳槽”，甚至一次招两妓。我则只要喜儿一个。偶尔独往，或是在平台小酌，或是在屋内清谈，不让她唱曲，不强迫多饮，温存体恤，一艇欢然，邻妓都十分羡慕。没有客人，偶尔空闲时，如果她们知道我在小屋必定会来相访，她们没有一个不认识我的。每次我登上艇子，喊我的声音不绝于耳，我也左顾右盼，应接不暇，这是挥霍万金不能得到的。

余四月在彼处，共费百余金，得尝荔枝鲜果，亦生平快事。后鸨儿欲索五百金强余纳喜，余患其扰，遂图归计。秀峰迷恋于此，因劝其购一妾，仍由原路返吴。明年，秀峰再往，吾父不准偕游，遂就青浦杨明府[1]之聘。及秀峰归，述及喜儿因余不往，几寻短见。噫！“半年一觉扬帮梦，赢得花船薄幸名”[2]矣。

余自粤东归来，馆青浦两载，无快游可述。未几，芸、憨相遇，物议沸腾，芸以激愤致病。余与程墨安设一书画铺于家门之侧，聊佐汤药之需。

注释

1 明府：古代对太守、县令的尊称。

2 半年一觉扬帮梦，赢得花船薄幸名：化用杜牧《遣怀》：“落魄江湖载酒行，楚腰纤细掌中轻。十年一觉扬州梦，赢得青楼薄幸名。”作者于此，有自叹薄幸的意思。

译文

我在那地方四个月，共花费百余金，尝到了荔枝鲜果，也是生平快事。后来邵鸨儿强求我交五百金纳喜儿为妾，我不堪其扰，于是考虑返程之计。秀峰迷恋于此，劝他购了一妾，后来我们仍从原路返回苏州。第二年，秀峰再去广东，我父亲不准我一同去了，于是就赴青浦杨明府的聘请。等到秀峰归来，跟我讲起喜儿因为我不再去，悲痛欲绝，几乎要自寻短见。噫！真是“半年一觉扬帮梦，赢得花船薄幸名”啊。

我自从广东回来，又在青浦两年营生，没有快游之事可述。没多久，芸和憨园相遇，周遭议论纷纷，芸因激愤得病。我和程墨安两人在家门口开了一家书画铺，以此来挣些钱为芸治病。

中秋后二日，有吴云客偕毛忆香、王星烂邀余游西山小静室，余适腕底无闲，嘱其先往。吴曰：“子能出城，明午当在山前水踏桥之来鹤庵相候。”余诺之。越日，留程守铺，余独步出阊门。至山前，过水踏桥，循田塍而西，见一庵南向，门带清流。剥啄[1]问之，应曰：“客何来？”余告之。笑曰：“此‘得云’也，客不见匾额乎？‘来鹤’已过矣！”余曰：“自桥至此，未见有庵。”

其人回指曰：“客不见土墙中森森多竹者，即是也。”余乃返至墙下，小门深闭，门隙窥之，短篱曲径，绿竹猗猗，寂不闻人语声。叩之，亦无应者。一人过，曰：“墙穴有石，敲门具也。”余试连击，果有小沙弥出应。

注释

1 剥啄：敲门的声音。

译文

中秋后两天，有吴云客带着毛忆香、王星烂邀请我去西山小静室游玩，正巧我没空，我让他们先去。吴说：“如果能出城的话，明日午后就在山前的水踏桥来鹤庵等候。”我答应了。第二天，我留程墨安看守铺子，自己便徒步出阊门。到山前，过了水踏桥，沿着田塍往西走，见到一庵朝南，清溪绕门。我便上前去敲门询问，那人回答说：“客人从哪里来？”我告诉了他，他笑着说：“这是得云庵，你没有看见匾额吗？来鹤庵已经过了。”我说：“从水踏桥到这儿，没见到有庵。”

那人回头指道：“你看那竹林茂盛的土墙中就是。”我于是返回，到墙下，小门紧闭。我从门缝里窥视，只见短篱曲径，绿竹猗猗，静寂无声。叩门也无人答应。一人经过于此，对我说：“墙洞里有石块，那是敲门用的。”我试着用石块连续打门，果然有小和尚出来答应。

余即循径入，过小石桥，向西一折，始见山门[1]悬黑漆额，粉书“来鹤”二字，后有长跋，不暇细观。入门经韦陀殿，上下光洁，纤尘不染，知为小静室。忽见左廊又一小沙弥奉[2]壶出。余大声呼问，即闻室内星烂笑曰：“何如？我谓三白决不失信也！”旋见云客出迎，曰：“候君早膳，何来之迟？”一僧继其后，向余稽首，问知为竹逸和尚。

入其室，仅小屋三椽，额曰“桂轩”，庭中双桂盛开。星烂、忆香群起嚷曰：“来迟罚三杯！”席上荤素精洁，酒则黄白俱备。余问曰：“公等游几处矣？”云客曰：“昨来已晚，今晨仅到得云河亭耳。”欢饮良久。饭毕，仍自得云河亭共游八九处，至华山[3]而止，各有佳处，不能尽述。

注释

1 山门：意为寺院正面的楼门，寺院的一般称呼。过去的寺院多居山林，故名“山门”。

2 奉：通“捧”。

3 华山：位于苏州市西北郊。

译文

开门后，我便沿着曲径往前走，过小石桥，向西一折，便看到寺门上方悬挂着黑漆匾额，题写着白色的“来鹤”二字，后有长跋，没时间细看。走进寺门，经过韦陀殿，上下光洁，纤尘不染，知道这便是小静室。忽然看到左廊边一个小和尚捧着壶走出来。我大声喊着问他，当即就听到室内星烂笑着说：“怎么样？我说过三白绝不会失信吧！”过了一会儿，云客也出来迎接，说：“早就等着你来吃早饭了，怎么来这么迟啊？”一位老僧跟在后面，向我作揖，询问方知是竹逸和尚。

进入室内，仅有三间小屋，匾额上书“桂轩”，庭中双桂盛开。星烂、忆香起哄说：“来迟罚三杯！”桌上荤素精洁，黄酒、白酒都有。我问道：“你们游玩几处了？”云客说：“昨天来到时已经晚了，今天上午仅到了得云庵、河亭。”饮酒相谈甚欢，饭后，仍从得云庵、河亭出发，共游了八九处，至华山而止，各地皆有佳处，不能一一详述。

华山之顶有莲花峰，以时欲暮，期以后游。桂花之盛，至此为最，就花下饮清茗一瓯，即乘山舆径回来鹤。桂轩之东，另有临洁小阁，已杯盘罗列。竹

逸寡言静坐，而好客善饮。始则折桂催花，继则每人一令，二鼓[1]始罢。余曰："今夜月色甚佳，即此酣卧，未免有负清光，何处得高旷地，一玩月色，庶不虚此良夜也？"竹逸曰："放鹤亭可登也。"云客曰："星烂抱得琴来，未闻绝调，到彼一弹何如？"

乃偕往。但见木犀香里，一路霜林[2]，月下长空，万籁俱寂。星烂弹《梅花三弄》[3]，飘飘欲仙。忆香亦兴发，袖出铁笛，呜呜而吹之。云客曰："今夜石湖[4]看月者，谁能如吾辈之乐哉？"盖吾苏八月十八日石湖行春桥下，有看串月胜会，游船排挤，彻夜笙歌，名虽看月，实则挟妓哄饮而已。未几，月落霜寒，兴阑归卧。

注释

1 二鼓：以鼓点打更，二更即二十一点至二十三点。

2 霜林：月色下的树林，如同霜染，一片银白色。

3《梅花三弄》：又名《梅花引》《梅花曲》，相传原本是晋朝桓伊所作的一首笛曲，后来改编为古琴曲。

4 石湖：苏州名胜，距离苏州城西南十八里。

译文

华山顶有莲花峰，因天色将晚，约定以后再游。桂花要数此地最盛，在花下啜茗饮茶，然后乘山舆径回来鹤庵。桂轩的东边，另有临洁小阁，已经杯盘罗列了。竹逸和尚寡言静坐，但好客善饮。开始我们喝酒以折桂催花为令，继而每人出一酒令，到夜里二更才结束。我说："今夜月色甚佳，就此酣睡，未免辜负如许清光。何处有高旷之地，一玩月色，方不虚此夜。"竹逸和尚说："放鹤亭可登临。"云客也附和道："星烂抱来了琴，还未曾听绝调妙音，到那里一弹如何？"

于是一同前往，但见木樨花香里，树林如同霜染，月下长空，万籁俱寂。星烂抚琴弹奏一曲《梅花三弄》，飘飘欲仙。忆香也兴致勃发，从袖子里掏出铁笛，呜呜然地吹起来。云客说："今晚石湖赏月，谁能有我们如此快乐呢！"我们苏州每年农历八月十八日石湖行春桥下，有看串月胜会，游船拥挤，彻夜笙歌，名为看月，实同挟妓哄饮。不一会儿，月落霜寒，兴尽归卧。

明晨，云客谓众曰："此地有无隐庵，极幽僻，君等有到过者否？"咸对曰："无论未到，并未尝闻也。"竹逸曰："无隐四面皆山，其地甚僻，僧不能久居。向年曾一至，已坍废。自尺木彭居士[1]重修后，未尝往焉，今犹依稀识之。如欲往游，请为前导。"忆香曰："枵腹去耶？"竹逸笑曰："已备素面矣，再令道人携酒榼相从也。"

面毕，步行而往。过高义园，云客欲往白云精舍，入门就坐。一僧徐步出，向云客拱手曰："违教两月，城中有何新闻？抚军在辕[2]否？"忆香忽起曰："秃！"拂袖径出。余与星烂忍笑随之。云客、竹逸酬答数语，亦辞出。

注释

1 尺木彭居士：清代学者彭绍升，号尺木居士。

2 辕：旧时指军营、官署的外门，此处借指衙署。

译文

第二天早晨，云客问众人道："此地有无隐庵，极其幽僻，你们有去过的吗？"大家都说："别说到过，连听都没听过。"竹逸和尚说："无隐庵四面环山，非常偏僻，僧人尚且不能久居。往年曾到过一次，已经坍塌废弃了。自从尺木彭居士重修后，就没有去过了，而今依稀记得去路。如果想去那儿游玩，我可以当你们的向导。"忆香说："饿着肚子去吗？"竹逸和尚笑着说："已准备好素面了，再令道人携带着酒具相从就好了。"

吃完素面，步行前往，途经高义园，云客想去白云精舍，入门就坐，一位僧人缓步出来，向云客拱手说："两月不见，城中有什么新闻吗？巡抚在官署吗？"忆香猛然起来说："秃！"然后拂袖而出。我和星烂强忍着笑跟着出来。云客、竹逸寒暄数语，也告辞出来。

高义园即范文正公[1]墓，白云精舍在其旁。一轩面壁，上悬藤萝，下凿一潭，广丈许，一泓清碧，有金鳞游泳其中，名曰"钵盂泉"。竹炉茶灶，位置极幽。轩后于万绿丛中，可瞰范园之概。惜衲子俗，不堪久坐耳。

是时，由上沙村过鸡笼山，即余与鸿干登高处也。风物依然，鸿干已死，不胜今昔之感。正惆怅间，忽流泉阻路不得进，有三五村童掘菌子于乱草中，探头而笑，似讶多人之至此者。询以无隐路，对曰："前途水大不可行，请返数

武，南有小径，度岭可达。”从其言，度岭南行里许，渐觉竹树丛杂，四山环绕，径满绿茵，已无人迹。竹逸徘徊四顾曰：“似在斯，而径不可辨，奈何？”余乃蹲身细瞩，于千竿竹中隐隐见乱石墙舍，径拨丛竹间，横穿入觅之，始得一门，曰“无隐禅院，某年月日南园老人彭某重修”，众喜曰：“非君则武陵源矣[2]！”

注释

1 范文正公：范仲淹，字希文，谥文正，为北宋著名政治家、文学家，官拜参知政事，曾发起庆历新政。

2 非君则武陵源矣：东晋陶渊明在《桃花源记》中写武陵渔人迷路闯入桃花源的故事，此处指迷路。

译文

高义园即范文正公的墓园，白云精舍在旁边。一轩面壁，上悬藤萝，下凿有一池，宽一丈余，潭水清碧，水中有金鱼上下游动，泉叫“钵盂泉”。竹炉茶灶，位置极其幽静。从轩后万绿丛中，可鸟瞰范园。可惜寺僧俗气，不堪久坐。

这时我们从上沙村经过鸡笼山，这就是我曾与亡友顾鸿干登高远眺处。风物依然，鸿干已死，不胜今昔之感。正惆怅间，前路忽然被流水阻断，不得前行，乱草丛中有三五个村童在挖菌子，从草丛中探头而笑，似乎是很惊讶这么多人来到这里。询问他们去无隐庵的路，回答说：“前面水大不能过去，返回数米后，南边有小路，翻越山岭可以到达。”我们听从他们的话，翻越山岭南行数里，渐觉竹树丛杂，四山环绕，绿茵铺径，人迹罕至。竹逸徘徊四顾，说：“应该在这附近，但是路难辨识，怎么办？”我于是俯身细看，但见绿竹猗猗中隐隐可见乱石墙舍，于是我们拨开竹丛，横穿过去找寻。寻到一门，上书“无隐禅院，某年月日南园老人彭某重修”，众人大喜说：“得亏了你，否则我们真迷路找不到了！”

山门紧闭，敲良久，无应者。忽旁开一门，呀然有声，一鹑衣[1]少年出，面有菜色，足无完履，问曰：“客何为者？”竹逸稽首曰：“慕此幽静，特来瞻仰。”少年曰：“如此穷山，僧散无人接待，请觅他游。”言已，闭门欲进。云客急止

之，许以启门放游，必当酬谢。少年笑曰："茶叶俱无，恐慢客耳，岂望酬耶？"

山门一启，即见佛面，金光与绿阴相映，庭阶石础，苔积如绣，殿后台级如墙，石栏绕之。循台而西，有石形如馒头，高二丈许，细竹环其趾。再西折北，由斜廊蹑级而登，客堂三楹紧对大石。石下凿一小月池，清泉一派，荇藻交横。堂东即正殿，殿左西向为僧房厨灶，殿后临峭壁，树杂阴浓，仰不见天。星烂力疲，就池边小憩，余从之。

注释

1 鹑衣：补缀的破旧衣衫。

译文

山门紧闭，敲门好久也没人答应。忽然旁边一扇小门"吱呀"一声打开了，从里面出来一个衣衫褴褛的少年，面黄肌瘦，鞋袜不整，问道："客人是来干什么的？"竹逸作揖道："仰慕此地幽静，特来瞻仰。"少年说："此是穷山，僧人散居，无人接待，你们去其他地方游玩吧。"说完，就要关门进去。云客止住他，答应他若开门让我们进去，必定有酬谢。少年笑着说："茶叶全无，恐怕怠慢客人，哪敢要酬谢。"

寺门打开，即看到佛面，金光与绿阴相映衬，庭前的石基上苔积如绣，殿后台阶如墙，围着石栏。沿着台阶向西，有石头形状像馒头，高约两丈，细密的翠竹环绕着石基。再西折往北，由斜廊登上台阶，看见三间客堂，正对大石。石头下方凿有一方小月池，一泓清泉，荇藻交错。客堂东面是正殿，殿左西向为僧人的厨灶；殿后下临峭壁，树木丛杂，浓阴蔽天，仰不见日。星烂疲惫不堪，就坐在池边小憩，我也过去坐下。

将启榼小酌，忽闻忆香音在树杪，呼曰："三白速来，此间有妙境！"仰而视之，不见其人，因与星烂循声觅之。由东厢出一小门，折北，有石蹬如梯，约数十级，于竹坞中瞥见一楼。又梯而上，八窗洞然，额曰"飞云阁"。四山抱列如城，缺西南一角，遥见一水浸天，风帆隐隐，即太湖也。倚窗俯视，风动竹梢，如翻麦浪。忆香曰："何如？"余曰："此妙境也。"

忽又闻云客于楼西呼曰："忆香速来，此地更有妙境！"因又下楼，折而西十余级，忽豁然开朗，平坦如台。度其地，已在殿后峭壁之上，残砖缺础尚存，

盖亦昔日之殿基也。周望环山，较阁更畅。忆香对太湖长啸一声，则群山齐应。乃席地开樽，忽愁枵腹，少年欲烹焦饭[1]代茶，随令改茶为粥，邀与同啖。询其何以冷落至此。曰："四无居邻，夜多暴客[2]，积粮时来强窃，即植蔬果，亦半为樵子所有。此为崇宁寺下院，长厨[3]中月送饭干一石、盐菜一坛而已。某为彭姓裔，暂居看守，行将归去，不久当无人迹矣。"云客谢以番银一圆。返至来鹤，买舟而归。余绘《无隐图》一幅，以赠竹逸，志快游也。

注释

1 焦饭：锅巴。

2 暴客：粗鲁野蛮的来客，此处指偷盗者。

3 长厨：厨子。

译文

正准备开启酒盒小酌，突然听到树梢上传来忆香的声音，呼喊着："三白快来，此间有妙境！"仰望上方，不见踪影，于是和星烂循声找寻。由北厢出一小门，再折向北，有石阶像梯子一样，约有十来级，从竹坞瞥见一楼，登梯而上，始见八窗洞然，匾额上书有"飞云阁"。只见四山抱列如城，独有西南方缺一角。遥见 水浸天，风帆隐没，那就是太湖。倚窗俯视，风拂过竹梢，如风吹麦浪。忆香说："怎么样啊？"我说："真是妙境！"

忽然又听到云客在楼西边喊道："忆香快来，此地更有妙境！"于是又下楼，折而向西，走过十余级台阶后，豁然开朗，此地平坦如台。观察其位置，已在正殿后的峭壁上了，残砖断础尚存，应是昔日的殿基。四望环山，视野比飞云阁更为开阔。忆香对太湖长啸一声，群山齐应。于是我们席地开樽，准备小酌，忽然感到肚子饿了，少年想为我们煮焦饭代茶，于是让他改煮粥，粥煮好了，邀请他一起喝。我们询问他寺庙为何如此冷落。他说："四无村落，夜多暴客。寺里有余粮时他们常来偷盗，即使种植菜蔬水果，也多半被樵夫采摘。这是崇宁寺的下院，厨子每月送一石饭干，一坛盐菜，仅此而已。我姓彭，暂居此地看守，也快回去了，不久这里就无人迹了。"云客给他一圆番银作为酬谢。返回至来鹤庵，便乘舟从水路而回。我绘了一幅《无隐图》，赠给竹逸，以此纪念这次畅游。

是年冬，余为友人作中保所累，家庭失欢，寄居锡山华氏。明年春，将之维扬，而短于资，有故人韩春泉在上洋[1]幕府，因往访焉。衣敝履穿，不堪入署，投札约晤于郡庙园亭中。及出见，知余愁苦，慨助十金。园为洋商捐施而成，极为阔大，惜点缀各景，杂乱无章，后叠山石，亦无起伏照应。

归途忽思虞山之胜，适有便舟附之。时当春仲[2]，桃李争妍，逆旅行踪，苦无伴侣，乃怀青铜三百，信步至虞山书院。墙外仰瞩，见丛树交花，娇红稚绿，傍水依山，极饶幽趣，惜不得其门而入。问途以往，遇设篷瀹茗[3]者，就之，烹碧罗春，饮之极佳。询虞山何处最胜。一游者曰："从此出西关，近剑门，亦虞山最佳处也，君欲往，请为前导。"余欣然从之。

注释

1 上洋：上海。

2 春仲：即仲春，春季的第二个月，即农历二月。因处春季之中，故称仲春。

3 瀹（yuè）茗：煮茶。

译文

这年冬天，我为友人做中保受到连累，家庭失欢，寄居在无锡华氏家中。第二年春天，将要去扬州，却缺少资金。有位老朋友韩春泉在上海幕府做事，于是去访寻他。到上海后我因为衣破鞋烂，不便进入署中，便投了札相约于郡庙园亭里相见。等到见面后，韩春泉看到我的境况，知道我愁苦不堪，慷慨资助我十金。园子是洋商捐资助建的，虽然极为阔大，可惜各色点缀景点，杂乱无章，后叠山石，也无起伏照应之姿。

归途忽思虞山的胜景，适逢有便船可附乘。时值仲春，桃李争妍，逆旅行途，苦无伴侣。于是怀揣三百铜钱，信步到虞山书院。从墙外仰观，见丛树杂花，娇红稚绿，依山傍水，极饶幽趣，可惜不得其门而入。询问从虞山回来的人，恰好遇到设篷煮茶的人，走近一看，烹的是碧螺春，饮之极佳。询问虞山何处景色最胜。一游客说："从此地往前出了西关，近剑门，即是虞山最佳处。你要去的话，我可以当向导。"我欣然同意。

出西门，循山脚，高低约数里，渐见山峰屹立，石作横纹，至则一山中分，两壁凹凸，高数十仞，近而仰视，势将倾堕。其人曰："相传上有洞府，多仙

景，惜无径可登。”余兴发，挽袖卷衣，猿攀而上，直造其巅。所谓洞府者，深仅丈许，上有石罅，洞然见天。俯首下视，腿软欲堕。乃以腹面壁，依藤附蔓而下。其人叹曰：“壮哉！游兴之豪，未见有如君者。”余口渴思饮，邀其人就野店沽饮三杯。阳乌将落，未得遍游，拾赭石[1]十余块，怀之归寓，负笈[2]搭夜航至苏，仍返锡山。此余愁苦中之快游也。

注释

1 赭（zhě）石：红褐色的石头。

2 笈（jí）：多用竹、藤编织，用以放置书籍、衣物等。

译文

我们出了西门，沿着山脚，高高低低徒步数里，渐见山峰屹立，山石满布横纹。到了那个地方，只见山峰从中分开，两壁凹凸不平，高数十仞。走近仰视，山峰仿佛要坠落。那人说：“传闻上面有洞府，多仙景，可惜无路可上。”我兴致勃发，挽袖卷衣，攀援而上，直达其顶。所谓的洞府，仅仅有几尺深，上面有石洞，可以仰窥见天。低头俯视，一阵腿软，几乎要掉下去，于是我小心地转过身去，用腹部抵着石壁，攀缘着藤蔓才慢慢下来。那人感叹道：“壮哉！游兴之豪，真没见过像您这样的。”我口渴想喝酒，便邀请他一起去村野酒店喝了三杯。太阳要落山了，还没遍游，便拾了十几块红褐色的石头，携回寓所。然后背上行李箱，搭乘夜航船去苏州，后仍返回无锡。这算是我愁苦之中的畅游。

嘉庆甲子[1]春，痛遭先君之变，行将弃家远遁，友人夏揖山挽留其家。秋八月，邀余同往东海永泰沙勘收花息[2]。沙隶崇明[3]，出刘河口，航海百余里。新涨初辟，尚无街市。茫茫芦荻，绝少人烟，仅有同业丁氏仓库数十椽，四面掘沟河，筑堤栽柳绕于外。

丁字实初，家于崇，为一沙之首户。司会计者姓王，俱豪爽好客，不拘礼节，与余乍见即同故交。宰猪为饷，倾瓮为饮。令则拇战，不知诗文；歌则号呶[4]，不讲音律。酒酣，挥手舞拳相扑为戏。蓄牯牛百余头，皆露宿堤上。养鹅为号，以防海盗。日则驱鹰犬猎于芦丛沙渚间，所获多飞禽。余亦从之驰逐，倦则卧。

注释

1 嘉庆甲子：即嘉庆九年，公元 1804 年。
2 花息：利息。
3 崇明：今属上海。
4 号呶（náo）：喧嚣叫嚷。

译文

嘉庆甲子年春天，我痛遭父亲去世的家庭变故，准备离家远走，友人夏揖山挽留我到他家。这年秋季八月，揖山邀请我和他一起去东海永泰沙收利息。永泰沙隶属崇明岛，出刘河口，航海百余里才能到。由于是淤积而成，初次开辟，还没有街市。芦荻茫茫，人烟稀少。只有同行丁氏的数十间仓库，四面挖掘了沟河，修筑了河堤，并于河堤四周种植了垂柳。

丁氏字实初，已在崇明岛安家落户，为永泰沙首屈一指的大户。会计姓王，他们都豪爽好客，不拘礼节，和我倾盖如故。一见面便宰猪吃肉，倾杯为欢，王会计喝酒只会划拳，不懂诗文；放声歌唱，不讲音律。酒酣耳热，便挥手舞拳，相扑为戏。他蓄养了上百头公牛，都圈养在河堤上，又养鹅群作为警号，来防备海盗。他白天肩鹰走狗，骑马驰逐往来芦荻沙渚间打猎，所获飞禽甚多。我有时也和他一起骑马打猎，疲倦时就随处躺下。

引至园田成熟处，每一字号圈筑高堤，以防潮汛。堤中通有水窦，用闸启闭，旱则长潮时启闸灌之，潦则落潮时开闸泄之。佃人皆散处如列星，一呼俱集，称业户曰“产主”，唯唯听命，朴诚可爱。而激之非义，则野横过于狼虎；幸一言公平，率然拜服。风雨晦明，恍同太古。

卧床外瞩，即睹洪涛，枕畔潮声，如鸣金鼓。一夜，忽见数十里外有红灯大如栲栳[1]，浮于海中，又见红光烛天，势同失火，实初曰：“此处起现神灯神火，不久又将涨出沙田矣。”揖山兴致素豪，至此益放。余更肆无忌惮，牛背狂歌，沙头醉舞，随其兴之所至，真生平无拘之快游也。事竣，十月始归。

注释

1 栲栳：即由柳条编成的容器，形状像斗，也叫笆斗。

译文

这里的人引渠水到成熟的园田，每处园田标明字号，并圈筑高堤，用来防潮汛。堤中通有水洞，用闸门来开闭，旱时等涨潮时开闸灌溉，涝时则等落潮开闸泄水。佃户散居如星，一呼俱应，他们称呼户主“产主”，对“产主”唯命是从，诚朴可爱。但要是非义之事激怒了他们，他们也会变得比虎狼还野蛮横暴；这时一句公道话，又会让他们率然拜服。风朝雨夕，日复一日，恍然如同太古之时。

晚上躺在床上，朝外就能看到滔滔海浪，枕畔潮声，如鸣金击鼓。一天晚上忽然看到数十里外有大如栲栳的红灯，在海面上浮现，红光照彻天空，如同失火。实初说：“这地方开始出现神灯神火，不久潮水又将涨出沙田了。”夏揖山素来豪兴过人，此时更加疏放。我也更加肆无忌惮，骑在牛背上狂歌，在沙滩醉舞，任兴随情，这真是生平最无拘无束的一次畅游啊！事情办完后，十月份才回去。

吾苏虎丘之胜，余取后山之千顷云一处，次则剑池而已，余皆半借人工，且为脂粉所污，已失山林本相。即新起之白公祠[1]、塔影桥，不过留雅名耳。其冶坊滨余戏改为“野芳滨”，更不过脂乡粉队，徒形其妖冶而已。其在城中最著名之狮子林，虽曰云林手笔，且石质玲珑，中多古木，然以大势观之，竟同乱堆煤渣，积以苔藓，穿以蚁穴，全无山林气势。以余管窥所及，不知其妙。灵岩山，为吴王馆娃宫故址，上有西施洞、响屧廊[2]、采香径诸胜，而其势散漫，旷无收束，不及天平、支硎之别饶幽趣。

邓尉山[3]一名元墓，西背太湖，东对锦峰，丹崖翠阁，望如图画。居人种梅为业，花开数十里，一望如积雪，故名“香雪海”。山之左有古柏四树，名之曰“清、奇、古、怪”。清者，一株挺直，茂如翠盖；奇者，卧地三曲，形“之”字；古者，秃顶扁阔，半朽如掌；怪者，体似旋螺，枝干皆然。相传汉以前物也。

乙丑[4]孟春[5]，揖山尊人莼芗先生偕其弟介石，率子侄四人，往幞山家祠春祭，兼扫祖墓，招余同往。顺道先至灵岩山，出虎山桥，由费家河进香雪海观梅，幞山祠宇即藏于香雪海中。时花正盛，咳吐俱香，余曾为介石画《幞山风木图》十二册。

注释

1 白公祠：白居易曾任苏州刺史，当地曾建白公祠纪念他。

2 响屧（xiè）廊：在吴王宫中，因为木屐过廊留声而得名。

3 邓尉山：位于苏州城西南，因东汉太尉邓禹曾隐居于此而得名，邓尉山一带是江南著名的探梅胜地。

4 乙丑：嘉庆十年，即 1805 年。

5 孟春：春季的首月，即农历正月。

译文

我们苏州虎丘的胜景，我认为后山的千顷云是一处，第二要数剑池。其余的多半借了人工经营，且被脂粉所污浊，已失去山林的天然本相。即使新起的白公祠、塔影桥，也不过徒留雅名而已。至于冶坊滨，我戏改为“野芳滨”，更不过是脂粉队的游乐之地，徒然显其妖冶而已。苏州城中最著名的狮子林，虽然有倪云林的笔法意境，而且石质玲珑，林中多古木；但整体而言，竟如同胡乱堆放的煤渣，满是苔藓，蚁穴纵横，全然没有山林的气势。以我的浅见看来，不知它的奥妙。灵岩山为吴王馆娃宫的旧址，上面有西施洞、响屧廊、采香径诸名胜，但阵势散漫，空旷无收束，不及天平山、支硎山别饶幽趣。

邓尉山一名元墓，西背太湖，东对锦峰，丹崖翠阁，望如图画。当地人以种植梅花为业，梅花盛开时，绵延数十里，远望如层层积雪，故名“香雪海”。山左有四棵古柏，分别叫“清”“奇”“古”“怪”。清柏笔直挺拔，枝繁叶茂如翠盖；奇柏在地上弯曲成“之”字；古柏秃顶扁阔，朽枯一半，形如手掌；怪柏枝干都像旋转的陀螺，相传都是汉朝以前的古柏。

嘉庆乙丑年正月，夏揖山的父亲莼芗先生带着他弟弟介石，一行子侄四人去往幞山家祠行春祭，兼扫祖墓，招我同行。我们顺道先去了灵岩山，出虎山桥，由费家河进香雪海赏梅。幞山祠堂就深藏在香雪海中。当时梅花盛放，谈吐皆沁染梅香，我曾为介石绘了十二册《幞山风木图》。

是年九月，余从石琢堂殿撰赴四川重庆府之任，溯长江而上，舟抵皖城[1]。皖山[2]之麓，有元季忠臣余公[3]之墓，墓侧有堂三楹，名曰“大观亭”，面临南湖，背倚潜山。亭在山脊，眺远颇畅。旁有深廊，北窗洞开。时值霜时初红，烂如桃李。同游者为蒋寿朋、蔡子琴。南城外又有王氏园，其地长于东西，短

于南北，盖北紧背城，南则临湖故也。既限于地，颇难位置，而观其结构，作重台叠馆之法。

重台者，屋上作月台为庭院，叠石栽花于上，使游人不知脚下有屋。盖上叠石者则下实，上庭院者则下虚，故花木仍得地气而生也。叠馆者，楼上作轩，轩上再作平台。上下盘折，重叠四层，且有小池，水不漏泄，竟莫测其何虚何实。其立脚全用砖石为之，承重处仿照西洋立柱法。幸面对南湖，目无所阻，骋怀游览，胜于平园，真人工之奇绝者也！

注释

1 皖城：今安徽安庆。

2 皖山：位于安庆市潜山县西部，又名潜山、天柱山。

3 余公：即余阙，字廷心，一字天心，元末官吏，曾坚守安庆数年，至正十八年（1358），红巾军攻破安庆城，余阙自刎而死，谥忠宣。

译文

这年九月，我跟随石琢堂殿撰去四川重庆府赴任，乘船从长江逆流而上，船抵达皖城。皖山山麓有元末忠臣余阙的墓地，幕侧有三间亭堂，取名“大观亭”，面朝南湖，背靠潜山。亭在山脊上，远眺颇为畅快。亭旁有长廊，北窗大开。当时正值霜叶初红，艳如桃李。跟我一同来游玩的是蒋寿朋、蔡子琴。南城外有王氏园，园子东西长，南北短，这是因为北面紧背皖城，南面临着南湖。地方有限，难以布置，所以只能用重台叠馆来架构。

所谓重台，就是在屋上建月台为庭院，并在上面垒叠石块，种植花草，使游人不知道脚下还有屋子，因为上面是垒叠石块的地方，下面就是实的；上面是庭院的地方，下面就是虚的。花草树木接收地气仍能生长。所谓叠馆，就是楼上造轩，轩上再建平台，上下盘折，重叠四层，并且还辟有小池，池水竟不泄漏，真是难测其何虚何实。园亭立脚全用砖石建造，承重的石柱则是仿照西洋的立柱法。所幸面对南湖，开阔无阻，游目骋怀，胜于平地上的园林，真是巧夺天工啊！

武昌黄鹤楼在黄鹄矶上，后迤黄鹄山，俗呼为蛇山。楼有三层，画栋飞檐，倚城屹峙，面临汉江，与汉阳晴川阁相对。余与琢堂冒雪登焉，仰视长空，琼

花飞舞，遥指银山玉树，恍如身在瑶台。江中往来小艇，纵横掀播，如浪卷残叶，名利之心至此一冷。壁间题咏甚多，不能记忆，但记楹对有云：

何时黄鹤重来，且共倒金樽，浇洲渚千年芳草；

但见白云飞去，更谁吹玉笛，落江城五月梅花。

黄州赤壁在府城汉川门外，屹立江滨，截然如壁，石皆绛色，故名焉。《水经》[1]谓之赤鼻山，东坡游此作二赋[2]，指为吴、魏交兵处，则非也。壁下已成陆地，上有二赋亭。

注释

1《水经》：中国第一部记述水系的专著，记载过于简略，后被郦道元改编为《水经注》。

2 二赋：苏轼在黄州时，曾多次乘船游赤壁，并作有《前赤壁赋》《后赤壁赋》。

译文

武昌黄鹤楼在黄鹄矶上，黄鹄山绵延于后，俗称"蛇山"。黄鹤楼共三层，画栋飞檐，倚城屹峙，面临汉江，与晴川阁相望。我和石琢堂冒雪登楼，风雪中仰视万里长空，琼花飞舞，遥指银山玉树，恍如身在瑶台。江中小艇来来往往，纵横掀播，如同浪卷残叶，名利之心到此一冷。墙壁间多有题咏，不能记忆，但有一楹联印象颇深：

何时黄鹤重来，且共倒金樽，浇洲渚千年芳草；

但见白云飞去，更谁吹玉笛，落江城五月梅花。

黄州赤壁在府城汉川门外，屹立在江边，横截如峭壁，壁石皆绛红色，所以叫赤壁。《水经》称之为赤鼻山，苏东坡两次游玩曾作前后《赤壁赋》，并指此地为吴、魏鏖战之地，这是不对的。赤壁下方几乎成为陆地了，上面建有二赋亭。

是年仲冬抵荆州，琢堂得升潼关观察之信，留余住荆州，余以未得见蜀中山水为怅。时琢堂入川，而哲嗣敦夫眷属及蔡子琴、席芝堂俱留于荆州，居刘氏废园。余记其厅额曰"紫藤红树山房"。庭阶围以石栏，凿方池一亩，池中建一亭，有石桥通焉。亭后筑土垒石，杂树丛生，余多旷地，楼阁俱倾颓矣。客中无事，或吟或啸，或出游，或聚谈。岁暮虽资斧不继，而上下雍雍[1]，典衣沽酒，且置锣鼓敲之。每夜必酌，每酌必令，窘则四两烧刀[2]，亦必大施觞政。

注释

1 雍雍：欢乐和谐的样子。

2 烧刀：即烧酒。

译文

这年冬天抵达荆州，琢堂得到升任潼关观察使的信件，就让我暂留在荆州，我以没能得见蜀地山水为憾。当时琢堂只身入川，他儿子敦夫的家眷和蔡子琴、席芝堂都留在荆州，居住在刘氏废园。我记得园厅叫“紫藤红树山房”。庭院的阶梯用石栏杆围着，园中凿有一亩方池，池中建有一亭，有石桥可以通行。亭后筑土垒石，杂树丛生，多空旷之地，只是楼阁多已坍塌废弃了。客居无事，或吟或啸，或出游，或聚谈。岁末资金难以为继，但上下融洽，我们典当衣物买酒喝，且置办了锣鼓敲击助兴。每晚必饮，每饮必行酒令，窘迫时就一起喝四两烧酒，但也大行酒令。

遇同乡蔡姓者，蔡子琴与叙宗系，乃其族子也，倩其导游名胜。至府学前之曲江楼，昔张九龄[1]为长史[2]时，赋诗其上。朱子[3]亦有诗曰：“相思欲回首，但上曲江楼。”城上又有雄楚楼，五代时高氏所建。规模雄峻，极目可数百里。绕城傍水，尽植垂杨，小舟荡桨往来，颇有画意。荆州府署即关壮缪[4]帅府，仪门[5]内有青石断马槽，相传即赤兔马食槽也。访罗含[6]宅于城西小湖上不遇，又访宋玉[7]故宅于城北。昔庾信[8]遇侯景之乱[9]遁归江陵[10]，居宋玉故宅，继改为酒家，今则不可复识矣。

注释

1 张九龄：初唐名相，字子寿，韶州曲江人，世称张曲江。

2 长史：官职名，唐时为刺史的辅佐官。

3 朱子：即南宋朱熹，一代理学宗师。

4 关壮缪：关羽，字云长，三国时蜀汉大将，卒谥“壮缪”。曾镇守荆州。

5 仪门：旧时官衙，府第大门之内的门，也指官署的旁门。

6 罗含：东晋时人，致仕后在荆州城西建屋居住，阶前遍植兰菊。

7 宋玉：战国时期楚国人，善写辞赋，代表作为《九辩》《高唐赋》《神女赋》等。

8 庾信：字子山，南北朝时期文学家。自幼随父亲庾肩吾出入于萧纲的宫廷。侯景叛乱时，庾信逃往江陵，辅佐梁元帝。

9 侯景之乱：指南北朝时期梁朝侯景发动的武装叛乱事件。侯景本为东魏叛将，被梁武帝萧衍所收留，因对梁朝与东魏通好心怀不满，遂起兵叛乱，攻占都城建康，掌控梁朝军政大权，后被部下杀死。

10 江陵：即湖北荆州。

译文

偶遇一位姓蔡的同乡，他和蔡子琴叙宗谱，蔡子琴竟是他族人的儿子，便请他做向导，带我们游览名胜。我们来到府学前的曲江楼，当年张九龄做长史的时候，曾题诗于楼上。朱子也曾写诗道："相思欲回首，但上曲江楼。"城上又有雄楚楼，为五代时高氏所建，规模雄伟高峻，可远眺数百里。环城临水，都种植垂杨，乘舟荡桨往来，如行画图中。荆州府衙就是当年关羽的帅府，仪门内有青石断马槽，相传是赤兔马的食槽。我们又去城西小湖上寻访罗含的故居，可惜没有找到；又去城北访寻宋玉故宅。当年庾信遭遇侯景之乱，逃往江陵，居住在宋玉的故宅，后来改为酒家，今天则不可复识了。

是年大除，雪后极寒，献岁发春[1]，无贺年之扰，日惟燃纸炮、放纸鸢、扎纸灯以为乐。既而风传花信，雨濯春尘，琢堂诸姬携其少女幼子顺川流而下，敦夫乃重整行装，合帮而走。由樊城登陆，直赴潼关。由山南阌乡县[2]西出函谷关，有"紫气东来"四字，即老子[3]乘青牛所过之地。两山夹道，仅容二马并行，约十里即潼关。左背峭壁，右临黄河，关在山河之间，扼喉而起，重楼垒垛，极其雄峻。而车马寂然，人烟亦稀。昌黎诗曰"日照潼关四扇开"，殆亦言其冷落耶？

注释

1 献岁发春：指进入新的一年，语出《楚辞·招魂》："献岁发春兮，汩吾南征。"

2 阌（wén）乡县：今河南灵宝。

3 老子：春秋时人，姓李，名耳，道家始祖，曾骑牛过函谷关，作《道德经》（即《老子》）五千言。

译文

这年除夕，大雪后非常寒冷，第二年春天，因客居在外，省却了拜年的扰攘，每天也就是放鞭炮、放风筝、扎纸灯来取乐。继而春风送暖，细雨浥尘，琢堂诸妻妾带着子女乘船顺流而下，敦夫于是重整行装，跟大家一起走。从樊城登陆，直赴潼关。从山南阌乡县西出函谷关，关口有“紫气东来”四个大字，就是当年老子乘青牛所过之地。两山夹峙，中有狭道，仅容得下两马并行，走上大约十里就到了潼关。潼关左背峭壁，右临黄河，关口正处于山河之间，扼守着咽喉要道，向来是兵家必争之地，重楼垒垛，极其雄峻。此地车马罕至，人烟稀少。韩愈曾有诗道：“日照潼关四扇开”，大概就是形容此地的冷落吧？

城中观察[1]之下，仅一别驾。道署[2]紧靠北城，后有园圃，横长约三亩。东西凿两池，水从西南墙外而入，东流至两池间，支分三道：一向南至大厨房，以供日用；一向东，入东池；一向北折西，由石螭[3]口中喷入西池，绕至西北，设闸泄泻，由城脚转北，穿窦而出，直下黄河，日夜环流，殊清人耳。竹树阴浓，仰不见天。

西池中有亭，藕花绕左右。东有面南书室三间，庭有葡萄架，下设方石，可弈可饮，以外皆菊畦。西有面东轩屋三间，坐其中可听流水声。轩南有小门可通内室。轩北窗下另凿小池，池之北有小庙，祀花神。园正中筑三层楼一座，紧靠北城，高与城齐，俯视城外即黄河也。河之北，山如屏列，已属山西界。真洋洋人观也！

注释

1 观察：观察及下文的别驾均为官职名。

2 道署：道台官署。

3 螭（chī）：传说中一种无角的龙。

译文

城中官员，观察之下，仅有一名别驾。官署紧靠北城，后面有花园，长宽约三亩。东西各凿一池，水从西南墙外流入，向东流至两池间，又分作三支：一支向南，流经大厨房，供日常饮食使用；一支向东，流入东池；一支向北又折向西，从石龙口中喷入西池，环绕至西北，设置闸门泄泻，再由城脚转向北，穿洞而出，往下流入黄河。日夜不息，水声悦耳。竹树浓阴，仰不见天。

西池中有亭子，荷花围绕左右。东面有三间朝南的书房，院子里有葡萄架，下面设有方石，可供下棋对饮，此外皆是菊花。西面有朝东的三间小屋，闲坐其中可以听到淙淙的流水声。小屋的南面开有小门可通往内室。屋北窗下另凿有小池。这池的北面建有小庙祭祀花神。园子正中建了一座三层小楼，紧靠北城，与城平齐，俯望城外就可以看到滚滚黄河。黄河的北面，山如屏风峙列，已是山西地界，真是洋洋大观啊！

余居园南，屋如舟式。庭有土山，上有小亭，登之可览园中之概，绿阴四合，夏无暑气。琢堂为余额其斋曰“不系之舟”。此余幕游以来第一好居室也。土山之间，艺菊数十种，惜未及含葩，而琢堂调山左廉访矣。

眷属移寓潼川书院，余亦随往院中居焉。琢堂先赴任，余与子琴、芝堂等，无事辄出游。乘骑至华阴[1]庙，过华封里，即尧时三祝[2]处。庙内多秦槐汉柏，大皆三四抱，有槐中抱柏而生者，柏中抱槐而生者。殿廷古碑甚多，内有陈希夷[3]书“福”“寿”字。华山之脚有玉泉院，即希夷先生化形骨蜕处。有石洞如斗室，塑先生卧像于石床。其地水净沙明，草多绛色，泉流甚急，修竹绕之。洞外一方亭，额曰“无忧亭”。旁有古树三株，纹如裂炭，叶似槐而色深，不知其名。土人即呼曰“无忧树”。

注释

1 华阴：县名，在陕西东部。

2 尧时三祝：传说上古时部落首领尧游于华州时，华州人祝其长寿、富有和多男。后世便用“尧时三祝”指祝颂之词。

3 陈希夷：陈抟，五代时道士，曾隐居华山，宋太宗赐号希夷先生，世称陈抟老祖。

译文

我住在园子南边，房屋式样如同小船。庭园中有土山，上有小亭，登临可鸟瞰全园风景，绿阴四合，夏天没有暑热之气。琢堂为我给这间居斋题名“不系之舟”。这是我幕游以来的第一等好居室。土山中间，种植几十种菊花，可惜没等菊花含苞，而琢堂就调任山左廉访使了。

琢堂家眷移居潼川书院，我也跟着迁往院中居住。琢堂先去赴任。我和子琴、芝堂等人闲居无事，便去游玩。骑马到华阴庙，经过华封里，就是尧时三祝处。庙内多有秦槐汉柏，大的有三四抱，有槐树中间生长着柏树，也有柏树中间生长着槐树的。殿廷里古碑甚多，中间有陈抟书写的“福”“寿”二字。华山山脚有玉泉院，就是陈抟老祖得道飞升的地方。有石洞如同斗室，塑有先生躺在石床上的卧像。那地方水净沙明，草多绛红色，泉流急速，岸植修竹围绕。洞门外建有一亭，名叫“无忧亭”。旁边有三株古树，纹理如同干裂的木炭，树叶像槐树而颜色更深，不知道它的名字，当地人都叫它“无忧树”。

太华之高不知几千仞，惜未能裹粮往登焉。归途见林柿正黄，就马上摘食之，土人呼止弗听，嚼之涩甚，急吐去。下骑觅泉漱口，始能言，土人大笑。盖柿须摘下煮一沸，始去其涩，余不知也。

十月初，琢堂自山东专人来接眷属。遂出潼关，由河南入鲁。山东济南府城内，西有大明湖，其中有历下亭、水香亭诸胜。夏月柳阴浓处，菡萏[1]香来，载酒泛舟，极有幽趣。余冬日往视，但见衰柳寒烟，一水茫茫而已。趵突泉为济南七十二泉之冠，泉分三眼，从地底怒涌突起，势如腾沸。凡泉皆从上而下，此独从下而上，亦一奇也。池上有楼，供吕祖[2]像，游者多于此品茶焉。明年二月，余就馆莱阳[3]。至丁卯[4]秋，琢堂降官翰林[5]，余亦入都。所谓登州[6]海市[7]，竟无从一见。

注释

1 菡萏（hàn dàn）：荷花。

2 吕祖：即吕洞宾，道号纯阳子，为道教祖师。

3 莱阳：即今山东莱阳，位于山东省东部。

4 丁卯：嘉庆十二年，即 1807 年。

5 翰林：即翰林学士，主管负责编修国史，记载皇帝言行的起居注，讲经史，以及草拟有关典礼的文件。

6 登州：在今山东蓬莱一带。

7 海市：即海市蜃楼。

译文

华山雄峙参天，不知道高几千仞，可惜没能备粮攀登。回来的路上见到林中柿子正黄，就从马上伸手摘了吃，当地人喊着不能吃，我不听他们的，开口一嚼，十分苦涩，急忙吐了。下马去找泉水漱口，这才能说话，当地人见状大笑。后来知道柿子要先摘下来煮至沸腾，才能除去涩味，我当时是不知道的。

十月初，琢堂从山东派专人来接家眷，于是一行人遂出潼关，由河南进入山东。山东济南府城内，西边有大明湖，湖中有历下亭、水香亭等名胜。夏日月夜柳阴浓处，微风吹来阵阵荷香，沁人心脾，泛舟饮酒，极有幽趣。我冬天去大明湖，只看到衰柳寒烟，一片茫茫湖水而已。趵突泉为济南七十二泉之冠，泉有三眼，从底下怒涌而出，如同沸水。一般泉水都是从上往下流，唯独此泉从下往上，也是一大奇观。池上有楼阁，供奉着吕洞宾祖师的塑像，游人多来此地品茶。次年二月，我去莱阳做幕僚。到了丁卯年秋天，琢堂降官为翰林学士，我也跟着进了京都。而所谓登州的海市蜃楼，最终竟无缘相见。

浮生六记

中山记历

本记及《养生记道》原文已佚失，据学者考证乃民国文人伪造，证据确凿，已成铁案。

本文不涉及考辨，仅就内容梗概做简略陈说。本记抄袭了李鼎元《使琉球记》，并改头换面，以沈复的口吻叙述自己随册封使乘船至琉球的见闻。作者首先介绍了正副册封使及随船人员，册封船的规模构造，然后叙述航行途中所经之地，所见之景。五月初一日启航出发，初四日舟行入海，初九日行经钓鱼岛，见三峰矗立，水天一色，初十日过赤尾屿，十二日抵达琉球。

登岛后对琉球的地势风景、建筑风格、土物特产、珍禽异卉、风俗人情等都做了细致描绘。琉球以儒立国，典章制度仿自中土，自明代起便作为中国的藩属国，历任国王须经明、清两朝皇帝的册封，记中对册封琉球国王场面的描摹可补史实之缺。本记对琉球风物多做客观描绘，类似地理志的说明介绍，显露拼接的痕迹，因非沈复手笔，文理虽有可观，但乏轻灵之致。

嘉庆四年[1]，岁在己未，琉球国[2]中山王尚穆薨[3]。世子[4]尚哲先七年卒，世孙尚温表请袭封。中朝怀柔[5]远藩，锡[6]以恩命，临轩召对，特简儒臣。于是，赵介山[7]先生，名文楷，太湖人，官翰林院修撰，充正使；李和叔[8]先生，名鼎元，绵州人，官内阁中书，副焉。介山驰书，约余偕行，余以高堂垂老，惮于远游。继思游幕二十年，遍窥两戒[9]，然而尚囿方隅之见，未观域外，更历瀴溟[10]之胜，庶广异闻。禀商吾父，允以随往。从客凡五人：王君文诰、秦君元钧、缪君颂、杨君华才，其一即余也。

注释

1 嘉庆四年：即公元 1799 年。

2 琉球国：琉球群岛上的政权，曾受明清两朝的册封而为中国藩属国，后被日本吞并，即今冲绳。

3 薨（hōng）：古代称诸侯或有爵位的大臣亡故。

4 世子：古代王公诸侯嗣子的称谓。

5 怀柔：用温和的政治手段笼络其他的民族或国家，使归附自己。

6 锡：通“赐”。

7 赵介山：字逸书，号介山，安徽太湖人，嘉庆元年（1796）状元，授编修，曾受命任册封琉球国王正使，出使琉球。

8 李和叔：李鼎元，字味堂，一字和叔，四川绵州人，乾隆四十三年（1778）进士，授翰林院检讨，嘉庆四年任册封琉球国王副使，并著有《使琉球记》一书。

9 两戒：国家疆域的南北界限。亦借指两戒之内的全境。

10 瀴溟：水绝远貌。

译文

嘉庆四年，岁在己未，琉球国中山王尚穆去世了。世子尚哲七年前就死了，世孙尚温遣人入朝上表请求袭封中山王。朝廷正怀柔远方藩属国，天子亲赐恩命，临轩召见，特选派儒臣护送册封。于是，太湖人赵文楷，号介山，本官翰林院修撰，充任正使；绵州人李鼎元，字和叔，官内阁中书，为副使。赵介山急信约我同行，我起初因双亲年老，不敢远游，继而又想游幕二十多年，足迹遍布天下，然而却局限于陈旧的观念，没能去国外游历，更应乘船浮海，去拓宽见闻。于是禀告父亲，父亲允许我随行前往。跟随前往的一共五个人：王文诰、秦元钧、缪颂、杨华才，还有一个便是我。

五年五月朔日[1]，随簜节[2]以行，祥飙[3]送风，神鱼扶舳，计六昼夜，径达所届。凡所目击，咸登掌录[4]。志山水之丽崎，记物产之瑰怪，载官司之典章，嘉士女之风节。文不矜奇，事皆记实。自惭谫陋，甘贻测海之嗤。要堪传信，或胜凿空[5]之说云尔。

注释

1 朔日：指每月农历初一。

2 簜（dàng）节：竹节，犹竹符，古代信使持其半以验证，文中指使节。

3 祥飙：祥风。

4 掌录：笔记。

5 凿空：立论无据，凭空乱说或穿凿附会。

译文

嘉庆五年五月初一，我随使节乘船前往，碧海凯风，鼓帆疾驰，共六天六夜，直达目的地。沿途见闻，我均一一写入笔记。不仅记载绮丽的山水，瑰怪的物产，还有琉球国的典章官职制度，士林女子之风节。文章毫不炫奇，事事都如实记载。自愧才疏学浅，甘愿承受不自量力以蠡测海的嗤笑。若能流传，庶广见闻，也胜于荒诞不经的奇谈怪论。

五月朔日，恰逢夏至，襆被登舟。向来封中山王，去以夏至，乘西南风，归以冬至，乘东北风，风有信也。舟二，正使与副使共乘其一，舟身长七丈，首尾虚艄[1]三丈，深一丈三尺，宽二丈二尺，较历来封舟，几小一半。前后各一桅，长六丈有奇[2]，围三尺；中舱前一桅，长十丈有奇，围六尺，以番木为之。

通计二十四舱，舱底贮石[3]，载货十一万斤有奇。龙口置大炮一，左右各置大炮二，兵器贮舱内。大桅下，横大木为辘轳，移炮升篷皆仗之，辇以数十人。舱面为战台，尾楼为将台，立帜列藤牌，为使臣厅事。下即舵[4]楼，舵前有小舱，实以沙布针盘。中舱梯而下，高可六尺，为使臣会食地。前舱贮火药贮米，后以居兵。艄后为水舱，凡四井。二号船称是。每船约二百六十余人，船小人多，无立锥处。信风已届，如欲易舟，恐延时日也。

注释

1 虚艄：船上的航行装置，“出艄”便于安装升降舵，“虚艄”便于操纵艄篷。

2 奇：余数。

3 石：重量单位。

4 舵（duò）：控制方向的船上设备。

译文

五月初一，恰逢夏至，携被登舟。向来册封中山王，都是夏至日乘西南风出发，冬至回来时乘东北风，季风是有准信的。出使的海船有两艘，正使与副使共乘一艘。船身长七丈，船头船尾离虚艄各三丈，船深一丈三尺，宽二丈二尺，比之前的册封使船几乎小了一半。前后各有一根桅杆，长六丈有余，直径三尺。中舱前有一桅杆，长十丈有余，直径六尺，用番木制成。

总共有二十四舱，舱底储量有十一万斤多。船身龙口安置了一尊大炮，左右各置两尊大炮，兵器储存在舱内。大桅杆下，横放着大木作辘轳，移动炮位，升起船篷皆靠它，能乘坐数十人。舱面为战台，尾楼为将台，竖立旗帜排列着藤牌，这是使臣的厅事房。下面即是舵楼，舵楼前有小舱，里面放满了沙布针盘。中舱有梯子可下，高约六尺，是使臣用餐的地方。前舱储藏有火药和米，后舱士兵居住。艄后面是水舱，共四口井。另一艘船也是这样。每船有二百六十余人，船小人多，几乎无立锥之地。西南风已来，如果想换大船，恐怕要迁延时日了。

初二日午刻[1]，移泊鳌门[2]。申刻[3]，庆云见于西方，五色轮囷[4]，适与楼船旗帜上下辉映，观者莫不叹为奇瑞。或如玄圭，或如白珂，或如灵芝，或如玉禾[5]，或如绛绡，或如紫纶，或如文杏之叶，或如含桃[6]之颗，或如秋原之草，或如春湘之波。向读屠长卿[7]赋，今始知其形容之妙也。画士施生，为《航海行乐图》，甚工。余见兹图，遂乃搁笔。香崖虽善画，亦不能办此。

初四日亥刻[8]，起碇[9]，乘潮至罗星塔[10]。海阔天空，一望无际。余妇芸娘，昔游太湖，谓得见天地之宽，不虚此生，使观于海，其愉快又当何如？

注释

1 午刻：即午时，十一点到十三点。

2 鳌门：位于福建漳州。
3 申刻：即申时，十五点到十七点。
4 轮囷（qūn）：盘曲貌。
5 玉禾：即玉山禾，传说产于昆仑山的仙禾。
6 含桃：樱桃的别称。
7 屠长卿：即屠隆，字长卿，号赤水，浙江宁波人，万历五年（1577）进士，明代文学家、戏曲家。
8 亥刻：即亥时，晚上二十一点到二十三点。
9 碇：固定船舶的石墩。
10 罗星塔：位于福建福州马尾区闽江之滨。

译文

初二日午时，使船停泊鳌门。申时，西方天空出现五色祥云，盘曲回环，正好与楼船的旗帜上下辉映，观者莫不赞叹称奇，以为祥瑞。彩云或如黑玉，或像白石，一会儿变幻成灵芝，一会儿又成玉禾，或薄如绛纱，或色如紫带，不一会儿，云点好似杏叶、樱桃，云片又如秋草、春波。之前曾读屠隆的赋文，今天始知他赋中形容之妙。施姓画工作《航海行乐图》，甚是工巧。我看到此图，于是搁笔不作。香崖虽擅作画，也不能绘此。

初四日亥时，拔锚起航，乘潮水至罗星塔。海阔天空，一望无际。我妻子芸娘曾游览太湖，说是得见天地之宽，不虚此生。假使让她一起来看海，又该是怎样激动愉快呢？

初九日卯刻[1]，见彭家山，列三峰，东高而西下。申刻，见钓鱼台，三峰离立，如笔架，皆石骨。惟时水天一色，舟平而驶，有白鸟无数，绕船而送，不知所自来。入夜，星影横斜，月光破碎，海面尽作火焰，浮沉出没，木华[2]《海赋》所谓“阴火潜然”者也。

初十日辰正，见赤尾屿。屿方而赤，东西凸而中凹，凹中又有小峰二。船从山北过，有大鱼二，夹舟行，不见首尾，脊黑而微绿，如十围枯木，附于舟侧。舟人以为风暴将起，鱼先来护。午刻，大雷雨以震，风转东北，舵无主，舟转侧甚危。幸而大鱼附舟，尚未去。忽闻霹雳一声，风雨顿止。申刻，风转西南且大，合舟之人，举手加额，咸以为有神助。得二诗以志之。诗云：

平生浪迹遍齐州，又附星槎[3]作远游。

鱼解扶危风转顺，海云红处是琉球。

白浪滔滔撼大荒，海天东望正茫茫。

此行足壮书生胆，手挟风雷意激昂。

自谓颇能写出尔时光景。

注释

1 卯刻：即卯时，指早上五点到七点。

2 木华：西晋辞赋家，字玄虚，今存《海赋》一篇，描写大海气势浩瀚，物产丰富，多神怪精灵，壮丽多姿。

3 槎（chá）：木筏做的舟。

译文

初九日卯时，见彭家山，矗列三峰，东高而西低。申时，见钓鱼台三峰并立，形如笔架，皆以石头作骨。当时水天一色，船平稳行驶，有无数白鸟绕船飞行相送，不知来自何处。入夜星影横斜，月光浮动，海面尽是火焰光影，浮沉出没，此是木华《海赋》所谓“阴火潜然”者。

初十日辰时，见到赤尾屿。屿红色方形，东西凸出而中间凹陷，凹中又有两座小山峰，船从山北驶过，有两条大鱼，左右夹舟而行，不见首尾，背脊黑色微绿，如同十数围的枯木，附于舟侧。船员以为风暴将起，大鱼先来护航。午时大雨雷鸣，风向转东北，舵无人操持，船转侧甚危，幸而大鱼附舟，没有离去。忽然听到一声霹雳，风雨顿止。申时，风势愈大，风向转西南，全船之人以手加额，都以为有神助。写得二首诗以记下此事，诗云：

平生浪迹遍齐州，又附星槎作远游。

鱼解扶危风转顺，海云红处是琉球。

白浪滔滔撼大荒，海天东望正茫茫。

此行足壮书生胆，手挟风雷意激昂。

自认为颇能写出当时的情景。

十一日午刻，见姑米山，山共八岭，岭各一二峰，或断或续。未刻，大风暴雨如注，然雨虽暴而风顺。酉刻，舟已近山。琉球人以姑米多礁，黑夜不敢进，待明而行，亦不下碇，但将篷收回，顺风而立，则舟荡漾而不能退。戌刻，舟中举号火，姑米山有火应之。询知为球人暗令，日则放炮，夜则举火，《仪》注所谓得信者，此也。

十二日辰刻，过马齿山。山如犬羊相错，四峰离立，若马行空。计又行七更，船再用甲寅针[1]，取那霸港，回望见迎封船在后，共相庆幸。历来针路[2]所见，尚有小琉球、鸡笼山、黄麻屿，此行俱未见。问知琉球伙长[3]，年已六十，往来海面八次，每度细审，得其准的，以为不出辰卯二位，而乙卯位单，乙针尤多，故此次最为简捷，而所见亦仅三山，即至姑米。针则开洋用单辰，行七更后，用乙辰，自后尽用乙，过姑米，乃用乙卯。惟记更以香，殊难凭准。念五虎门至官塘，里有定数，因就时辰表按时计里，每时约行百有十里。

注释

1 甲寅针：航海用的罗盘。

2 针路：即针路图，指示航线的航海图。

3 伙长：船长。

译文

十一日午时，见到姑米山，山共八岭，岭上各有一二山峰，或断或续。未时，起了大风，暴雨如注，虽然雨势暴烈，风却顺着船行驶的方向。酉时，船已靠近山，琉球人因为姑米山多礁石，黑夜不敢靠近，要等待天明出发，也不抛锚，只是将篷收回，桅杆顺风而立，则船荡漾而不能后退。戌时，船中举火为号，姑米山也有火回应。询问方知是琉球人的暗号，白天放炮，夜晚举火。《仪》注所谓得到信号，就是指此而言。

十二日辰时，驶经马齿山。山势如犬牙相错，四峰离立，如同天马行空。如此又航行七更，船再用罗盘，取向那霸港，回望见迎封船在后边，大家都纷纷庆幸。历来罗盘图指示，还有小琉球、鸡笼山、黄麻屿，此行皆未见。询问琉球船长得知，船长已年过六十，往来海面八次，每次忖度审视，都能得其准的，他认为不出辰卯二位，而乙卯位单，乙针尤多，所以此行最为简捷，而所见也只有三山，即至姑米山。罗盘是开航以来就用单辰，行七更后，用乙辰，之后全用乙。

过姑米山，仍用乙卯。只用香来记更，很难凭依为准的。考虑到五虎门至官塘，距离是固定的，于是按时刻表记下里程，每小时大概行驶一百一十里。

自初八日未时开洋，讫十二日辰时，计共五十八时。初十日暴风，停两时，十一日夜，畏触礁，停三时，实行五十三时，计程应得五千八百三十里。计到那霸港，实洋面六千里有奇。据琉球伙长云：海上行舟，风小固不能驶，风过大亦不能驶。风大则浪大，浪大力能壅船，进尺仍退二寸。惟风七分，浪五分，最宜驾驶，此次是也。从来渡海，未有平稳而驶如此者。

于时，球人驾独木船数十，以纤挽舟而行，迎封三接如仪。辰刻，进那霸港。先是，二号船于初十日望不见，至是乃先至，迎封船亦随后至，齐泊临海寺前。伙长云："从未有三舟齐到者。"午刻登岸，倾国人士，聚观于路，世孙率百官迎诏如仪。世孙年十七，白皙而丰颐[1]，仪度雍容，善书，颇得松雪[2]笔意。按《中山世鉴》：隋使羽骑尉朱宽至国，于万涛间见地形如虬龙浮水，始曰"流虬"。而《隋书》又作"流求"，《新唐书》作"流鬼"，《元史》又作"瑠求"，明复作"琉球"。《世鉴》又载：元延祐元年，国分为三大里，凡十八国，或称山南王，或称山北王。余于中山、南山游历几遍，大村不及二里，而即谓之国，得勿夸大乎？

注释

1 丰颐：宽阔的下巴，旧时认为有威严。

2 松雪：即赵孟頫，元代书画家，号松雪道人。

译文

自初八日未时开航，至十二日辰时，共五十八时。初十日暴风停两时，十一日夜，怕触礁停三时，实际航行五十三时，共计航程应得五千八百三十里，计入到那霸港，实际航行洋面六千里有余。据琉球船长说：海上行舟，风小固然不能行驶，风过大也不能行驶。风大则浪大，浪大能阻止船行进，前进一尺仍退两寸。只有七分风，五分浪，最适宜驾驶，此次就是这样。从来渡海，没有像这次平稳行驶的。

此时琉球人驾数十只独木舟，让纤夫挽封船而行，按礼仪迎接封使。辰时，驶进那霸港。之前，二号船在初十日便望不见了，今天居然先到了，迎封船也随后赶至，一起停泊在临海寺前。船长说："从未有三船一齐来到的。"午时登岸，举国上下都聚集在道路上围观。世孙率文武百官按仪式迎诏书。世孙年十七，白皙丰颐，仪度雍容，他擅长书法，颇得元人赵孟頫笔意。按《中山世鉴》：隋朝使臣羽骑尉朱宽曾到琉球国，于万顷碧涛间，见地形如同虬龙浮水，始曰"流虬"。而《隋书》又作"流求"，《新唐书》作"流鬼"，《元史》又作"璃求"，明复作"琉球"。《世鉴》又记载：元延祐元年，琉球国分为三大里，共有十八国。有的称山南王，有的称山北王。我游历了几遍中山、南山。大村不到二里，而称为国，应该有夸大吧？

球人每言大风，必曰"台飓"。按韩昌黎诗："雷霆逼飓飑。"是与"飓"同称者为"飑"。《玉篇》[1]："飑，大风也，於笔切。"《唐书·百官志》："有飑海道。"或系球人误书。《隋书》称琉球有虎狼熊罴[2]，今实无之。又云无牛羊驴马，驴诚无，而六畜无不备，乃知书不可尽信也。

注释

1《玉篇》：是我国第一部按部首分门别类的字典，南朝梁大同九年（543）黄门侍郎兼太学博士顾野王撰。

2 罴（pí）：熊的一种。

译文

琉球人称大风为"台飓"，按韩愈诗"雷霆逼飓飑"。是与"飓"同称呼为"飑"。《玉篇》："飑，大风也，於笔切。"《唐书·百官志》："有飑海道。"或是琉球人误书。《隋书》称琉球有虎狼熊罴，实际上是没有的，又说岛上没有牛羊驴马，确实没有驴，但其他六畜无不备，乃知古书不可尽信。

天使馆西向，仿中华廨署[1]，有旗竿二，上悬册封黄旗。有照墙，有东西辕门，左右有鼓亭，有班房。大门署曰"天使馆"，门内廊房各四楹。仪门署曰"天泽门"，万历中使臣夏子阳题，年久失去，前使徐葆光补出。门内左右各十一间，中有甬道，道西榕树一株，大可十围，徐公手植。最西者为厨房，大

堂五楹，署曰“敷命堂”，前使汪楫题。稍北，葆光额曰“皇纶[2]三锡”。堂后有穿堂，直达二堂，堂五楹，中为副使会食之地，前使周公署曰“声教东渐”。

左右即寤室。堂后南北各一楼，南楼为正使所居，汪楫额曰“长风阁”，北楼为副使所居，前使林麟焻额曰“停云楼”，额北有诗牌，乃海山先生所题也。周砺礁石为垣，望同百雉[3]。垣上悉植火凤，干方，无花有刺，似霸王鞭，叶似慎火草，俗谓能避火，名“吉姑罗”。南院有水井。楼皆上覆瓴[4]，下砌方砖。院中平似沙，桌椅床帐，悉仿中国式。寄尘得诗四首，有句云：“相看楼阁云中出，即是蓬莱岛上居。”又有句云：“一舟翦径凭风信，五日飞帆驻月楂[5]。”皆真情真境也。

注释

1 廨署：官署。

2 皇纶：皇帝的诏书。

3 雉：古代城墙计量单位，长三丈高一丈为一雉。

4 瓴（tóng）：又作“瓻”，半圆形的瓦，即筒瓦。

5 楂：木筏。

译文

天使馆朝向西，模仿中华官署，竖有两根旗杆，上面悬挂册封黄旗，有照壁，有东西辕门，左右各有鼓亭，有班房。大门署曰“天使馆”，门内有廊房四间。仪门署曰“天泽门”，是万历中使臣夏子阳题，年久剥蚀，前使徐葆光补出。门内左右各十一间，中有甬道。甬道西侧有一株榕树，大约十围，是徐公亲手栽种的。最西边为厨房，有五间大堂，署曰“敷命堂”，前使汪楫题。稍北徐葆光题写匾额曰“皇纶三锡”。堂后有穿堂，直达二堂，穿堂五间，中间为副使用餐的地方，前使周公署曰“声教东渐”。

左右为会客室。堂后南北各有一楼，南楼为正使居所，汪楫题曰“长风阁”，北楼为副使居所，前使林麟焻题曰“停云楼”，题额北边有诗牌，乃海山先生所题。四周磨砺礁石为垣墙，四望墙高百雉。墙上种植火凤，枝干方形，无花有刺，好像霸王鞭，叶似慎火草，据说能避火，叫作“吉姑罗”。南院有水井。楼顶上全覆盖筒瓦，地上砌方砖。院中平整似沙，桌椅床帐，全都仿照中国式样。寄尘得诗四首，有句云：“相看楼阁云中出，即是蓬莱岛上居。”又有句云：“一舟蓟径凭风信，五日飞帆驻月槎。”皆为真情真境。

孔子庙在久米村，堂三楹，中为神座，如王者垂旒搢圭[1]，而署其主曰“至圣先师孔子神位”。左右两龛，龛二人立侍，各手一经，标曰《易》《书》《诗》《春秋》，即所谓四配也。堂外为台，台东西拾级以登，栅如棂星门[2]。中仿戟门[3]，半树塞[4]以止行者。其外临水为屏墙。堂之东为明伦堂，堂北祀启圣[5]。久米士之秀者，皆肆业其中，择文理精通者为之师，岁有廪给，丁祭[6]一如中国仪。敬题一诗云：

洋溢声名四海驰，岛邦也解拜先师。

庙堂肃穆垂旒贵，圣教如今洽九夷。

用伸仰止之忱。

注释

1 垂旒搢圭：头上戴着缀着玉串的冠冕，腰带上插着玉圭。

2 棂星门：棂星即灵星，北宋后孔子被认为是星宿下凡，以此星配孔子，棂星门即指文庙中轴线上的牌楼。

3 戟门：立戟为门。源出古代帝王外出，在止宿处插戟为门。

4 塞：塞门，即影壁，照壁。

5 启圣：指孔子父亲叔梁纥，被后世尊称为启圣公。

6 丁祭：每年阴历二月、八月第一个丁日祭祀孔子，称丁祭。

译文

孔子庙在久米村，有三间厅堂，中间为神座，如同王者垂旒持圭，而署其神位曰“至圣先师孔子神位”。左右两龛，龛由两人立侍，手各持一经，标曰：《周易》《尚书》《诗经》《春秋》，即所谓四配。堂外为台，台东西两侧，有台阶可登。栅栏如同棂星门，中间仿制戟门，设立照壁止住行人。其外临水建有屏墙。堂的东边为明伦堂，堂北祭祀启圣公。久米村中优秀士子都在这儿求学，选择文理精通的儒者为老师。每年有廪食补给，祭孔仪式一如中国。敬题一诗云：

洋溢声名四海驰，岛邦也解拜先师。

庙堂肃穆垂旒贵，圣教如今洽九夷。

用来抒发高山仰止之情。

国中诸寺，以圆觉为大。渡观莲塘桥，亭供辩才天女，云即斗姥。将入门，有池曰“圆鉴”，荇藻交横，芰荷[1]半倒。门高敞，有楼翼然。左右金刚四，规格略仿中国。佛殿七楹。更进，大殿亦七楹，名龙渊殿。中为佛堂，左右奉木主，亦祀先王神位，兼祀祧主[2]。左序为方丈，右序为客座，皆设席。周缘以布，下衬极平而净，名曰“踏脚绵”。方丈前为蓬莱庭。左为香积厨，侧有井，名“不冷泉”。

客座右为古松岭，异石错舛，列于松间。左厢为僧寮，右厢为狮子窟。僧寮南有乐楼，楼南有园，饶花木，此乃圆觉寺之胜概也。又有护国寺，为国王祷雨之所。龛内有神，黑而裸，手剑立，状甚狰狞。有钟，为前明景泰七年[3]铸。寺后多凤尾蕉，一名铁树。又有天王寺，有钟，亦为景泰七年铸。又有定海寺，有钟，为前明天顺三年[4]铸。至于龙渡寺、善兴寺、和光寺，荒废无可述者。

注释

1 芰（jì）荷：荷花或荷叶。

2 祧主：远祖的神位。

3 景泰七年：公元 1456 年。

4 天顺三年：公元 1459 年。

译文

国中诸寺庙，以圆觉寺最大。渡过观莲塘桥，亭内供奉辩才天女，或云即斗姥。将入门，有池塘曰“圆鉴”。藻荇交横，芰荷半倒。寺门高大敞亮，有楼高耸开阔，好似鸟翼。左右四尊金刚，规格略仿中国。佛殿七间。再进去，大殿也七间，名龙渊殿。中间为佛堂，左右供奉木主，亦祀先王神位，兼祀远祖。左序为方丈，右序为客座，皆设置蒲团。四周用布围起，下衬极其平净，名曰“踏脚绵”。方丈前为蓬莱庭。左为香积厨，侧边有井，名“不冷泉”。

客座右边为古松岭，异石错舛，罗列于松树间。左厢为僧舍，右厢为狮子窟。僧舍南有乐楼，楼南有花园，花木茂盛，这是圆觉寺的胜景。又有护国寺，是国王祈雨的地方。龛内有神，黑而裸，手拿剑站立，面目狰狞。有钟，为明朝景泰七年铸。寺后多凤尾蕉，又名铁树。又有天王寺，有钟，也是景泰七年铸。又有定海寺，有钟，为明朝天顺三年铸。至于龙渡寺、善兴寺、和光寺，皆荒废无可记述。

此邦海味，颇多特产，为中国之所罕见。一石鉅，似墨鱼而大，腹圆如蜘蛛，双须八手，攒生[1]两肩，有刺，类海参，无足无鳞介，如鲍鱼。登莱有所谓八带鱼者，以形考之，殆是石鉅，或即乌贼之别种欤？一海蛇，长三尺，僵直如朽索，色黑，状狰狞，土人云能杀虫、疗痼、已痨，殆永州异蛇类，土俗甚重之，以为贵品。一海胆，如猬，剥皮去肉，捣成泥，盛以小瓶，可供馔。一寄生螺，大小不一，长圆各异，皆负壳而行。螺中有蟹，两螯[2]八跪[3]，跪四大四小，以大跪行，螯一大一小，小者常隐，大者以取食。触之则大跪尽缩，以一大螯拒户，蟹也而有螺性。《海赋》所云"璅蛣[4]腹蟹"，岂其类欤？《太平广记》[5]谓"蟹入螺中"，似先有蟹。然取置碗中，以观其求脱之势，力猛壳脱，顷刻死，则又与壳相依为命。造物不测，难以臆度也。

一沙蟹，阔而薄，两螯大于身，甲小而缺其前，缩两螯以补之，若无缝，八跪特短，脐无甲，尖团莫辨，见人则凹双睛，噀水[6]高寸许，似善怒。养以沙水，经十余日，不食亦不死。一蚶[7]，径二尺以上，围五尺许，古人所谓"屋瓦子"，以壳形凹凸，像瓦屋也。一海马肉，薄片回屈如刨花，色如片茯苓，品之最贵者不易得，得则先以献王。其状鱼身马首，无毛而有足，皮如江豚。此皆海味之特产也。

注释

1 攒生：丛生。

2 螯：蟹钳。

3 跪：腿。

4 璅蛣（suǒ jié）：亦作琐蛣，一种寄生蟹。

5《太平广记》：宋代李昉、徐铉等人奉宋太宗之命编纂的一部大型类书，因成书于宋太平兴国年间，故名。

6 噀（xùn）水：喷水。

7 蚶（hān）：类似蚌，贝类，可入药。

译文

此地的海产品，颇多特产，为中国所罕见。一为石鉅，形似墨鱼而大，腹部滚圆如同蜘蛛，双须八手，丛生于两肩，有刺像海参，无足无鳞又像鲍鱼。登州、莱州有所谓的八带鱼，从形状上来看，应该就是石鉅，或是乌贼的别种吧？一为海蛇，长三尺，僵硬笔直，如同枯朽的绳索，颜色黧黑，状貌狰狞。当地人说能杀虫，治疗痼疾、恶疮，大概像永州异蛇。当地习俗很看重它，把它作为贵重物品。一是海胆，如刺猬，剥皮去肉，捣成泥，用小瓶盛起来，可作食材。一是寄生螺，大小不等，长圆各异，皆负壳而行。螺中有蟹，两只钳子，八条腿，分四大四小，用长腿爬行。蟹钳一大一小，小的常隐藏起来，大的用来取食。触碰它则长腿全部缩起来，用一把大蟹钳挡住门户，蟹也有了海螺的习性。《海赋》所说"璅蛣腹蟹"，就是此类吧?《太平广记》说"蟹入螺中"，似乎先有蟹，然而取来放在碗中，看它挣脱的架势，力道过猛，背壳挣落，顷刻而死，则又似与壳相依为命。造物主神秘莫测，难以揣度。

一是沙蟹，阔大而薄，两只蟹钳比身子还大，甲壳小且缺失前面，缩起两蟹钳来补完，好似无缝。八条腿特别短，腹脐无甲，尖团莫辨。见人来则凹起双眼，喷水高约一寸，似善怒，用沙水养着，能活十来天，不食也不死。一是蚶，直径两尺以上，周长达五尺多，古人所谓"屋瓦子"，因为壳形状凹凸，像屋瓦。一是海马肉，薄片回环像刨花，颜色如同茯苓，最贵的品类不容易得到，得到了要先献给国王。形状如同鱼身马首，无毛而有足，皮像江豚。这些都是海产品里的特产。

此邦果实，亦有与中国不同者。蕉实状如手指，色黄，味甘，瓣如柚，亦名甘露。初熟色青，以糖覆之则黄。其花红，一穗数尺，瓤须五六出，岁实为常，实如其须之数。中国亦有蕉，不闻岁结实，亦无有抽其丝作布者，或其性殊欤？布之原料与制布之法，亦有与中国异者。一曰蕉布，米色，宽一尺，乃芭蕉沤抽其丝织成，轻密如罗。一曰苎[1]布，白而细，宽尺二寸，可敌棉布。一曰丝布，白而棉软，苎经而丝纬，品之最尚者。《汉书》所谓蕉、筒、荃、葛，即此类也。一曰麻布，米色而粗，品最下矣。国人善印花，花样不一，皆剪纸为范，加范于布，涂灰焉，灰干去范，乃着色，干而浣之，灰去而花出，愈浣而愈鲜，衣敝而色不退。此必别有制法，秘不语人，故东洋花布，特重于闽也。

注释

1 苎（zhù）布：苎麻丝织成的布。

译文

琉球的果实也有与中国不同的。芭蕉的果实如同手指，黄色，有甜味，果瓣如柚子，又名甘露。果实刚成熟时为青色，用糖覆盖不久就变为黄色。芭蕉花朵为红色，一穗可达数尺。瓤上须毛五六出，每年成熟一次，果实如同须毛的数目。中国也有芭蕉，没听说过每年都结果实，也没有听说可以抽取蕉丝制布，难道是因为此地芭蕉性质特殊吗？织布的原料和制布的方法也和中国不同。一是蕉布，米色，宽一尺，乃是抽取芭蕉的丝而织成，轻密如纱罗。一是苎布，白而细密，宽一尺二寸，可敌棉布。一是丝布，白而棉软，用苎丝经纬针织而成，是最上等的织品。《汉书》所说的蕉、筒、荃、葛，就是此类。一是麻布，米色而粗，品最低下。琉球国人擅长印制花布，花的样式不一，都是剪纸作为范样，把范样放在布上，涂上一层灰。等灰干了拿掉范样，再进行涂色，再等待干了去洗濯，灰便去掉而花样呈现，越洗花样越新鲜，即使衣服破旧而颜色不褪去。这一定有秘法，只是秘而不宣，所以东洋花布，在福建一带最受重视。

此邦草木，多与中国异称，惜未携《群芳谱》来，一一辨证之耳。罗汉松谓之樫木，冬青谓之福木，万寿菊谓之禅菊。铁树谓之凤尾蕉，以叶对出形似也，亦谓之海棕榈，以叶盖头形似也。有携至中华以为盆玩者，则谓之万年棕云。凤梨[1]开花者谓之男木，白瓣若莲，颇香烈，不实；无花者谓之女木，而实大，如瓜可食。或云即波罗蜜别种，球人又谓之“阿旦呢”。月橘，谓之十里香，叶如枣，小白花，甚芳烈，实如天竹子，稍大。闻二月中红，累累满树，若火齐然，惜余未及见也。

注释

1 凤梨：即菠萝。

译文

琉球岛上的草木也多与中国不同，可惜没有携带《群芳谱》，没法一一考核分辨。罗汉松当地叫樫木，冬青叫福木，万寿菊叫禅菊。铁树被称为凤尾蕉，因为叶子对出而形状类似凤尾，也叫海棕榈，因为用叶子盖头形状相似。有携至中国当作盆景的，又被叫作万年棕。开花的凤梨被称为男木，白色的花瓣如同莲花，香味浓烈，不结果实；不开花的凤梨称为女木，能结很大的果实，像瓜一样可供食用。有人说就是波罗蜜的别种，琉球人又叫它阿旦呢。月橘，叫作十里香，叶子如枣叶般细小，能开出小白花，气味很是芳烈，果实如天竹子，稍微大些。听说二月中变红，满树果实累累，如同燃烧起红色的火焰，可惜我没有见到。

球阳[1]地气多暖，时届深秋，花草不杀，蚊雷不收，荻花[2]盛开。野牡丹二三月花，至八月复花，累累如铃铎，素瓣，紫晕，檀心，圆而大，颇芳烈。佛桑四季皆花，有白色，有深红、粉红二色。因得一诗，诗云：

偶随使节泛仙槎，日日春游玩物华。

天气常如二三月，山林不断四时花。

亦真情真景也。

注释

1 球阳：对琉球的美称。

2 荻花：长在水边，形似芦苇，秋季开紫花。

译文

琉球地气温暖，时届深秋，花草不萎，蚊声成雷，毫不减弱，荻花盛开。野牡丹二三月开花，到八月仍能花多累累如铃铎，白色花瓣，淡紫镶边，檀色花心，花圆且大，香味浓烈。佛桑四季开花，有白色，又有深红、粉红两种颜色。因作一诗：

偶随使节泛仙槎，日日春游玩物华。

天气常如二三月，山林不断四时花。

也是实情实景啊！

球人嗜兰，谓之孔子花，陈宅尤多异产。有风兰，叶较兰稍长，篾竹为盆，挂风前，即蕃衍。有名护兰，叶类桂而厚，稍长如指，花一箭八九出，以四月

开，香胜于兰，出名护岳[1]岩石间，不假水土，或寄树丫，或裹以棕而悬之，无不茂。有粟兰，一名芷兰，叶如凤尾花，作珍珠状。有棒兰，绿色，茎如珊瑚，无叶，花出丫间，如兰而小，亦寄树活。又有西表松兰、竹兰之目，或致自外岛，或取之岩间，香皆不减兰也。因得一诗，诗云：

移根绝岛最堪夸，道是森森阙里花。

不比寻常凡草木，春风一到即繁华。

题诗既毕，并为写生，愧无黄筌[2]之妙笔耳。

注释

1 名护岳：琉球山名。

2 黄筌：字要叔，五代后蜀画师，有《写生珍禽图》传世。

译文

琉球人酷爱兰花，称兰花为孔子兰。陈宅尤其多珍品异卉。有风兰，叶子较兰花稍长，编篾竹为吊盆，挂起来，海风吹拂便可繁衍。有名护兰，叶子类似桂花而厚，稍长便如指头。一枝上有八九出花朵，在四月份开放，香味胜于兰花，产自名护岳山岩石间，不植根土壤，或寄生在树枝上，或是裹在棕树上悬挂着，生长得十分繁茂。有粟兰，又名芷兰，叶子如凤尾花，形状如同珍珠。有棒兰，绿色，花茎如同珊瑚，没有叶子，花在枝丫间长出，如同稍小的兰花，也是寄生在树上存活。又有西表松兰、竹兰等名目，或是从外岛移植，或是取自岩石间，香味都不逊于兰花。因又作诗道：

移根绝岛最堪夸，道是森森阙里花。

不比寻常凡草木，春风一到即繁华。

题诗完后，并画一幅写生，惭愧没有黄筌的丹青妙笔。

沿海多浮石，嵌空玲珑，水击之，声作钟磬，此与中国彭蠡 1 之口石钟山相似。

闲居无可消遣，与施生弈，用琉球棋子。白者磨螺之封口石为之，内地小螺拒户有圆壳，海蝼[2]大者，其拒户之壳，厚五六分，径二寸许，圆白如砗磲[3]，土人名曰“封口石”。黑者磨苍石为之，子径六分许，围二寸许，中凸而四周削，无正背面，不类云南子式。棋盘以木为之，厚八寸，四足，足高四寸，面刻棋

路。其俗好弈，举棋无不定之说，颇亦有国手，局终数空眼多少，不数实子，数正同。相传国中供奉棋神，画女相如仙子，不令人见，乃国中雅尚也。

注释

1 彭蠡：即江西鄱阳湖。

2 海蝼（lóu）：海螺。

3 砗磲（chē qú）：海洋中最大的贝类。

译文

沿海多浮石，中空玲珑，水冲击便声如钟磬，这和中国彭蠡口石钟山的石头非常相似。

闲居无可消遣，和施生下围棋，用琉球产的棋子。白子磨制螺壳封口石而成，内地的小螺拒户有圆壳，大的海螺，拒护之壳厚五六分，直径长二寸，圆白如同砗磲。当地人称为“封口石”。黑子磨制苍石而成。子直径有六分，边长二寸，中间凸出而四围削平，没有正反面，不像云南棋子式样。棋盘为木头制成，八寸厚，有四只脚，棋盘脚高四寸，板面上刻有棋路。当地风俗喜好围棋，举棋必落，没有举棋不定的，颇有国手。局终数空眼多少，不数实子，数正相同。相传国中供奉有棋神，画一幅如同仙子的女人形象，不让人看到，这是琉球国的风雅习尚。

六月初八日辰刻，正副使恭奉谕祭文及祭银焚帛，安放龙彩亭内。出天使馆东行，过久米村、泊村，至安里桥，即真玉桥。世孙跪接如仪，即导引入庙。礼毕，引观先王庙。正庙七楹，正中向外，通为一龛，安奉诸王神位。左昭自舜马至尚穆，共十六位，右穆[1]自义本至尚敬，共十五位。是日球人观者，弥山匝地，男子跪于道左，女子聚立远观。亦有施帷挂竹帘者，土人云：“系贵官眷属。”女皆黥首指节为饰，甚者全黑，少者间作梅花斑。国俗不穿耳，不施脂粉，无珠翠首饰。

注释

1 左昭、右穆：古代宗庙次序，以始祖居中，以下父子递为昭穆。二、四、六世位于始祖左侧，称昭；三、五、七位于右侧，称穆。以此分别宗族内部的长幼亲疏。

译文

六月初八日辰时，正副使臣恭敬地奉上诏书祭文，于是献祭银，焚锦帛，把诏书祭文安放于龙彩亭内。出了天使馆往东行，过久米村、泊村，到安里桥，即真玉桥。世孙按礼仪跪接，进入太庙，礼节完毕，世孙引导正副使臣参观先王庙。正庙七间，正中朝外一间，恭奉神龛，安奉诸先王神位，左昭自舜马至尚穆，共十六位，右穆自义本至尚敬，共十五位。这天，前来观看的琉球人漫山遍野。男子跪在道路左旁，女子聚集在一起远远观望。也有拉起布帷挂上竹帘的，当地人说："她们是官员的妻眷。"女子皆文面指节为装饰，甚至涂黑刺青，年纪轻的时而涂作梅花斑。琉球国俗不尚穿耳，不施脂粉，也没有珠翠首饰。

人家门户，多树石敢当[1]碣，墙头多植吉姑罗或榡树，剪剔极齐整。国人呼中国为唐山，呼华人为唐人。球地皆土沙，雨过即可行，无泥泞。

奥山有却金亭，前明册使陈给事侃，归时却金，故国人造亭以表之。辨岳，在王宫东南三里许，过圆觉寺，从山脊行，水分左右，堪舆家谓之过峡，中山来脉也。山大小五峰，最高者谓之辨岳，灌木密覆，前有石柱二，中置栅二，外板阁二。少左，有小石塔，左右列石案五。折而东，数十级至顶，有石坫[2]二，西祭山，东祭海。岳之神，曰祝，祝谓是天孙氏[3]第二女云。国王受封，必斋戒亲祭。正、五、九月，祭山海及护国神，皆在辨岳也。

注释

1 石敢当：旧时百姓家门口常立一石碑，上刻"石敢当"三字，认为可以祛除不祥。
2 坫：放置酒瓮的台子。
3 天孙氏：即织女，织女被认为是天帝之孙女，故名天孙。

译文

琉球百姓家门口，都竖立石敢当，墙头多种植吉姑罗或榡树，剪裁得极其整齐。琉球国人呼中国为唐山，呼华人为唐人。琉球地面皆是土沙，雨过即可行走，没有一丁点泥泞。

奥山有却金亭，前明册封使给事陈侃归国时不受赠金，故而琉球国人造亭以示表彰。辨岳峰，在王宫东南三里许，过圆觉寺，从山脊行走，水左右分流，风水师称为过峡，这是中山的主脉。山有大小五峰，最高峰称为辨岳，灌木密覆，前有两根石柱，中间安置两排栅栏，外部有两间板阁。稍向左，有小石塔，左右排列着五台石案。折而向东，数十级即可到达山顶，有两个石台子，向西祭祀山神，向东祭祀海神。岳之神名叫祝，祝是织女的二女儿。国王受册封，一定要斋戒，然后亲来祭祀。正月、五月、九月，祭祀山海及护国神，都在辨岳峰。

波上、雪崎及龟山，余已游遍，而要以鹤头为最胜。随正副使往游，陟其巅，避日而坐，草色粘天，松阴匝地，东望辨岳，秀出天半，王宫历历如画。其南，则近水如湖，远山如岸，丰见城巍然突出，山南王之旧迹犹有存者。西望马齿、姑米，出没隐见，若近若远，封舟之来路也。

北俯那霸、久米，人烟辐辏[1]，举凡山川灵异，草木阴翳，鱼鸟沉浮，云烟变灭，莫不争奇献巧，毕集目前。乃知前日之游，殊为鲁莽。梁大夫小具盘樽，席地而饮，余亦趣仆以酒肴至。未申之交[2]，凉风乍生，微雨将洒，乃移樽登舟。时海潮正涨，沙岸弥漫，遂由奥山南麓折而东北。山石嵌空欲落，海燕如鸥，渔舟似织。俄而返照入山，冰轮[3]出水，文鳐[4]无数，飞射潮头。与介山举觞弄月，击楫而歌，樽不空，客皆醉。越渡里村，漏已三下。却金亭前，列炬如昼，迎者倦矣。乃相与步月而归，为中山第一游焉。

注释

1 人烟辐辏（còu）：形容人或物聚集，像车辐集中于车毂一样。

2 未申之交：下午三点左右。

3 冰轮：指代明月。

4 文鳐：即飞鱼。

译文

波上、雪崎及龟山，我已经遍游，大约以鹤头峰最胜。我是跟随正副使前去游玩的，登上山巅，避日而坐，草色粘天，松阴覆地，东望辨岳峰，秀出天半，王宫历历如画。再往南一水如湖，远山若岸，丰见城巍然突出，山南王的旧踪迹仍可追寻。西望马齿、姑米，若隐若现，若近若远，那是册封使船的来路。

向北俯视那霸、久米，人烟辐辏，举凡山川灵异，草木阴翳，鱼鸟沉浮，云烟变幻，莫不争奇献巧，尽收眼底。才知前日游玩，十分鲁莽，诸般景象，未深领略。梁大夫准备了酒具，席地而饮，我也赶快让仆人拿来了酒菜。下午三点钟左右，凉风忽至，微雨欲来，于是携酒具登舟。当时海潮正涨，沙岸弥漫，于是从奥山南麓，折而向东北。头顶山石中空欲落，海燕如鸥，渔船如织，一会返照入山，明月出水，无数飞鱼，趁着潮头激射而来。后来我与介山举杯邀月，击楫而歌，推杯换盏，毫不停歇，不一会酩酊大醉。驶过渡里村，已是三更。却金亭前，灯光如昼，迎候的人已疲惫不堪了。于是我们一起月下漫步而回，此为中山第一快游。

泉崎桥桥下，为漫湖浒。每当晴夜，双门拱月，万象澄清，如玻璃世界，为中山八景之一。旺泉味甘，亦为中山八景之一。王城有亭，依城望远，因小憩亭中，品瑞泉，纵观中山八景。八景者：泉崎夜月、临海潮声、久米村竹篱、龙洞松涛、笋崖夕照、长虹秋霁、城岳灵泉、中岛蕉园也。亭下多棕榈、紫竹，竹丛生，高三尺余，叶如棕，狭而长，即所谓观音竹也。亭南有蚶壳，长八尺许，贮水以供盥[1]，知大蚶不易得也。

注释

1 盥（guàn）：洗濯。

译文

泉崎桥桥下，是漫湖浒。每当晴夜，双门拱月，玉宇澄清，好似玻璃世界，为中山八景之一。旺泉味道甘甜，亦为中山八景之一。王城建有亭子，依城望远，于是在亭中小憩，品尝瑞泉，纵观中山八景。八景分别是：泉崎夜月、临海潮声、久米村竹篱、龙洞松涛、笋崖夕照、长虹秋霁、城岳灵泉、中岛蕉园。亭下多棕榈、紫竹，竹子丛生，高三尺多，竹叶如棕，窄狭而长，就是所谓的观音竹。亭南有蚶壳，长八尺许，盛水以供盥洗，于是知道大蚶不容易得到。

国人浣漱不用汤[1]，家竖石桩，置石盂或蚶壳其上，贮水。旁置一柄筒，晓起，以筒盛水浇而盥漱之，客至亦然。地多草，细软如毯，有事则取新沙覆之。国人取玳瑁[2]之甲以为长簪，传到中国，率由闽粤商贩。球人不知贵，以为贱

品。昆山之旁，以玉抵鹊[3]，地使然也。丰见山顶，有山南王第故城。徐葆光诗有“颓垣宫阙无全瓦，荒草牛羊似破村”之句。王之子孙，今为那姓，犹聚居于此。

辻山，国人读为“失山”，琉球字皆对音[4]，“十”“失”无别，疑“迭”之误也。副使辑《球雅》，谓一字作二三字读，二三字作一字读者，皆义而非音，即所谓寄语，国人尽知之。音则合百余字或十余字为一音，与中国音迥异。国中惟读书通文理者，乃知对音，庶民皆不知也。

注释

1 汤：热水。

2 玳瑁：大型海龟，背壳可制作名贵的饰品。

3 以玉抵鹊：比喻有珍贵之物而不知爱重。出自汉桓宽《盐铁论·崇礼》：“南越以孔雀珥门户，昆山之旁以玉璞抵乌鹊。”抵，抛掷。

4 对音：各种方言或亲属语言的词或词素所构成的各个语音之间，往往存在某种对应关系，也叫作“语音对应”。

译文

琉球国人洗漱都不用热水，家家竖立一根石桩，把石盂或是蚶壳放置在上面，盛上水，旁边再放置一个竹筒。早晨起来，用竹筒盛水，从上面浇水而洗漱，客人来了也仿照着做。其地多草，细软如毯，有事就取来新沙覆盖。国人取玳瑁的甲壳制成长簪，由福建、广东的商贩运到中国。琉球人把它当作贱品，不知珍贵。昆山旁，用玉石投掷乌鹊，地理使然。丰见山山顶，有山南王府第故城。徐葆光曾写有诗句“颓垣宫阙无全瓦，荒草牛羊似破村”。山南王的子孙，今姓那姓，还聚居于此。

辻山，琉球国人读为“失山”，琉球字都是对音，十、失没有分别，怀疑其实是“迭”字的误读。副使辑《球雅》，说一字有两三个字的读音，两三字有一个字的读音，都是字义而不是读音，这就是所谓的寄语，琉球国人都知道。读音或是百余字或是十数字为同一个读音，和中国不同。琉球国中只有读书通文理的人，才知道对音，一般百姓是不知道的。

久米官之子弟，能言，教以汉语，能书，教以汉文。十岁称“若秀才”，王

给米一石。十五剃发，先谒孔圣，次谒国王，王籍[1]其名，谓之“秀才”，给米三石。长则选为通事，为国中文物声名最，即明三十六姓后裔也。那霸人以商为业，多富室。明洪武[2]初，赐闽人三十六姓善操舟者，往来朝贡，国中久米村，梁、蔡、毛、郑、陈、曾、阮、金等姓，乃三十六姓之裔，至今国人重之。

与寄公谈玄理，颇有入悟处，遂与唱和成诗。法司蔡温、紫金大夫程顺则、蔡文溥，三人诗集，有作者气。顺则别著《航海指南》，言渡海事甚悉。蔡温尤肆力于古文，有《蓑翁语录》《至言》等目，语根经学，有道学气，出入二氏[3]之学，盖学朱子[4]而未纯者。

注释

1 籍：登记。

2 洪武：明太祖朱元璋年号。

3 二氏：佛道两家。

4 朱子：南宋理学宗师朱熹的尊称。

译文

久米官员的子弟，能说话时就教他们汉语，能书写时就教他们汉字。十岁被称为“若秀才”，国王供给一石米。十五岁剃发，先到孔庙拜谒，再去拜谒国王，国王登记他们的姓名，称他们为“秀才”，供给三石米。等到他们长大成人后选为通事，在国中名气最高的家族，他们就是三十六姓的后裔。那霸人以经商为业，多有富户。明代洪武初年，明太祖御赐善于行舟的三十六姓福建人来琉球册封，令其朝贡。琉球国中久米村，梁、蔡、毛、郑、陈、曾、阮、金等姓，就是三十六姓的后裔，至今国人仍十分看重。

同寄公谈论玄理，颇有精微入悟处，于是同他作诗唱和。法司蔡温、紫金大夫程顺则、蔡文溥，三人诗集，深具文气。程顺则另外还著有《航海指南》，谈渡海事十分详细。蔡温尤肆力于古文，著有《蓑翁语录》《至言》等书，立论本自经学，有道学气，出入二氏之学，大概是学习朱熹而未达精粹。

琉球山多瘠硗[1]，独宜薯。父老相传，受封之岁，必有丰年。今岁五月稍旱，幸自后雨不愆期[2]，卒获大丰，薯可四收，海邦臣民，倍觉欢欣。佥[3]曰：“非受封岁，无此丰年也。”

六月初旬，稻已尽收。球阳地气温暖，稻常早熟，种以十一月，收以五六月。薯则四时皆种，三熟为丰，四熟则为大丰。稻田少，薯田多，国人以薯为命，米则王官始得食。亦有麦豆，所产不多。五月二十日，国中祭稻神。此祭未行，稻虽登场，不敢入家也。

七月初旬始见燕，不巢人屋。中国燕以八月归，此燕疑未入中国者，其来以七月，巢必有地。别有所谓海燕，较紫燕稍大，而白其羽，有全白似鸥者，多巢岛中，间有至中国，人皆以为瑞。应潮鸡，雄纯黑，雌纯白，皆短足长尾，驯不避人。香崖购一小犬，而毛豹斑，性灵警，与饭不食，与薯乃食，知人皆食薯矣。鼠雀最多，而鼠尤虐。亦有猫，不知捕鼠，邦人以为玩，乃知物性亦随地而变。鹰、雁、鹅、鸭特少。

注释

1 瘠硗（qiāo）：土地贫瘠坚硬。

2 愆（qiān）期：延期，误期。

3 佥（qiān）：全，都。

译文

琉球山多，土地贫瘠坚硬，只适合种红薯。父老相传，只要是册封之年，一定是丰收之年。今年五月稍旱，幸好后来雨没有误期，最后仍是大丰收，红薯一年可四种四收，琉球臣民，倍觉欢欣。全都说："不是受封的年头，没有如此的丰收啊！"

六月上旬，水稻已经收割完了。琉球地气温暖，水稻常常早熟，十一月播种，第二年五六月收割。红薯一年可播种四次，一年三次成熟就是丰收之年，四次成熟就是大丰收。稻田稀少，红薯地多，国人靠红薯生活。稻米只有国王和官员才能食用。也有小麦、豆子，但是产量不多。五月二十日，国中祭祀稻神。如果祭祀没有施行，即使水稻已扬场去皮，也不敢运到家中。

七月初旬才见到燕子，不结巢在人家屋檐下。在中国燕子八月归来，此地燕子大概不飞到中国，七月飞来，结巢于故地。另有所谓海燕，比紫燕稍大，白色羽毛，有的全白如同海鸥，多结巢在岛中，也有偶飞到中国的，见到便当成祥瑞。还有应潮鸡，雄鸡纯黑，雌鸡纯白，都是短腿长尾，驯顺不避人。香崖买了一只小狗，身上有豹色斑点，颇为灵警，给它饭不吃，给它红薯才吃，它知道人都是吃红薯的。鼠雀最多，而鼠尤其肆虐。也有猫，但不知道捉老鼠，此地人把它作为宠物，这才知道物性也是因地不同。鹰、雁、鹅、鸭特别稀少。

枕有方如圭[1]者，有圆如轮而连以细轴者，有如文具藏数层者，制特精，皆以木为之。率宽三寸，高五寸，漆其外，或黑或朱，立而枕之，反侧则仆。按《礼记·少仪》注："颖，警枕也。谓之颖者，颖然警悟也。"又司马文正公[2]以圆木为警枕，少睡则转而觉，乃起读书，此殆警枕之遗。

衣制皆宽博交衽[3]，袖广二尺，口皆不缉[4]，特短袂，以便作事。襟率无钮带，总名衾。男束大带，长丈六尺、宽四寸以为度，腰围四五转，而收其垂于两胁间。烟包、纸袋、小刀、梳、篦之属，皆怀之，故胸前襟带皱起凸然。其胁下不缝者，惟幼童及僧衣为然。僧别有短衣如背心，谓之断俗，此其概也。

注释

1 圭：古代玉器，长条形。

2 司马文正公：北宋司马光，字君实，谥文正，著有编年体通史《资治通鉴》。

3 交衽：前襟相交。

4 不缉：不缝合。

译文

此地枕头有的方如玉圭，有的圆如车轮且用细轴相连，有的如数层之高的文具，制作精良，都是木制的。大多三寸宽，五寸高，外面刷漆，或涂黑或抹红，正方可枕头，反侧就倒下。按《礼记·少仪》注："颖，警枕也。谓之颖者，颖然警悟也。"还有北宋司马光曾用圆木作警枕，睡着后稍动，枕头转侧便会醒，于是起来读书，这大概就是警枕的遗制。

衣服宽大，前襟相交，袖口宽二尺，袖口不缝边而稍短，方便做事。襟无纽带，总名叫衾。男子束大襟带，长一丈六尺，宽有四寸，腰围四五转，襟摆垂于两胁间。烟包、纸袋、小刀、梳、篦等物品，都可以放在襟怀中，所以胸前襟带皱然凸起。只有幼童和僧服胁下的衣襟不缝合。僧人另有像背心一样的短衣，称为断俗，这是此地衣制的大概。

帽以薄木片为骨，叠帕而蒙之，前七层，后十一层。花锦帽远望如屋漏痕者，品最贵，惟摄政王叔国相得冠之；次品花紫帽，法司冠之；其次则纯紫。大略紫为贵，黄次之，红又次之，青绿斯下。各色又以绫为贵，绢为次。国王未受封时，戴乌纱帽，双翅侧冲上向，盘金，朱缨垂颔，下束五色绦，至是冠皮弁[1]，状如中国梨园演王者便帽，前直列花瓣七，衣蟒腰玉[2]。

肩舆如中国饼轿，中置大椅，上施大盖，无帷幔，辕粗而长，无绊，无横木，以八人左右肩之而行。

注释

1 弁（biàn）：帽子。

2 衣蟒腰玉：身穿有蟒纹图案的衣服，腰上佩挂饰玉。

译文

帽子用薄木片做骨架，折叠巾帕蒙上，前面蒙七层，后面十一层。花锦帽的形状远望像屋漏后留下的痕迹，是帽中上品，价格昂贵，只有摄政王国叔及国相才能戴得起；再就是花紫帽，法司能戴；再次为纯紫。大略此地以紫为贵，黄次之，红又次之，青绿最下。各色绸缎又以绫为贵，绢次之。国王未受册封时，戴乌纱帽，两边帽翅侧冲向上，盘金，红色的璎珞垂至下巴，下束五色丝绦，受封时戴皮帽，形状如同中国戏曲里饰演国王的人戴的帽子，帽前排列七枚花瓣，身穿有蟒纹图案的衣服，腰上佩挂饰玉。

肩舆如同中国的饼轿，中间放置大椅，上面用布盖住，没有帷幔，车把粗且长，没有绊绳，也没有横木，八个人左右肩抬而行。

杜氏《通典》[1]载琉球国俗，谓妇人产必食子衣[2]，以火自炙，令汗出。余举以问杨文凤："然乎?"对曰："火炙诚有之，食衣则否。"即今中山已无火炙俗，惟北山犹未尽改。嫁娶之礼，固陋已甚。世家亦有以酒肴珠贝为聘者。婚时即用本国轿，结彩鼓乐而迎，不计妆奁[3]，父母送至夫家即返，不宴客。至亲具酒贺，不过数人。

《隋书》云琉球风俗，男女相悦，便相匹偶。盖其旧俗也。询之郑得功，郑得功曰："三十六姓初来时，俗尚未改，后渐知婚礼，此俗遂革。今国中有夫之妇，犯奸即杀。"余始悟琉球所以号守礼之国者，亦由三十六姓教化之力也。小

民有丧，则邻里聚送，观者护丧，掩毕即归。宦家则同官相知者，亦来送柩，出即归，大都不宴客。题主官率皆用僧，男书圆寂大禅定，女书禅定尼，无考妣[4]称，近日宦家亦有书官爵者。棺制三尺，屈身而殓[5]之，近宦家亦有长五六尺者，民则仍旧。

注释

1《通典》：唐杜佑撰，共二百卷，记载历代典章制度的沿革。

2 子衣：胎衣。

3 妆奁（lián）：女子出嫁时的嫁妆。

4 考妣：古代称已死的父母。

5 殓（liàn）：指给尸体穿衣下棺，也叫入殓。

译文

杜佑《通典》记载有琉球国俗，说是妇人生子后会吃掉胎衣，用火烘烤身体，让汗流出。我问杨文凤："是这样吗？"他回答说："用火烤是真的，吃胎衣没这么回事。"今天中山已经没有火烤的风俗了，只有北山还保留着。嫁娶的礼节十分固陋。世家也有用酒肴珠贝作聘礼的。迎娶新娘时用本国的轿子，结彩鼓乐来迎接。不问嫁奁多少，父母亲自把女儿送至夫家后便返回。也不大宴宾客，只有至亲数人准备酒食来庆贺。

《隋书》说琉球风俗，男女相悦，便相匹偶。这大概是琉球的旧俗。我询问郑得功，郑得功说："三十六姓刚来时，此地风俗犹未改，后来渐渐知道嫁娶的礼节，风俗才改变。今天琉球国中有夫之妇，犯奸即杀。"我才知道琉球之所以号称守礼之邦，是因为三十六姓的教化之功。小民有丧，街坊邻里聚集起来送丧，沿途观者护丧，埋葬完后就回去。官宦之家有丧，则相知的官员来送丧，也是葬事完毕就回去，大都不宴请宾客。主持葬礼都是僧人，逝者为男，就书写圆寂大禅定，为女，就写禅定尼，没有考妣的称呼。近日官宦之家也有书写官爵的。棺木长三尺，要屈身才能入殓。近日官宦之家也有棺木长五六尺的，但百姓一仍其旧。

此邦之人，肘比华人稍短。《朝野佥载》亦谓人形短小似昆仑[1]。余所见士大夫短小者固多，亦有修髯丰颐者，颀而长者，胖而腹腰十围者，前言似未足

信。人体多狐臭，古所谓“愠羝”[2]也。

世禄之家皆赐姓，士庶率以田地为姓，更无名，其后裔则云某氏之子孙几男，所谓田米私姓也。国中兵刑惟三章：杀人者死，伤人及重罪徒，轻罪罚日中晒之，计罪而定其日。国中数年无斩犯，间有犯斩罪者，又率引刀自剖腹死。

注释

1 昆仑：即昆仑奴，古代指生活于印度尼西亚、马来西亚一带皮肤黝黑，身材矮小的人。

2 愠羝（yùn dī）：狐臭。

译文

此地人，肘比华人稍短，《朝野佥载》记载说此地人短小似昆仑奴。我所见到的身材矮小的士大夫确实有很多，但也有长须面阔的，身体修长的，腰胖十围的，看来之前的记载是不可尽信的。人体多狐臭，就是古代所说的“愠羝”。

世家皆赐姓，百姓都以居住地为姓，也没有名字，他们的后代会说：我是某氏的几代孙第几男，这就是所说的田米私姓。国中刑法只有三章。杀人者死，伤人及重罪流放，轻罪罚在太阳下暴晒，根据罪行的轻重裁定处罚的天数。国中数年没有死刑犯，偶有判处死刑的，又大多剖腹自杀了。

七月十五夜，开窗，见人家门外皆列火炬二，询之土人，云：国俗于十五日盆祭，预期迎神，祭后乃去之。盆祭者，中国所谓盂兰会[1]也。连日见市上小儿，各手一纸幡，对立招展，作迎神状，知国俗盆祭祀先，亦大祭矣。

龟山南岸有窑，国人取车螯[2]、大蚶之壳之煅，墍[3]灰壁不及石灰，而粘过者。而东北有池，为国人煮盐处。

注释

1 盂兰会：佛教节日，农历七月十五中元节，僧尼结盂兰盆会。

2 车螯：蛤类。

3 墍（jì）：用泥涂屋。

译文

七月十五夜，我打开窗户，看到人家门外都竖立着两根火把，询问当地人，才知道十五日举行盆祭是国家的风俗，以预先迎神，祭祀结束后再撤去。盆祭，中国称为盂兰盆会。连日来，看到集市上的儿童各拿一纸旗，相对站立，举起纸旗挥动，做出迎神的动作，我才知道琉球国以盆祭在先，是国中大的祭祀。

龟山南岸有窑，当地人取来车螯、大蚶的壳在窑中煅炼，之后取来涂抹墙壁，虽然比不上石灰，但是比石灰粘得牢。再往东北有水池，是琉球人煮盐的地方。

七月二十五日，正副使行册封礼，途中观者益众。上万松岭，迤逦而东，衢道[1]修广，有坊，榜曰"中山道"，又进一坊，榜曰"守礼之邦"。世孙戴皮弁，服蟒衣，腰玉带，垂裳结佩，率百官跪迎道左。更进为欢会门，踞山巅，叠礁石为城，削磨如壁，有鸟道[2]，无雉堞[3]，高五尺以上，远望如聚髑髅[4]。始悟《隋书》所谓王居多聚髑髅于其下者，乃远望误于形似，实未至城下也。

城外石崖，左镌"龙冈"字，右镌"虎崒"[5]字。王宫西向，以中国在海西，表忠顺面向之意。后东向为继世门，左南向为水门，右北向为久庆门。再进层崖，有门西北向曰"瑞泉"，左右甬道，有左掖、右掖[6]二门。更进有漏西向，榜曰"刻漏"[7]，上设铜壶漏水。更进，有门西北向，为奉神门，即王府门也。殿廷方广十数亩，分砌二道。由甬道进至阙廷，为王听政之所。壁悬伏羲[8]画卦像，龙马负图[9]立其前，绢色苍古，微有剥蚀，殆非近代物。

北宫殿屋固朴，屋举手可接，以处山冈，且阻海飓。面对为南宫。此日正副使宴于北宫，大礼既成，通国欢忭[10]。闻国王经行处，悉有彩饰，泉崎道旁，列盆花异卉，绕以朱栏，中刻木作麒麟形，题曰："非龙非彪[11]，非熊非罴，王者之瑞兽。"天妃宫前，植大松六，叠假山四，作白鹤二，生子母鹿三。池上结棚，覆以松枝，松子垂如葡萄。池中刻木鲤大小五，令浮水面。环池以竹。栏旁有坊，曰"偕乐坊"。柱悬一板，题曰："鹿濯濯，鸟翯翯，[12]牣鱼跃[13]。"归而述诸副使，副使曰："此皆《志略》[14]所载，事隔数十年，一字不易，可谓印板文字矣。"从客皆笑。

注释

1 衢（qú）道：四通八达的道路。

2 鸟道：飞鸟经过的道路，指高峻的小道。

3 雉堞：指古代城墙上掩护守城人用的矮墙。

4 髑（dú）髅：头骨。

5 崒（zú）：高耸险峻的山峰。

6 左掖、右掖：宫殿正门两旁的边门。

7 刻漏：古代计时器，漏是指带孔的壶，刻是指附有刻度的浮箭，以滴漏来计时。

8 伏羲：传说中三皇之一，根据天地万物的变化创造了八卦。

9 龙马负图：《易·系辞上》说："河出图，洛出书，圣人则之。"龙马负图出于黄河，伏羲受启发创造了八卦。

10 欢忭（biàn）：欢乐。

11 彪：小老虎。

12 鹿濯濯，鸟翯翯（hú）：语出《诗经·大雅·灵台》："麀鹿濯濯，白鸟翯翯。"濯濯，肥泽貌；翯翯，洁白貌。

13 牣（rèn）鱼跃：语出《诗经·大雅·灵台》："王在灵沼，於牣鱼跃。"牣，满。牣鱼跃即满池塘的鱼在跳跃。

14《志略》：即《琉球国志略》，乾隆年间周煌所著，主要记载琉球国的历史和地理概况。

译文

七月二十五日，正副使行册封大礼，途中观看的人越来越多。登上万松岭，迤逦向东行，道路越加宽阔，有一牌坊，名"中山道"，前面又有一牌坊，写着"守礼之邦"。世孙戴皮帽，身穿蟒服，腰系玉带，裙摆配饰，步履潇洒，率领百官在道左跪迎。再往前为欢会门，国人占据山顶，垒叠礁石为城墙，礁石削磨得很平整，有狭窄的小道可通行，没有建矮墙，高五尺以上，远望累累如骷髅堆就。这时我才明白《隋书》所说的琉球国王多聚集骷髅在城下，乃是因为远望产生的形似错觉，实际上并没有走到城下。

城外有石崖，左边镌刻"龙冈"，右边镌刻"虎崒"。王宫朝西，因为中国就在大海的西面，以此表示忠顺。再往东为继世门，左边偏南为水门，右边朝北为久庆门。再往前就是层层叠叠的山崖，有门朝向西北方，叫"瑞泉"。左右有甬道，又有左右掖门。再往前朝西置滴漏，名"刻漏"，上设置铜壶漏水。再往前有朝西北方的门，为奉神门，这就是王府门。宫殿方圆占地十数亩，砌有两条道路，由甬道到朝廷，是国王处理政事的处所。墙壁上悬挂着伏羲画八卦图，龙马负图站立在伏羲前，画图古色苍然，稍微有剥蚀，应该不是近代的物品。

北宫殿十分古朴，屋顶伸手就可以够到，因为处在山冈上，为了阻挡飓风，不宜建高。对面为南宫，这天正副使在北宫饮宴。册封大礼完毕，举国欢腾。听闻国王经行处都挂有彩饰，泉崎桥道旁排列有奇花异卉，并以红色的栏杆环绕，中间用木头刻作麒麟的形状，题写道："非龙非彪，非熊非罴，王者之瑞兽。"天妃宫前，种植了六棵大松树，垒叠了四座假山，塑了两只白鹤和一只母鹿领着三只小鹿。池塘上搭着棚子，覆盖着松枝，松子垂垂如葡萄。池塘中还刻有大小五条木鲤，且都浮出水面，翠竹环绕着池塘。栏杆边有一牌坊，名叫"偕乐坊"。横柱上悬挂一板，上写："鹿濯濯，鸟翯翯，牣鱼跃。"回去我把这对副使说了，副使说："这都是《琉球国志略》所记载的，隔了数十年，一字不改，真可谓印版文字了。"从人都大笑起来。

宜野湾县有亀寿者，事继母以孝，国人莫不闻。母爱所生子，而短[1]亀寿于其父伊佐前，且不食以激其怒。伊佐惑之，欲死亀寿，将令深夜汲北宫，要[2]而杀之。仆匿亀寿于家，往谏伊佐，伊佐缚而放之，且谓事已露，不可杀，乃逐亀寿。亀寿既被放，欲自尽，又恐张[3]母恶。值天雨[4]雹，病不支，僵卧于路。巡官见之，近而抚其体犹温，知未死，覆以己衣。渐苏，徐诘其故，亀寿不欲扬父母之恶，饰词告之。

初，巡官闻孝子亀寿被放，意不平，至是见言语支吾，疑即亀寿，赐衣食令去。密访得其状，乃传集村人，系伊佐妻至，数其罪而监之。将告于王，亀寿愿以身代，巡官不忍伤孝子心，召伊佐夫妇面谕之。妇感悟，卒为母子如初。副使既为之记，余复为诗以表章之，诗云：

輶轩[5]问俗到球阳，潜德端须为阐扬。

诚孝由来能感格，何殊闵损[6]与王祥[7]。

以为事继母而不能尽孝者劝。

注释

1 短：谗毁，中伤。

2 要：同"邀"，中途拦截。

3 张：彰显。

4 雨（yù）：下起。

5 輶（yóu）轩：轻车，古代帝王的使臣多乘輶车，后称使臣为"輶轩使"。

6 闵损：即孔子弟子闵子骞，少时为后母虐待，让他穿芦花做的棉衣，父亲知道后要赶走后母，他劝阻道："母在一子单，母去四子寒。"其父遂止，后母亦悔。

7 王祥：汉末琅琊人，事继母甚孝，有卧冰求鲤的故事。

译文

宜野湾县有一个叫龟寿的青年，侍奉继母十分孝顺，国人没有不知道的，而继母却偏爱自己生的儿子，向丈夫伊佐中伤龟寿，并用绝食来激怒他。伊佐受到蛊惑，想要杀死龟寿。一天，父亲让龟寿深夜去北宫汲水，准备途中把他杀掉。仆人暗中听说后便把龟寿藏在自己家里，跑到伊佐前劝说，伊佐把龟寿绑起来之后又放开，他知道计划败露，不能杀龟寿，便把他放逐了。龟寿既被放逐，便想要自杀，又恐怕因此彰显继母的恶行。正值天下冰雹，龟寿病体不支，僵卧在道路上。巡查的官员看到了，走上前去摸了下他，感到体温尚存，知道他没死，便用衣服给他盖上，龟寿渐渐苏醒。巡查官慢慢问他病倒的原因，龟寿不愿张扬父母的恶行，便编了些假话告诉他。

当初，巡查官听说孝子龟寿被放逐，心里感到愤愤不平，这时看到这个年轻人说话支支吾吾，怀疑是龟寿，便赐给他衣食，让他回去。派人暗中查访，得知了实情，于是召集全村人，逮捕了伊佐和他妻子，押解前来，数落他们的罪行并监禁起来。巡查官将要把这事上报给国王，龟寿愿意以身代父母领罪。巡查官不忍心伤孝子的心，传唤伊佐夫妻上前并当面告诫他们。妇人感悟，最后母子和好如初。副使已经记述过了，我再作诗进行表彰，诗云：

辅轩问俗到球阳，潜德端须为阐扬。

诚孝由来能感格，何殊闵损与王祥。

以此作为侍奉继母而不能尽孝的劝导。

经迭山墟、方集，因步行集中，观所市物，薯为多，亦有鱼、盐、酒、菜、陶、木器、蕉苎、土布，粗恶无足观者。国无肆店，率业于其家，市货以有易无，不用银钱。闻国中率用日本宽永[1]钱，此来亦不见。昨香崖携示串钱，环如鹅眼，无轮廓，贯以绳，积长三寸许，连四贯而合之，封以纸，上有钤记[2]。此球人新制钱，每封当大钱十。盖国中钱少，宽永钱铜质较美，恐或有人买去，故收藏之。特制此钱应用，市中无钱以此。

注释

1 宽永：日本所用年号。

2 钤（qián）记：地方长官委派办事的机关所用的印章。

译文

步经迭山墟、方集，于是走到集市中，观看集市上的物品，红薯最多，也有鱼、盐、酒、菜、陶、木器、蕉苎、土布，粗制滥造，无一可观。国中没有商店，都是以自家为铺面，买卖商品都是互通有无的物物交换，不使用银钱。听说之前使用日本宽永通宝，这次来并没有看到。昨天香崖携过来一串钱，圆如鹅眼，没有轮廓，用绳串起来，长三寸多，四贯合在一起，用纸密封，盖有地方机关的印章。这是琉球人新制的钱币，每封钱抵十个大钱。因为国中钱币少，宽永通宝铜质较好，恐怕有人买去，所以都收藏起来，特地制作了这样的钱币使用。集市上没有其他钱币比得上。

国中男逸女劳，无有肩担背负者，趋集、织纫及采薪、运水，皆妇人主之，凡物皆戴之顶。女衣既无钮无带，又不束腰，而国俗男女皆无裤，势须以手曳襟。襟较男衣长，叠襟下为两层，风不得开。因悟髻必偏坠者，以手既曳襟，须空其顶以戴物，童而习之，虽重百斤，登山涉涧，无倾侧，是国中第一绝技也。其动作时，常卷两袖至背，贯绳而束之。发垢辄洗，洗用泥，脱衣结于腰，赤身低头，见人亦不避。抱儿惟一手，又置腰间，即借以曳襟。

东苑在崎山，出欢会门，折而北，逐瑞泉下流，至龙渊桥，汇而为池，广可十丈，长可数十丈，捍以堤，曰“龙潭”，水清鱼可数，荷叶半倒。再折而东，有小村，篠[1]屏修整，松盖阴翳，薄云补林，微风啸竹，园外已极幽趣。

入门，板亭二，南向。更进而南，屋三楹。亭东有阜[2]如覆盂[3]。折而南，有岩西向，上镌梵字，下蹲石狮一，饰以五彩。再下，有小方池，凿石为龙首，泉从口出。有金鱼池，前竹万竿，后松百挺。再东，为望仙阁，前有东苑阁，后为能仁堂，东北望海，西南望山，国中形胜，此为第一。

注释

1 篠（xiǎo）：细竹。

2 阜：土山。

3 覆盂：倒置的盂，比喻稳固、安定。

译文

国中风俗男闲女劳，没有肩担背扛的男人，赶集、织布及砍柴、运水都是女人的活，但凡物品都用头顶着。女子衣服没有纽带，又不束腰，男女衣制都没有下裤，所以女子都要用手拉着衣襟，女服衣襟比男服长，衣襟叠有两层，风吹不开。这才恍然大悟女子的发髻都是偏坠一边，是因为手要拉着衣襟，又要用头顶物品，所以发髻要偏坠在一边。这从小时就要学起，物品虽重有百斤，登山涉水，毫无倾斜，这是琉球国的第一绝技。她们劳动时常把袖子卷到背部，用绳子系住。头发脏了就洗，但是用泥来洗，洗头时把衣服脱下卷在腰间，赤裸上身低着头，见到人也不躲避。用一只胳膊抱小孩，手叉在腰间，以此另一只手可以拉着衣襟。

东苑在崎山，出了欢会门，折而向北，沿着向下流的瑞泉，流至龙渊桥，在桥下汇为池塘，宽十丈余，长达数十丈，筑堤防固，池名"龙潭"，水清游鱼历历可数，荷叶半倒。再折向东去，有一小村落，细竹修整如同屏风，松阴覆地，薄云漂浮在林梢，微风轻吹过竹林，极富幽趣。

进门后有两座板亭，门朝南。再往南走，有三间屋子，板亭东门有一山阜，十分稳固。再折向南，立有一块岩石朝向西，上刻梵文，下面蹲着一只石狮子，身上有五彩纹饰。再往下走，有一方小池，池中石头凿为龙头，泉水从龙口中流出，有金鱼池，池前有万竿细竹，池后是百棵古松。再往东，是望仙阁，前面有东苑阁，后面是能仁堂。此地东北对海，西南望山，琉球国的胜景，此为第一。

南苑之胜，亦不减于东苑。苑中马富盛。折而东，循行阡陌间，水田漠漠，番薯油油，绝无秋景。薯有新种者，问知已三收矣。再入山，松阴夹道，茅屋参差，田家之景可画。计十余里，始入苑村，名姑场川，即同乐苑也。

苑踞山脊，轩五楹，夹室[1]为复阁，颇曲折。轩前有池新凿，狭而东西长。叠礁为桥，桥南新阜累累，因阜以为亭，宜远眺。亭东植奇花异卉，有花绝类蝴蝶，绛红色，叶如嫩槐，曰"蝴蝶花"。有松叶如白毛，曰"白发松"。池东旧有亭圮[2]，以布代之。池西有阁，颇轩敞，四面风来，宜纳凉。有阁曰"迎晖"，有亭曰"一览"，即正副使所题也。轩北有松，有凤蕉，有桃，有柳。黄

昏举烟火，略同中国。

注释

1 夹室：东西厢房。

2 圯（yí）：桥。

译文

南苑的胜景毫不逊色于东苑。苑中马匹甚多，向前折而东行，沿着田间小路行走，但见水田漠漠，番薯油油，没有一点秋天的景象。红薯已经新播种，询问方知已经收了三回。再往前走入山间，松阴夹道，茅屋参差，田间景色可入画图。大概走了十余里，才到苑村，村名姑场川，和乐苑是相同的。

苑占据山脊，有轩五间，又有东西厢房，结构颇为曲折。轩前有池，新为开凿，东西狭长，叠礁石为桥。桥南累累为山阜，就阜为亭，可登高远眺。亭子东面，种植有奇花异草，有一种花非常像蝴蝶，绛红色，叶子如同嫩槐树，名叫"蝴蝶花"。有一种松树松叶如白毛，名叫"白发松"。池子东面，旧有亭桥，现在置布来代替。池西有阁楼，颇为开敞，四面风来，可供纳凉。有阁名"迎晖"，有亭叫"一览"，都是正副使所题名。轩北有松树，凤蕉，有桃树，也有柳树。黄昏时生火，和中国略同。

余偕寄尘游波上，板阁无他神，惟挂铜片幡，上凿"奉寄御币"字，后署云："元和二年壬戌。"或疑为唐时物，非也。按元和二年为丁亥，非壬戌也。日本马场信武撰《八卦通变指南》，内列《三元指掌》，云："上元起永禄七年甲子，止元和三年癸亥。"如上元起宽永元年甲子，止元和三年癸亥。下元起贞亨元年甲子，今元禄十六年癸未。国中既行宽永钱，证以元和日本僭号[1]，知琉球旧曾奉日本正朔，今讳言之欤？

纸鸢制无精巧者，儿童多立屋上放之。按中国多放于清明前，义取张口仰视，宣导阳气，令小儿少疾。今放于九月，以非九月纸鸢不能上，则风力与中国异，即此可验球阳气暖，故能十月种稻。

注释

1 僭（jiàn）号：超越本分的名号。

译文

我邀请寄尘去池面荡舟游玩，板阁没有其他神祇，只是挂着铜片旗子，上面凿有“奉寄御币”四字，后面署有“元和二年壬戌”，有人怀疑是唐代的文物，这是不对的。按唐元和二年为丁亥，不是壬戌。日本马场信武撰有《八卦通变指南》，内列《三元指掌》，云：“上元起永禄七年甲子，止元和三年癸亥。”如上元起自宽永元年甲子，止于元和三年癸亥。下元起贞亨元年甲子，今元禄十六年癸未。国中既然通行宽永通宝，证明曾用过日本元和的僭号，便知道琉球以前曾行日本年号，今天避讳不谈了吧？

此地制作的风筝没有十分精巧的，儿童多上屋顶放风筝。中国多是在清明节前放风筝，儿童开口仰视，宣导阳气，使小儿少疾病；此地多在九月放风筝，因为只有九月份风筝才能放飞，这是风力和中国不同的缘故，即此可知琉球气候温暖，所以能在十月份种水稻。

国俗男欲为僧者，听，既受戒，有廪给。有犯戒者，饬令还俗，放之别岛。女子愿为土妓者，亦听。接交外客，女之兄弟仍与外客叙亲往来，然率皆贫民，故不以为耻。若已嫁夫而复敢犯奸者，许女之父兄自杀之，不以告王。即告王，王亦不赦。此国中良贱之大防，所以重廉耻也。

此邦有红衣妓，与之言不解，按拍清歌，皆方言也。然风韵亦正有佳者，殆不减憨园。近忽因事他迁，以扇索诗，因题二诗以赠之。诗云：

芳龄二八最风流，楚楚腰身剪剪眸[1]。
手抱琵琶浑不语，似曾相识在苏州。

新愁旧恨感千端，再见真如隔世难。
可惜今宵好明月，与谁共卷绣帘看？

注释

1 剪剪眸：眼睛忽闪忽闪的样子。

译文

琉球国俗，男子欲出家为僧，家人顺着他的意思，不加阻拦，受戒之后由国家提供饮食。有破戒的，便饬令还俗，并流放到其他小岛上。女子愿做妓女的也随她，接待客人，女子的兄弟仍旧与客人有往来，他们大多为贫民，所以不以为耻。如果已嫁做人妇的再犯奸淫，便把女子交给她的父兄，让他们处死她，不把这事告知国王，即使告诉国王，国王也不会赦免。这是国中良贱的大防，以此来重视礼义廉耻。

此地有红衣妓，语言不通，说的话难以理解。按拍清歌，所唱都是方言，也有风韵佳美的，不逊色于憨园。近来因为有事搬走了，走前让我题扇留念，于是赠给她两首诗：

芳龄二八最风流，楚楚腰身剪剪眸。
手抱琵琶浑不语，似曾相识在苏州。

新愁旧恨感千端，再见真如隔世难。
可惜今宵好明月，与谁共卷绣帘看？

国人率恭谨，有所受，必高举为礼，有所敬，则俯身搓手而后膜拜。劝尊者酒，酌而置杯于指尖以为敬，平等则置手心。

此邦屋俱不高，瓦必瓯，以避飓也。地板必去地三尺，以避湿也。屋脊四出，如八角亭，四面接修，更无重构复室，以省材也。屋无门户，上限刻双沟，设方格，糊以纸，左右推移，更不设暗闩[1]，利省便，恃无盗也。临街则设矣。神龛[2]置青石于炉，实以沙，祀祖神也。国以石为神，无传真[3]也。瓦上瓦狮，《隋书》所谓兽头骨角也。壁无粉墁，示朴也。贵家间有糊砑粉花笺[4]，习华风，渐奢也。

注释

1 闩（shuān）：即门栓，指门关上后，插在门后使门推不开的横木插销。

2 龛（kān）：供奉神像的小阁子。

3 传真：画像。

4 砑粉花笺：印有花纹的精美信笺。

译文

国人举止恭敬谨慎，接受别人馈赠，一定要高举两手作为礼节；对所尊敬的人则是俯身搓手，然后作揖膜拜。劝长者饮酒，要把酒杯放在指端奉上，同辈间敬酒则把酒杯放在手掌心。

此地的房屋不高，屋瓦都用瓯瓦，以此来避飓风。地板都是离地三尺，来避开潮湿。屋脊四角上翘，像八角亭。四面修长，没有复室，以节约材料。房屋没有门和窗户，在房门口顶上凿刻双沟，设置方格，用纸裱糊，可以左右推移，也不设置暗闩，这样省简方便，因为岛上没有盗贼，门一般朝向街道。神龛上置青石放在炉火上，中间装上砂石，以祭祀祖神。琉球国人以石为神祇，没有画图。瓦上刻有狮子，就是《隋书》所说的兽头骨角。屋内墙壁不粉饰，以示简朴。富贵人家偶有裱糊彩纸的，沾染了华风，渐渐变得奢靡。

龟山有峰独出，与众山绝，前附小峰，离约二丈许。邦人驾石为洞，连二山，高十丈余，结布幔于洞东。小憩，拾级而登，行洞上又十余级，乃陟[1]巅。巅恰容一楼，楼无名，四面轩豁，无户牖[2]。副使谓余曰："兹楼俯中山之全势，不可无名。"因名之曰"蜀楼"，并为之跋曰："蜀者何？独也。楼何以蜀名？以其踞独山也。不曰独而曰蜀者，以副使为蜀人。楼构已百年，而副使乃名之，若有待也。"楼左瞰青畴[3]，右扶苍石，后临大海，前揖中山，坐其中以望，若建瓴[4]焉。余又请于副使曰："额不可无联。"副使因书前四语付之。归路，循海而西，崖洞溪壑，皆奇峭，是又一胜游矣。

注释

1 陟（zhì）：登。
2 牖（yǒu）：窗户。
3 畴：田畴，田地。
4 建瓴（líng）：即高屋建瓴，居高临下。

译文

龟山一峰秀出，与众山不相接，上面附有两座小峰，离主峰约两丈许，当地人叠石为洞，接连二山，高可十余丈，在洞口东门搭上布幔。我们一行人稍作休息，拾级而登，到了洞门又上十余级，于是登上了山顶。山顶恰好只能容下一座楼，楼没有名字，四面轩敞，没有窗户。副使对我说："此楼俯瞰中山全岛之势，不可无名。"于是命名作"蜀楼"，并为之题跋："蜀是何意？独也，楼为何取蜀为名？因为它独占此峰。不叫'独'而叫'蜀'，是因为副使为蜀人。楼建成已百年，却让副使命名，好像就在等待我。”楼向左俯瞰青色的田畴，右峙苍青色的岩石，后临大海，前对中山，坐楼中放眼四望，居高临下，独立苍茫。我请示副使说：“楼头匾额不能没有对联。”副使于是把前作四诗给我。返程乘舟沿海路向西，崖洞溪壑，都很奇峭，又是一次快游。

越南山，度丝满村，人家皆面海，奇石林立。遵海而西，有山，翠色攒空，石骨穿海，曰“沙岳”。时午潮初退，白石粼粼，群马争驰，飞溅如雨。再西，度大岭村，丛棘为篱，渔网数百晒其上。村外水田漠漠，泥淖陷马。有牛放于冈，汪《录》[1]谓马耕无牛，今不尽然也。

本岛能中山语者，给黄帽为酋长，岁遣“亲云上”[2]监抚之，名奉行官，主其赋讼。各赋其土之宜，以贡于王。间切者，外府之谓。首里、泊、久米、那霸四府为王畿[3]，故不设，此外皆设。职在亲民，察其村之利弊，而报于亲云上。间切，略如中国知府。中山属府十四，间切十，山南省属府十二，山北省属府九，间切如其府数。

注释

1 汪《录》：即清初汪楫所著《使琉球杂录》。汪楫，字次舟，安徽休宁人，康熙十八年应博学鸿词，授翰林院编修，纂修《明史》，曾作为正使出使琉球。

2 亲云上：琉球官职名。

3 王畿（jī）：靠近国都的地方。

译文

翻越南山，度过丝满村，家家户户都面朝大海。这地方奇石林立，沿海往西，有一山峰，翠色攒空，石骨穿海，名叫“沙岳”。当时午潮初退，岸边白石粼粼，群马奔驰，疾行如雨。再往西，度过大岭村，但见荆棘丛生，如栅如篱，上面搭晒着数百张渔网。村外水田漠漠，多有沼泽。山岗上有牛群散放着，汪楫在所著《使琉球杂录》说此地用马耕地而没有牛，今天看来不是这样的。

本岛中能说中山语的，官家给一顶黄帽，任命为当地酋长。每年派遣亲云上监督巡查，亲云上又名奉行官，即奉国王之命出巡，主管赋税和诉讼，让各地百姓拿出土地特产，供奉给国王。间切，是外府的称谓，首里、泊、久米、那霸四府为京郊地区，所以不设间切，此外的地区都设间切之职。间切本职在于亲民，考察村镇的利弊，上报给亲云上。间切，略同中国的知府。中山有十四个属府，有十个间切。山南省有十二个属府，山北省有九个属府，间切的数目和属府数目相同。

国俗自八月初十至十五日，并蒸米，拌赤小豆为饭相饷，以祭月，风同中国。是夜，正副使邀从客露饮，月光澄水，天色拖蓝，风寂动息。潮声杂丝竹声自远而至，恍置身三山，听子晋[1]吹笙，麻姑[2]度曲，万缘俱静矣。宇宙之大，同此一月。回忆昔日萧爽楼中，良宵美景，轻轻放过，今则天各一方，能无对月而兴怀乎？

世传八月十八日为潮生辰，国俗，于是夜候潮坡上。子刻，偕寄尘至坡上，草如碧毯，沾露愈滑，扶仆行，凭垣倚石而坐。丑刻[3]，潮始至，若云峰万叠，卷海飞来。须臾，腥气大盛，水怪挟风，金蛇掣电，天柱欲折，地轴暗摇，雪浪溅衣，直高百尺，未敢遽窥鲛宫[4]，已若有推而起之者，迷离惝恍，千态万状。观此，乃知枚乘《七发》[5]，犹形容未尽也。潮既退，始闻噌吰[6]之声出礁石间，徐步至护国寺，尚似有雷霆震耳，潮至此，观止矣。

注释

1 子晋：王子乔，字子晋，相传为周灵王太子，喜吹笙作凤凰鸣，后往嵩山修仙。

2 麻姑：道教传说仙女，曾见沧海三易为桑田。

3 丑刻：即丑时，凌晨一点到三点。

4 鲛宫：龙宫。

5 枚乘《七发》：枚乘，西汉辞赋家，著有传世大赋《七发》，其中描摹了大海涨潮时的雄伟壮阔。

6 噌吰（chēng hóng）：指声音壮阔，多形容钟鼓声。

译文

国中风俗自八月初十到十五日，家家蒸米，掺着红小豆做饭互相请客问候，以此来祭祀月神，这风俗和中国相同，当晚正副使邀请我一起月下畅饮，明月皎皎，波光粼粼，天色湛蓝，万籁俱寂。而潮声夹杂着曼妙的丝竹声自远而近传来，恍然如同置身三山间，仙乐飘飘，如怨如慕，尘缘俱静。茫茫宇宙，共此一月，回忆昔日萧爽楼中，良辰美景，轻轻放过，今天却天各一方，能不对月兴怀吗？

相传八月十八日是潮生日，当地风俗，当晚在山坡上等待涨潮，子时，我偕寄尘到山坡上，碧草如毯，草滚露珠，路滑难行，我们扶着仆人慢慢前行，后来便靠着短墙或是倚着石头坐下。丑时，潮水始至，如同万叠山峰，疾驰而来，不一会儿，腥气弥漫，风驰电掣，水柱激空，电闪雷鸣，天地为之低昂，风云为之变色，地动山摇，浪花打湿衣襟，高射百尺，人们几乎不敢俯视海面，仿佛有神人推起，迷离惝恍，千态万状。观此大潮，才知道枚乘《七发》形容未尽。潮水退去，开始听到礁石间发出壮阔洪大的钟鼓声，我们漫步到护国寺，犹有雷霆之声鼓荡耳膜，如此大潮，真是壮观。

元旦至六日，贺节。初五日，迎灶。二月，祭麦神。十二日，浚井[1]，汲新水，俗谓之洗百病。三月三日，作艾糕。五月五日，竞渡。六月六日，国中作六月节，家家蒸糯米，为饭相饷。十二月八日，作糯米糕，层裹棕叶，蒸以相饷，名曰鬼饼。二十四日，送灶。正、三、五、九为吉月，妇女率游海畔，拜水神祈福。逢朔[1]日，群汲新水献神。此其略也。余独疑国俗敬佛，而不知四月八日为佛诞辰，腊八鬼饼如角黍[3]，而不知七宝粥[4]。

注释

1 浚井：疏通水井。

2 朔：农历每月初一。

3 角黍：粽子。

4 七宝粥：又称佛粥，腊八粥。

译文

元旦到初六日，都要庆贺节日。初五日迎灶神；二月祭祀麦神，二月十二日，疏浚水井，汲新水，民俗说是洗除百病；三月三日，家家户户做艾糕；五月五日，赛龙舟；六月六日，国中叫六月节，家家蒸糯米，邻里之间互相请客；十二月八日，做糯米糕，用粽叶层层包裹起来，蒸熟了互赠，名叫鬼饼，二十四日送灶神。正月、三月、五月、九月为吉月，妇女全都去海边游玩，拜祭水神祈福。每逢初一，都要汲新水献给神祇。这是一年中大部分的风俗。我曾怀疑国中礼敬佛教，但他们却不知道四月八日为佛诞日，腊八那天的鬼饼又如同粽子，却不知道七宝粥。

国王送菊二十余盆，花叶并茂，根际皆以竹签标名，内三种尤异类：一名“金锦”，朵兼红、黄、白三色，小而繁，灿如列星；一名“重宝”，瓣如莲而小，色淡红；一名“素球”，瓣宽，不类菊，重叠千层，白如雪，皆所未见者。媵[1]之以诗，诗云：

陶篱韩圃多秋色，未必当年有此花。

似汝幽姿真可惜，移根无路到中华。

见狮子舞，布为身，皮为头，丝为尾，翦彩如毛饰其外，头尾口眼皆活，镀睛贴齿，两人居其中，俯仰跳跃，相驯狎欢腾状。余曰：“此近古乐矣。”按《旧唐书·音乐志》，后周武帝时造太平乐，亦谓之五方狮子舞。白乐天《西凉妓》云：

假面夷人弄狮子，刻木为头丝作尾。

金镀眼睛银贴齿，奋迅毛衣罢双耳。

即此舞也。

注释

1 媵（yìng）：赠送，致送。

译文

国王遣人送来二十多盆菊花，花叶繁茂，根部皆用竹签标名，其中有三种尤属珍异：一名“金锦”，花朵兼有红、黄、白三色，花小而繁多，灿如繁星；一名“重宝”，花瓣如莲花而较小，颜色淡红；一名“素球”，花瓣宽阔，不似菊花，重叠千层，花白如雪，都是平生没见过的。并有国王的赠诗，诗云：

陶篱韩圃多秋色，未必当年有此花。

似汝幽姿真可惜，移根无路到中华。

此地有狮子舞，用布做狮身，皮做狮头，丝为狮尾，剪裁彩纸如狮毛装饰在身上，头尾口眼都能活动，镶上镀金眼睛，贴上牙齿，两人在其中，俯仰跳跃，模仿驯狎欢腾的样子。我说：“这接近古乐啊。”按《旧唐书·音乐志》，后周武帝时广造太平乐曲，有五方狮子舞。白乐天《西凉妓》云：

假面夷人弄狮子，刻木为头丝作尾。

金镀眼睛银贴齿，奋迅毛衣罢双耳。

描写的就是这种狮子舞。

此邦有所谓“踏柁戏”者，横木以为梁，高四尺余，复置板而横之，长丈有二尺，虚其两端，均力焉。夷女二，结束衣彩，赤双足，各手一巾，对立相视而歌。歌未竟，跃立两端，稍作低昂，势若水碓[1]之起伏，渐起渐高。东者陡落而激之，则西飞起三丈余，翩翩若轻燕之舞于空也；西者落而陡激之，则东者复起，又如鸷鸟[2]之直上青云也。叠相起伏，愈激愈疾，几若山鸡舞镜[3]，不复辨其孰为影，孰为形焉。俄焉，势渐衰，机渐缓，板末乃安，齐跃而下，整衣而立。终戏，无虚蹈方寸者，技至此绝矣。

接送宾客颇真率，无揖让之烦。客至不迎，随意坐，主人即具烟架、火炉、竹筒、木匣各一，横烟管其上，匣以烟，筒以弃灰也。遇所敬客，乃烹茶，以细末粉少许，杂茶末，入沸水半瓯，搅以小竹帚，以沫满瓯面为度。客去，亦不送。贵官劝客，常以箸蘸浆少许，纳客唇以为敬。烧酒着黄糖则名福，着白糖则名寿，亦劝客之一贵品也。

注释

1 水碓（duì）：利用水力舂米的器械。

2 鸷（zhì）鸟：凶猛的鸟。

3 山鸡舞镜：据说山鸡起舞，会自我欣赏镜中之影，比喻顾影自怜。

译文

此地有一种杂技叫“踏柁戏”，横放一根高约四尺的木头为梁，在上面再横放一张木板，长一丈二尺，两头空着，可以平均用力。两名女子，束衣结彩，赤足，各拿一条手巾，对立相视，唱起歌来，歌未唱完忽然纵身一跃，两人跳上木板的两端，身体稍微低昂，如同水碓的起伏，一起一伏，渐起渐高。东边的女子从高处落下垂击木板，西边的女子便倏然飞起三丈多高，翩翩然像轻燕飞舞于空中；然后西边的女子落下垂击木板，东边的又飞起来，有如鸷鸟腾空，交相起伏，越来越快，如同山鸡舞于镜前，几乎不能辨别哪为形哪是影了。不一会儿，势力渐减，起伏变缓，木板还没有稳当，两女子一起跳下，整衣而立。

她们自始至终都没有踏空，没出任何闪失，真是让人叹为观止的绝技啊！

此地迎宾送客之礼颇为真率，没有进退揖让的客套繁琐。客人来而主人并不亲自出迎，客人进屋可随意坐，主人便摆上烟架、火炉、竹筒、木匣，把烟管放在上面。匣子里放着烟叶，竹筒用来盛烟灰。遇到贵宾才烹茶，用少许细末粉夹杂着茶末，倒入半瓯沸水，用小竹帚搅拌，等到茶沫与瓯面平齐就可以了。客人要走时，主人并不出送。贵官劝客，常常用筷子蘸少许糖浆抹在客人嘴边表示尊敬。烧酒加黄糖叫福，烧酒加白糖叫寿，也是劝客的一种贵品。

重阳具龙舟竞渡于龙潭，琉球亦于五月竞渡。重阳之戏，专为宴天使而设。因成三诗以志之，诗云：

故园辜负菊花黄，万里迢迢在异乡。
舟泛龙潭看竞渡，重阳错认作端阳[1]**。**

去年秋在洞庭湾，亲摘黄花插翠鬟。
今日登高来海外，累伊独上望夫山。

待将风信泛归槎，犹及初冬好到家。
已误霜前开菊宴，还期雪里访梅花。

闻程顺则[2]**曾于津门**[3]**购得宋朱文公墨迹十四字，今其后裔犹宝之。借观不得，因至其家，开卷见笔势森严，如奇峰怪石，有岩岩不可犯之色，想见当日道学气象。字径八寸以上，文曰："香飞翰苑围川野，春报南桥叠萃新。"后有名款，无岁月。文公墨迹，流传世间者，莫不宝而藏之。盖其所就者大，笔墨乃其余事，而能自成一家言如此，知古人学力，无所不至也。**

注释

1 端阳：即端午节。

2 程顺则：是琉球国第二尚氏王朝时期著名的儒学学者，在琉球普及儒学，效仿中国官制制定琉球官制，至今仍受琉球人的尊崇。

3 津门：天津的代称。

译文

重阳节这天在龙潭赛龙舟，琉球国赛龙舟也在五月份举行，作为重阳节的活动，专门为宴请册封使而设，于是作诗三首以记之，诗云：

故园辜负菊花黄，万里迢迢在异乡。
舟泛龙潭看竞渡，重阳错认作端阳。

去年秋在洞庭湾，亲摘黄花插翠鬟。
今日登高来海外，累伊独上望夫山。

待将风信泛归槎，犹及初冬好到家。
已误霜前开菊宴，还期雪里访梅花。

我听说程顺则曾于津门购得南宋朱熹的墨迹十四字，今天他的后人仍然珍藏着，且概不外借，我到他家才看到。打开卷轴，只见笔势森严，如同奇峰怪石，有凛然不可侵犯之色，恍然如见当日圣贤气象。字径八寸以上，文字写道："香飞翰苑围川野，春报南桥叠萃新。"后有署名，没有时日。朱文公墨迹流传世间的，人人当成宝贝而珍藏。因为文公成就甚大，笔墨反成了小道余事。但他的书法却又能自成一家，古人的学力真是无所不至。

又游蔡清派家祠。祠内供蔡君谟[1]画像，并出君谟墨迹见示，知为君谟的派[2]。由明初至琉球，为三十六姓之一。清派能汉语，人亦倜傥。由祠至其家，花木俱有清致，池圆如月，为额其室曰"月波大屋"。大抵球人工剪剔树木，叠砌假山，故士大夫家，率有丘壑以供游览。庭中树长竿，上置小木舟，长二尺，桅舵帆橹皆备。首尾风轮五叶，挂色旗以候风。渡海之家，率预计归期，南风至，则合家欢喜，谓行人当归，归则撤之，即古五两旗[3]遗意。

注释

1 蔡君谟：蔡襄，字君谟，福建兴化人，北宋书法家、政治家。

2 的派：即嫡派，直系传人。

3 五两旗：即出海指示方向的风旗。

译文

我又游览了蔡清派家的家祠。祠堂内供奉着蔡君谟的画像，清派并出示了蔡君谟的墨宝，我才知道清派为蔡君谟的嫡系子孙。明初来到琉球，为三十六姓之一。清派能说汉语，为人倜傥。由祠堂到他家，一路上花木清疏，凿池圆如明月，室名“月波大屋”。大抵琉球人善于裁剪树木，叠砌假山，所以士大夫家都有假山丘壑可供游览。庭院中竖立一根长竹竿，上面放置一只小木船，长约两尺，桅舵帆橹一一具备。首尾有五叶风轮，挂着彩旗以候风。航海人家，都要预计归期，南风吹来，则合家欢喜，代表出海的人就要回来了，回家后就把旗子撤了，这就是古代五两旗的遗风。

国王有墨长五寸，宽二寸。有老坑端砚[1]，长一尺，宽六寸，有“永乐四年”[2]字，砚背有“七年四月东坡居士留赠潘邠老”字，问知为前明受赐物。国中有东坡诗集，知王不但宝其砚矣。

棉纸、清纸，皆以谷皮为之，恶不中书者。有护书纸，大者佳，高可三尺许，阔二尺，白如玉。小者减其半。亦有印花诗笺，可作札。别有围屏纸，则糊壁用矣。徐葆光《球纸》诗云：

冷金入手白于练，侧理海涛凝一片。

昆刀截截径尺方，叠雪千层无幂面。

形容殆尽。

南炮台间有碑二，一正书[3]，剥蚀甚微，“奉书造”三字，一其国学书，前朝嘉靖二十一年[4]建，惟不能尽识，其笔力正自遒劲飞舞。

有木曰山米，又名野麻姑，叶可染，子如女贞[5]，味酸，土人榨以为醋。球醋纯白，不甚酸，供者以为米醋，味不类，或即此果所榨欤？

注释

1 端砚：四大名砚之一，出产于广东肇庆，肇庆古称端州。

2 永乐四年：明成祖朱棣年号，公元 1406 年。

3 正书：楷书。

4 嘉靖二十一年：明世宗朱厚熜的年号，公元 1542 年。

5 女贞：一种常绿灌木。

译文

国王有一方五寸长、二寸宽的墨碇，又有一方一尺长、六寸宽的端砚。砚身有“永乐四年”四字，背面有“七年四月东坡居士留赠潘邠老”。询问方知是明朝的赐品。国中还有苏东坡的诗集，于是明白国王并非只看重砚台。

棉纸、清纸都用谷皮制作，粗劣不堪书写。又有护书纸，大张的很好，有三尺高，二尺宽，纯白如玉；小张的缩小一半。也有印花诗笺，十分精美，可作信纸。另有一种围屏纸，是裱糊墙壁用的。徐葆光《球纸》诗写道：

冷金入手白于练，侧理海涛凝一片。

昆刀截截径尺方，叠雪千层无幂面。

可谓形容殆尽。

南炮台间，有两块石碑。一为楷书，几乎没有剥蚀，“奉书造”三字历历可见。一为国学书，前明嘉靖二十一年建，只是不能全部辨识，但笔力遒劲有力，龙飞凤舞。

有一种树叫山米，又名野麻姑，叶子可做染料，果实如女贞的果子，味酸，当地人榨汁酿醋。琉球醋纯白色，不很酸，供应者把它当作米醋，味道不相似，也许这就是山米果所榨出的汁吧？

席地坐，以东为上，设毡。食皆小盘，方盈尺，着两板为脚，高八寸许。肴凡四进，各盘贮而不相共，三进皆附以饭，至四肴乃进酒二，不过三巡。每进肴止一盘，必撤前肴而后进其次肴。肴饭用油煎面果，次肴饭用炒米花，三肴用饭。每供肴酒，主人必亲手高举置客前，俯身搓手而退。终席，主人不陪，以为至敬。此球人宴会尊客之礼。平等乃对饮。大要球俗，席皆坐地，无椅桌之用，食具如古俎豆[1]，肴尽干制，无所用勺。虽贵官家食，不过一肴、一饭、一箸，箸多削新柳为之。即妻子不同食，犹有古人之遗风焉。

注释

1 俎（zǔ）豆：俎，盛牛羊等祭品的礼器；豆，盛食物的器皿，都是古代宴客、祭祀的礼器。

译文

宴会用餐时主客都席地而坐，以东向为尊位，地铺毡毯。吃饭用小盘子，长方一尺，用两个高约八寸的长板作盘脚。每餐上四次菜肴，每次上菜都不一样，前三次都附加着饭，等到第四道菜才进两杯酒，喝不过三轮。每次仅上一盘菜，而且一定是撤了前菜才上后菜。第一道菜附带的饭是油煎面果，再上菜附带的饭是炒米花，第三道菜才附带米饭。每次敬酒，主人一定亲手高举酒杯，恭敬地放在客人前面，然后俯身搓手退下。自始至终，主人不陪客人吃饭，这是表示最高的尊敬。这是琉球人宴会尊客的礼节，只有平辈人才相对坐饮。琉球风俗，因为没有桌椅，故宴会皆席地而坐。餐具如同古代的器皿，菜肴都是干炒，没有汤水，所以不用勺子。即使是富贵人家用餐，也不过一个菜、一碗米饭、一双筷子，筷子都用新发的柳木制成。用餐时妻子儿女不能同桌，这也是古代的遗风。

使院敷命堂后，旧有二榜。一书前明册使姓名：洪武五年，封中山王察度，使行人[1]汤载；永乐二年，封武宁，使行人时中；洪熙元年，封巴志，使中官柴山；正统七年，封尚忠，使给事中[2]俞忭、行人刘逊；十三年，封尚思达，使给事中陈传、行人万祥；景泰二年，封尚景福，使给事中乔毅、行人童守宏；六年，封尚泰久，使给事中严诚、行人刘俭；天顺六年，封尚德，使吏科[3]给事中潘荣、行人蔡哲；成化六年，封尚圆，使兵科给事中官荣、行人韩文；十三年，封尚真，使兵科给事中董旻、行人司[4]司副张祥；嘉靖七年，封尚清，使吏科给事中陈侃、行人高澄；四十一年，封尚元，使吏科左给事中郭汝霖、行人李际春；万历四年，封尚永，使户科左给事中萧崇业、行人谢杰；二十九年，封尚宁，使兵科右给事中夏子阳、行人王士正；崇祯元年，封尚丰，使户科左给事中杜三策、行人司司正杨伦。凡十五次，二十七人，柴山以前无副也。一书本朝册使姓名：康熙二年，封尚质，使兵科副理官张学礼、行人王垓；二十一年，封尚贞，使翰林院检讨汪楫、内阁中书舍人林麟焻；五十八年，封尚敬，使翰林院检讨海宝、翰林院编修徐葆光；乾隆二十一年，封尚穆，使翰林院侍讲全魁、翰林院编修周煌。凡四次，共八人。

注释

1 行人：出使的人。

2 给事中：官职名，掌侍从、谏诤、补阙、拾遗、审核、封驳诏旨等事项。

3 吏科：吏部。

4 行人司：明代官署名，掌传旨、册封等事。

译文

天使馆敷命堂后，以前有两块榜书。一书前朝明代册封使姓名：洪武五年，册封中山王察度，册封使汤载；永乐二年，册封武宁，册封使时中；洪熙元年，册封巴志，册封使柴山；正统七年，册封尚忠，册封使给事中俞忭、使臣刘逊；正统十三年，册封尚思达，册封使给事中陈传、使臣万祥；景泰二年，册封尚景福，册封使给事中乔毅、使臣童守宏；六年，册封尚泰久，册封使给事中严诚、使臣刘俭；天顺六年，册封尚德，册封使吏部给事中潘荣、使臣蔡哲；成化六年，册封尚圆，册封使兵部给事中官荣、使臣韩文；十三年，册封尚真，册封使兵部给事中董旻、行人司副官张祥；嘉靖七年，册封尚清，册封使吏部给事中陈侃、使臣高澄；四十一年，册封尚元，册封使吏部左给事中郭汝霖、使臣李际春；万历四年，册封尚永，册封使户部左给事中萧崇业、使臣谢杰；二十九年，册封尚宁，册封使兵部右给事中夏子阳、使臣王士正；崇祯元年，册封尚丰，册封使户部左给事中杜三策、行人司长官杨伦。共十五次，二十七人，柴山以前没有副使。一书本朝册封使姓名：康熙二年，册封尚质，册封使兵部副理官张学礼、使臣王垓；二十一年，册封尚贞，册封使翰林院检讨汪楫、内阁中书舍人林麟焻；五十八年，册封尚敬，册封使翰林院检讨海宝、翰林院编修徐葆光；乾隆二十一年，册封尚穆，册封使翰林院侍讲全魁、翰林院编修周煌。共四次，八人。

清明后，南风为常，霜降后，南北风为常，反是飓飓将作。正、二、三月多飓，五、六、七、八月多飓，飓聚[1]发而倏止，飓渐作而多日。九月北风或连月，俗称“九降风”，间有飓起，亦骤如飓。遇飓犹可，遇飓难当。十月后多北风，飓飓无定期，舟人视风隙以来往。凡飓将至，天色有黑点，急收帆，严舵以待，迟则不及，或至倾覆。飓将至，天边断虹若片帆，曰“破帆”，稍及半天如鲎[2]尾，曰“屈鲎”，若见北方，尤虐。又海面骤变，多秽如米糠，及海蛇浮游，或红蜻蜓飞绕，皆飓风征。

注释

1 聚：同“骤”。

2 鲎（hòu）：一种海洋甲壳类动物，体似螃蟹，有长尾。

译文

清明节后常刮南风，霜降后南北风为常态，否则飓飓将起。

正月、二月、三月多飓风，五月、六月、七月、八月多飓风，飓风骤然刮起又倏然停息，飓风则蓄势渐起都持续多日。九月北风连月，俗称“九降风”，中间或会刮起飓风，骤然突起如同飓风。遇到飓风还可以抵挡，而遇到飓风则躲避无地了。十月后多北风，飓风飓风没有定期，船夫瞅准两风之间的缝隙往来穿行。但凡飓风将起，天色有黑点，船夫们便急忙收帆，握紧船舵严阵以待，稍有迟缓，便有可能翻船。飓风将至，天边会出现船帆一样的断虹，这叫“破帆”，等到蔓延至半边天空时便如同鲎尾，这叫“屈鲎”，如果“屈鲎”出现于北方天空，那么飓风将尤其暴烈肆虐。如果海面骤然变化，泛出如同米糠样的污水，又见到海蛇浮游，或是红蜻蜓飞绕，这都是飓风的征兆。

自来球阳，忽已半年，东风不来，欲归无计。十月二十五日，乃始扬帆返国。至二十九日，见温州南杞山，少顷，见北杞山，有船数十只泊焉，舟人皆喜，以为此必迎护船也。守备登后艄以望，惊报曰：“泊者贼船也！”又报：“贼船皆扬帆矣！”

未几，贼船十六只吆喝而来，我船从舵门放子母炮，立毙四人，击喝者堕海，贼退。枪并发，又毙六人；复以炮击之，毙五人；稍进，又击之，复毙四人，乃退去。其时贼船已占上风，暗移子母炮至舵右舷边，连毙贼十二人，焚其头篷，皆转舵而退。中有二船较大，复鼓噪由上风飞至。大炮准对贼船即施放，一发中其贼首，烟迷里许。既散，则贼船已尽退。是役也，枪炮俱无虚发，幸免于危。

不一时，北风又至，浪飞过船。梦中闻舟人哗曰：“到官塘[1]矣。”惊起。从客皆一夜不眠，语余曰：“险至此，汝尚能睡耶？”余问其状，曰：“每侧则篷皆卧水，一浪盖船，则船身入水，惟闻瀑布声垂流不息，其不覆者，幸耶！”余笑应之曰：“设覆，君等能免乎？余入黑甜乡[2]，未曾目击其险，岂非幸乎！”盥[3]后，登战台视之，前后十余灶皆没，船面无一物，爨[4]火断矣。舟人指曰：“前即定海[5]，可无虑矣。”申刻[6]乃得泊，船户登岸购米薪，乃得食。

是夜修家书，以慰芸之悬系，而归心益切。犹忆昔年，芸尝谓余："布衣菜饭，可乐终身，不必作远游。"此番航海，虽奇而险，濒危幸免，始有味乎芸之言也。

注释

1 官塘：即官塘镇，位于广东潮安东南部。
2 黑甜乡：对酣眠的戏称。
3 盥：盥洗，洗漱。
4 爨（cuàn）：烧火做饭。
5 定海：位于长江口与杭州湾的交汇处。
6 申刻：申时，下午三点至五点。

译文

自到琉球，忽已过半年。东风不来，归家无计。十月二十五日，才等到季风扬帆回国。到二十九日，便从船头看到了温州南部的杞山。不一会，又看到了北杞山，并且海边停泊着数十艘船，一船人大喜过望，以为这一定是来迎接册封船的。守备登上后艄遥望，大惊道："停泊的是贼船。"又慌忙报告说："贼船已扬帆驶过来了。"

不一会儿，十六艘贼船吆喝着前来，我船便从舵门放子母炮，立马击毙四人，把吆喝着的贼船击沉了，海盗暂且退去。我们船上火枪齐发，又击毙六人；又放子母炮，击毙五人；船稍驶向前，轰然一响，再击毙四人，贼船才退去。当时贼船占据着上风向，我方暗中移动子母炮到舵右舷边，又发一炮，连续击毙海盗十二人，他们主船的船篷着了火，余下的贼船转舵后退。中间有两艘较大的贼船，又一次鼓噪吆喝着从上风向疾行驶来。我方调整大炮对准贼船，一炮正中贼船，击毙了他们的头子，烟雾弥漫数里。等待烟雾散开，余下的贼船早已狼狈逃窜了。这次战役，弹炮俱无虚发，一行人才幸免于危难。

不一会儿，刮起了北风，浪头汹涌，飞溅入船。我睡梦中听到船上人大声喧哗说："到官塘了！"我从梦中惊坐起。从客都是一夜没合眼，他们对我说："如此惊险，你还能睡着啊？"我询问当时情况，他们描述道："船每一侧身，船篷都几乎歪倒水中，一个浪头打来，船身进了水，只听到船篷上如同瀑布落下的哗哗声，船没有倾覆，真是万幸啊！"我笑着回答说："假如真翻船了，你们能逃得了吗？我睡得很香，没有目击这种惊险，不是十分幸运吗？"早上洗漱后，登上战台四望，前后十余座灶台都没有了，船面空无一物，炊火也断了。船夫向前指着说："前方就是定海，可以不用担心了。"申时船停泊在定海，船家上岸购买柴米，这才吃上饭。

当晚我就写了封家书，安慰芸对我的思念，归心更加急切了。遥想当年芸曾对我说："布衣蔬食，可乐终身，不必非要远游谋生。"此次航海，奇险无比，幸免于危难，方体会到芸这番话的真味。

浮生六记

养生记道

本记杂取清代张英《聪训斋语》及曾国藩《求阙斋日记》等书，拼凑而成。开篇借沈复之口诉说自己于芸亡故后悲戚无欢，渐呈衰象，本欲隐居避世，后经友人规劝，栖身苦庵，转而读《庄子》以悟养生之道，交代写作本记的缘由。

本记所记之“道”，即养生的方法、途径。作者阐述的“养生之道”杂糅佛道养生心法及中医养生歌诀，东鳞西爪，看似散漫，实则形散神不散。养生的核心在于澄心，心中澄明无虑，不受外物的侵扰，冥然与造化为一，将世俗的功名利禄，酒色财气直视为无物。“养生之道，只‘清净明了’四字”，颇能概括本记主旨。

在澄心的前提下，作者介绍了多种调节省察的养生方法，如静坐吐纳，调息身心，明心见性；诗书怡情，如晤对圣贤，体悟鸢飞鱼跃的圣贤气象；打太极拳，舒活筋骨，身体强健，寒暑不侵；饮食清淡，惩忿制欲，晨起散步，动静得宜。居室陈设宜简单古朴，写诗作画，种花养草以愉悦心神，等等。本记虽为杂取摘抄，颇能撷取精华，名言隽句所在多有，言简意赅，余韵悠然。诸如“却病十法”“以淡解浓”“言少、事少、食少”“晨起最宜”“读书颐养”诸条目，极富理趣，比时下浅薄的心灵鸡汤有味健康得多，读者可自行体悟。

自芸娘之逝，戚戚无欢。春朝秋夕，登山临水，极目伤心，非悲则恨。读《坎坷记愁》，而余所遭之拂逆可知也。静念解脱之法，行将辞家远出，求赤松子于世外。嗣以淡安、揖山两昆季之劝，遂乃栖身苦庵，惟以《南华经》[1]自遣。乃知蒙庄[2]鼓盆而歌，岂真忘情哉？无可奈何而翻作达耳！

余读其书，渐有所悟。读《养生主》而悟达观之士，无时而不安，无处而不顺，冥然与造化为一，将何得而何失，孰死而孰生耶？故任其所受，而哀乐无所错其间矣。又读《逍遥游》，而悟养生之要，惟在闲放不拘，怡适自得而已。始悔前此之一段痴情，得勿作茧自缚矣乎！此《养生记道》之所为作也。亦或采前贤之说以自广，扫除种种烦恼，惟以有益身心为主，即蒙庄之旨也。庶几可以全生，可以尽年。

注释

1《南华经》：即《庄子》。

2 蒙庄：庄子为战国时宋国蒙地人，故称蒙庄，曾任漆园吏，其妻去世，庄子鼓盆而歌。著《庄子》内篇七篇，后文《养生主》《逍遥游》均属内篇中名篇。

译文

白从芸娘去世之后，我独居无聊，悲戚寡欢，每逢春朝秋夕，登山临水，极目远望，无不悲恨伤心。读《坎坷记愁》，便可知我所遭受的逆境摧折。默念解脱尘世烦恼的方法，只有离家远游，隐居世外。后来由于淡安、揖山两兄弟极力相劝，我才栖身于庙中草庵，每天读《南华经》来自我排遣。这才知道庄子在妻子去世时鼓盆而歌，难道真是忘情人世吗？实在是无可奈何故作旷达啊！

我每日读《庄子》，渐渐有所感悟。读《养生主》而颖悟旷达之士，无论何时都心平气和，无论何地都顺守处默，冥然与天地为一体，如此还怎会患得患失，忧生虑死呢？所以一切都坦然接受，那么哀伤快乐便不会深契心中了。又读《逍遥游》而悟养生的要旨，就在于心要闲放不拘，怡然自得而已。于是追悔从前一段痴情，大概是作茧自缚吧！这是我写《养生记道》的原因，中间或采纳前贤的成说加以自我引申。扫除种种烦恼，只以有益身心为主，这就是《庄子》一书的精髓。这样可以全生安命，可以颐养天年。

余年才四十，渐呈衰象，盖以百忧摧撼，历年郁抑，不无闷损。淡安劝余每日静坐数息，仿子瞻[1]《养生颂》之法，余将遵而行之。调息之法，不拘时候，兀身端坐，子瞻所谓摄身使如木偶也。解衣缓带，务令适然，口中舌搅数次，微微吐出浊气，不令有声，鼻中微微纳之，或三五遍，二七遍，有津[2]咽下，叩齿数通，舌抵上腭，唇齿相著，两目垂帘令胧胧然，渐次调息，不喘不粗，或数息出，或数息入，从一至十，从十至百，摄心在数，勿令散乱，子瞻所谓"寂然""兀然""与虚空等"也。

如心息相依，杂念不生，则止勿数，任其自然，子瞻所谓"随"也。坐久愈妙，若欲起身，须徐徐舒放手足，勿得遽起。能勤行之，静中光景，种种奇特，子瞻所谓"定能生慧，自然明悟"。譬如盲人忽然有眼也，直可明心见性，不但养身全生而已。出入绵绵，若存若亡，神气相依，是为真息。息息归根，自能夺天地之造化，长生不死之妙道也。

注释

1 子瞻：北宋文学家苏轼，字子瞻，号东坡居士。

2 津：唾液。

译文

我才四十岁，却渐渐呈露衰颓之象，大概由于百忧摧撼，多年抑郁导致气闷损耗。淡安劝我每天静坐调息，仿照苏轼《养生颂》里的做法，我将如法施行。调息的方法，不受时间的限制，消除思虑，寂然端坐，就如苏轼所说把身体当作木偶。解衣缓带，务必心中怡然。嘴里舌头搅动数次，微微吐出浊气，别发出声音，鼻子轻轻呼吸，这样做三五遍或二七遍，口内生津便咽下，上下牙齿叩碰数次，然后用舌头抵住上腭，唇齿相依，两目低垂，让自己的意识变得朦朦胧胧，慢慢调节呼吸。不要喘粗气，或是轻呼几口气，或是轻吸几口气，从一到十，或从十到百，要按照数目调息，不可散乱，这就是苏轼所说的"寂然""兀然""与虚空等"。

如果心与气息一体，心已不生杂念，那么就停止数数，任其自然，这就是苏轼所说的随心。静坐愈久愈妙，如果想起身，那就先慢慢地舒展放松手脚，不要快速起来。此法如果能坚持勤做，自会见到静中光景，种种奇特，苏轼所说的"定能生慧，自然明悟"。譬如盲人忽然眼睛明亮起来。直可谓明心见性，不只是养身全生而已。气息出入绵绵，若存若亡，神气相依，这就是真息。每道气息都能回归根本，自然能夺天地之造化，悟长生不死之妙道。

人大言，我小语。人多烦，我少计。人悸怖，我不怒。澹然无为，神气自满，此长生之药。《秋声赋》[1]云："而况思其力之所不及，忧其智之所不能，宜其渥然[2]丹者为槁木，黟然[3]黑者为星星。"此士大夫通患也。又曰："百忧感其心，万事劳其形，有动于中，必摇其精。"人常有多忧多思之患，方壮遽老，方老遽衰，反此亦长生之法。舞衫歌扇，转眼皆非；红粉青楼，当场即幻。秉灵烛以照迷情，持慧剑以割爱欲，殆非大勇不能也。然情必有所寄，不如寄其情于卉木，不如寄其情于书画，与对艳妆美人何异？可省却许多烦恼。

注释

1《秋声赋》：北宋欧阳修所作的一篇描摹秋声的文赋。

2 渥然：红润。

3 黟（yī）然：黝黑的样子。

译文

人家大声喧哗，我则轻声细语；人家多愁善感，我则忘却烦恼；人家惊悸恐惧，我则不喜不怒。如此淡然无为，神气自满，这就是长生不老药。欧阳修《秋声赋》说："况且又考虑到力所不及，又担忧智所不能。以致红颜变得枯槁，黑发渐为银丝。"这就是士大夫的通病。又说："百忧感发其心，万事劳役其形。心有所触动，必然摇动精神。"人们常有多忧多思之患，那就使得年轻变老，老而变衰，如果没有忧愁患难，也是永葆青春的方法。舞衫歌扇，转眼皆非；娇娃美女，皆为梦幻。拿起心灯照彻迷情，手持慧剑斩断爱欲，非大智大勇之人不能办此。然而情怀一定要有所寄托，不如寄情于花卉草木，不如寄情于书画文字，这和面对艳妆美女有什么区别呢？可省却许多烦恼。

范文正[1]有云"千古贤贤，不能免生死，不能管后事。一身从无中来，却归无中去，谁是亲疏？谁能主宰？既无奈何，即放心逍遥，任委来往。如此断了，既心气渐顺，五脏亦和，药方有效，食方有味也。只如安乐人，忽有忧事，便

吃食不下，何况久病？要忧身死，更忧身后，乃在大怖中，饮食安可得下？请宽心将息”云云，乃劝其中舍[2]三哥之帖[3]。余近日多忧多虑，正宜读此一段。放翁[4]胸次广大，盖与渊明、乐天、尧夫[5]、子瞻等，同其旷逸，其于养生之道，千言万语，真可谓有道之士，此后当玩索陆诗，正可疗余之病。

注释

1 范文正：范仲淹，字希文，谥文正，北宋著名政治家、文学家。

2 中舍：官名，即中书舍人。

3 帖：书信。

4 放翁：陆游，字务观，号放翁，南宋著名诗人、政治家。

5 尧夫：邵雍，字尧夫，自号安乐先生，北宋著名理学家。

译文

范仲淹曾说：“千古圣贤，皆不免于一死。也无从管得身后事，一身从无中来，后归无中去。谁是亲疏？谁能主宰？既然无可奈何，当放心逍遥，任其去留。如此断了，就会心气和顺，五脏调和，药方有效，吃饭方有味。如同安泰快乐的人，一旦有事发生，便吃不下饭，更何况是久病之人呢？既担忧死去，又考虑身后，于是在大恐怖之中，哪能吃得下饭呢？还请宽心休息，勿烦多虑。”这段话是范仲淹写给做中书舍人的三哥的书信。我近来心多忧虑，正适合读此一段。陆游心胸宽广，大概与陶渊明、白居易、邵雍、苏轼这些人一样旷达超逸。他对于养生之道，曾写有许多诗歌，可谓是得道之人，以后当好好读读陆游的诗歌，正好可以疗治我的心病。

潋浴[1]极有益。余近制一大盆，盛水极多，潋浴后，至为畅适。东坡诗所谓“淤槽漆斛江河倾，本来无垢洗更轻”，颇领略得一二。

治有病，不若治于无病，疗身，不若疗心，使人疗，尤不若先自疗也。林鉴堂诗曰：

自家心病自家知，起念还当把念医。

只是心生心作病，心安那有病来时。

此之谓自疗之药。游心于虚静，结志于微妙，委虑于无欲，指归于无为，故能达生延命，与道为久。

注释

1 淴（hū）浴：沐浴。

译文

沐浴非常有益，我近日新制一个大浴盆，可以盛很多水，沐浴后，神清气爽。东坡诗所谓“淤槽漆斛江河倾，本来无垢洗更轻”，颇能领略一二。

治有病，不如治疗无病。疗身，不如疗心。让人治疗，尤其不如先自我治疗。林鉴堂有诗曰：

自家心病自家知，起念还当把念医。

只是心生心作病，心安那有病来时。

这就是所说的自疗之药。让心遨游于虚静之中，让神志凝聚于微妙之处，把思虑委放到无欲无求的状态中，以无为为旨归，这样才能延年益寿，与天道合一。

仙经以精、气、神为内三宝，耳、目、口为外三宝，常令内三宝不逐物而流，外三宝不诱中而扰。重阳祖师[1]于十二时中，行住坐卧，一切动中[2]，要把心似泰山，不摇不动，谨守四门，眼耳鼻口，不令内入外出，此名养寿紧要。外无劳形之事，内无思想之患，以恬愉为务，以自得为功，形体不敝，精神不散。

注释

1 重阳祖师：王重阳，字知明，道号“重阳子”，宋末元初道士，道教全真道祖师。

2 中：合乎度。

译文

仙经以精、气、神为内三宝，耳、目、口为外三宝，常令内三宝不逐外物而流荡不返，外三宝不受内心诱惑扰乱。重阳祖师在十二时内行住坐卧，一切合度，要让心安如泰山，不摇不动。谨慎地把守四处门户：眼、耳、鼻、口。不令内入外出，这是延年益寿的要诀。外面没有劳役形体之事，内部没有思虑忧患，以顺畅舒心为要务，以怡然自得为功夫，形体不疲敝，精神不涣散。

益州老人尝言："凡欲身之无病，必须先正其心，使其心不乱求，心不狂思，不贪嗜欲，不着迷惑，则心君泰然矣。心君泰然，则百骸四体虽有病，不难治疗。独此心一动，百患为招，即扁鹊、华佗在旁，亦无所措手[1]矣。"林鉴堂先生有《安心诗》六首，真长生之要诀也。诗云：

我有灵丹一小锭，能医四海群迷病。
些儿吞下体安然，管取延年兼接命。

安心心法有谁知，却把无形妙药医。
医得此心能不病，翻身跳入太虚时。

念杂由来业障多，憧憧扰扰竟如何？
驱魔自有玄微诀，引入尧夫安乐窝。

人有二心方显念，念无二心始为人。
人心无二浑无念，念绝悠然见太清。

这也了时那也了，纷纷攘攘皆分晓。
云开万里见清光，明月一轮圆皎皎。

四海遨游养浩然，心连碧水水连天。
津头自有渔郎问，洞里桃花日日鲜。

注释

1 措手：应对，安排。

译文

益州老人曾说："要想身体无病，必先端正其心，使心不乱求，不胡思乱想，不贪心嗜欲，也不迷惑无方，那么心就会泰然。心泰然了，那四肢百骸即使有病，也不难治疗。只要心有妄动，各种疾患便会到来，那样就是扁鹊、华佗在身边，也束手无策。"林鉴堂先生有《安心诗》六首，真是长生的秘诀。诗这样写道：

我有灵丹一小锭，能医四海群迷病。
些儿吞下体安然，管取延年兼接命。

安心心法有谁知，却把无形妙药医。
医得此心能不病，翻身跳入太虚时。

念杂由来业障多，憧憧扰扰竟如何？
驱魔自有玄微诀，引入尧夫安乐窝。

人有二心方显念，念无二心始为人。
人心无二浑无念，念绝悠然见太清。

这也了时那也了，纷纷攘攘皆分晓。
云开万里见清光，明月一轮圆皎皎。

四海遨游养浩然，心连碧水水连天。
津头自有渔郎问，洞里桃花日日鲜。

禅师与余谈养心之法，谓心如明镜，不可以尘之也；又如止水，不可以波之也。此与晦庵[1]所言学者常要提醒此心，惺惺[2]不寐，如日中天，群邪自息，其旨正同。又言，目毋妄视，耳毋妄听，口毋妄言，心毋妄动，贪嗔痴爱，是非人我，一切放下，未事不可先迎，遇事不宜过扰，既事不可留住，听其自来，应以自然，信其自去，忿懥[3]恐惧，好乐忧患，皆得其正，此养心之要也。

王华子曰："斋者，齐也，齐其心[4]而洁其体也，岂仅茹素而已。所谓齐其心者，澹志寡营，轻得失，勤内省，远荤酒；洁其体者，不履邪径，不视恶色，不听淫声，不为物诱。入室闭户，烧香静坐，方可谓之斋也。诚能如是，则身中之神明自安，升降不碍，可以却病，可以长生。"

注释

1 晦庵：朱熹，字元晦，号晦庵，南宋理学宗师，被后世尊称为朱子。

2 惺惺：警觉的样子。

3 忿懥（zhì）：愤怒。

4 齐其心：忘掉本心，达到无我的境界。

译文

禅师和我谈论修心养性之法，说要心如明镜，不可染纤尘；又当如止水，不可有波澜。这和朱熹所说学者要常常提醒自心，要时时警觉不昏聩，心须如日中天，各种邪念便会自行消失，两者大旨是相同的。禅师又说，目不妄视，耳不妄听，口不妄言，心不妄动，贪嗔痴爱，是非人我，一切放下。事情没来不可预先迎接，遇到事情不宜过受扰乱，事情已过去不应念念不忘，听任其自来，应付以自然，听信其自去，愤怒恐惧，好乐忧患，都要适宜，这是修心养性的要诀。

王华子说："'斋'就是'齐'。忘掉本心而清洁身体，仅仅吃素食是不够的。所谓忘掉本心，即淡泊名利，看轻得失利害，常自我反省，远离酒肉；所谓清洁身体，即不走邪路，不看恶色，不听淫声，不为外物诱惑。入室闭户，焚香默坐，这才称得上'斋'。真能如此施行，那么自身神明自然安居，升降不受挂碍，可以远离疾病，可以长生不老。"

余所居室，四边皆窗户，遇风即阖，风息即开。余所居室，前帘后屏，太明即下帘，以和其内映，太暗则卷帘，以通其外耀，内以安心，外以安目，心目俱安，则身安矣。

禅师称二语告我曰："未死先学死，有生即杀生。"有生，谓妄念初生；杀生，谓立予铲除也。此与孟子勿忘勿助之功相通。孙真人[1]《卫生歌》云：

卫生切要知三戒，大怒大欲并大醉。

三者若还有一焉，须防损失真元气。

又云：

世人欲知卫生道，喜乐有常嗔怒少。

心诚意正思虑除，理顺修身去烦恼。

又云：

醉后强饮饱强食，未有此生不成疾。

入资饮食以养身，去其甚者自安适。

又蔡西山[2]《卫生歌》云：

何必餐霞饵大药，妄意延龄等龟鹤。

但于饮食嗜欲间，去其甚者将安乐。

食后徐行百步多，两手摩胁并胸腹。

又云：

醉眠饱卧俱无益，渴饮饥餐尤戒多。

食不欲粗并欲速，宁可少餐相接续。

若教一顿饱充肠，损气伤脾非尔福。

又云：

饮酒莫教令大醉，大醉伤神损心志。

酒渴饮水并啜茶，腰脚自兹成重坠。

又云：

视听行坐不可久，五劳七伤从此有。

四肢亦欲得小劳，譬如户枢终不朽。

又云：

道家更有颐生旨，第一戒人少嗔恚[3]。

凡此数言，果能遵行，功臻旦夕，勿谓老生常谈也。

注释

1 孙真人：即唐代名医孙思邈，著有《千金要方》，被后世尊称为“药王”。

2 蔡西山：蔡元定，字季通，学者称西山先生，南宋理学家，朱熹弟子，著有《律吕新书》《西山公集》。

3 嗔恚（huì）：嗔怒怨恨。

译文

我的居室，四面都置窗户，起风了窗户就关闭，风停了就打开。室内前有窗帘，后有屏风，室内太亮，就放下窗帘使室内光线柔和，太暗就拉起帘子让外面光线进入，以此安心舒目，心目俱安，身就可安居。

禅师告诉了我两句口诀：“未死先学死，有生即杀生。”有生，就是说妄念初生；杀生，就是要立即铲除妄念。这跟孟子所说的勿忘勿助的内省功夫是相通的。孙真人《卫生歌》云：

卫生切要知三戒，大怒大欲并大醉。

三者若还有一焉，须防损失真元气。

又云：

世人欲知卫生道，喜乐有常嗔怒少。

心诚意正思虑除，理顺修身去烦恼。

又云：

醉后强饮饱强食，未有此生不成疾。

入资饮食以养身，去其甚者自安适。

又蔡西山《卫生歌》云：

何必餐霞饵大药，妄意延龄等龟鹤。

但于饮食嗜欲间，去其甚者将安乐。

食后徐行百步多，两手摩胁并胸腹。

又云：

醉眠饱卧俱无益，渴饮饥餐尤戒多。

食不欲粗并欲速，宁可少餐相接续。

若教一顿饱充肠，损气伤脾非尔福。

又云：

饮酒莫教令大醉，大醉伤神损心志。

酒渴饮水并啜茶，腰脚自兹成重坠。

又云：

视听行坐不可久，五劳七伤从此有。

四肢亦欲得小劳，譬如户枢终不朽。

又云：

道家更有颐生旨，第一戒人少嗔恚。

以上这些话，果真能如法施行，功在旦夕，不可视为老生常谈。

洁一室，开南牖，八窗通明，勿多陈列玩器，引乱心目。设广榻、长几各一，笔砚楚楚，旁设小几一，挂字画一幅，频换。几上置得意书一二部，古帖一本，古琴一张。心目间常要一尘不染。

晨入园林，种植蔬果、芟草[1]、灌花、莳药[2]。归来入室，闭目定神。时读快书，怡悦神气。时吟好诗，畅发幽情。临古帖，抚古琴，倦即止。知己聚谈，

勿及时事，勿及权势，勿臧否[3]人物，勿争辩是非。或约闲行，不衫不履，勿以劳苦徇[4]礼节。小饮勿醉，陶然而已。诚然如是，亦堪乐志。以视夫蹙足入绊[5]，申脰就羁[6]，游卿相之门，有簪佩[7]之累，岂不霄壤之悬哉！

注释

1 芟（shān）草：除草。

2 莳（shì）药：种植药草。

3 臧否（zāng pǐ）：褒贬评论。

4 徇：遵循。

5 蹙足入绊：蹙同“蹴”。蹙足意为紧迫行走；入绊即把脚放入圈套之中。

6 申脰（dòu）就羁：伸长了脖子让人去捆缚。申，同“伸”；脰，脖子。

7 簪佩：为古代官员的冠饰，指代显贵。

译文

扫洒清洁居室，打开南窗，令八窗通明。室内不要摆放过多古玩器具，以防引乱心目。室内设一张大床，一方几案，案上整整齐齐地摆放上笔墨纸砚。旁边设一张小桌子，壁上挂一幅古人字画，隔一段时间就更换。桌案上放上一两本得意的书籍，置一本古帖，一张古琴，心中、眼里常要一尘不染。

早晨走入园林，种植蔬菜瓜果、除草、浇花、种草药。劳作完后回室内，闭目养神。时而读好书，怡悦神气；时而咏好诗，畅发幽情。或临摹古帖，抚弄古琴，有了倦意就停下歇息。或是一二知己室内聚谈，海阔天空，但不要涉及时事、权贵，也不要褒贬评论人物，不要去争辩是非。或是相约闲行，穿着随意即可，不要劳心苦志遵循礼节。小酌不至于醉，陶然最妙。果能如此，也是能乐心怡志的。反观那些奔走于权贵之门追名逐利的人，一有不慎，便伸颈就缚，不免牢狱之灾，有缰锁尘网之累，与他们相比真是霄壤之别啊！

太极拳非他种拳术可及，“太极”二字已完全包括此种拳术之意义。太极乃一圆圈，太极拳即由无数圆圈联贯而成之一种拳术，无论一举手，一投足，皆不能离此圆圈，离此圆圈，便违太极拳之原理。四肢百骸，不动则已，动则皆不能离此圆圈，处处成圆，随虚随实。练习以前，先须存神纳气，静坐数刻，并非道家之守窍也，只须屏绝思虑，务使万缘俱静。以缓慢为原则，以毫不使

力为要义，自首至尾，联绵不断。相传为辽阳张通，于洪武初奉召入都，路阻武当，夜梦异人，授以此种拳术。余近年从事练习，果觉身体较健，寒暑不侵，用以卫生[1]，诚有益而无损者也。

注释

1 卫生：养生。

译文

太极拳是其他拳术比不上的，“太极”二字已把此种拳术的要义包括在内了。太极就是一个圆圈，太极拳就是由无数圆圈相互联贯而成的一种拳术。无论举手投足，都不能离此圆圈，离此圆圈，便违反了太极拳的原理。四肢百骸，不动则已，动便不能离此圆圈。处处成圆，随虚随实。练习以前，先须存神纳气，静坐片刻，这并非是道家的守窍静坐之法。只须摒除思虑，务使万缘俱静，以缓慢为原则，以毫不费力为要义，自首至尾，联绵不断。相传是辽阳张通，在洪武初年奉诏进京，行至武当山路遇阻碍，当晚夜梦异人，传授了此种拳术。我今年开始练习太极拳，果然觉得身体较之前康健，寒暑不侵，以此养生，有益无害。

省多言，省笔札，省交游，省妄想。所一息不可省者，居敬养心耳。杨廉夫[1]有《路逢三叟》词云：

上叟前致词，大道抱天全。

中叟前致词，寒暑每节宣。

下叟前致词，百岁半单眠。

尝见后山[2]诗中一词，亦此意，盖出应璩[3]。璩诗曰：

昔有行道人，陌上见三叟。

年各百岁余，相与锄禾麦。

往前问三叟，何以得此寿？

上叟前致词，室内姬粗丑。

二叟前致词，量腹节所受。

下叟前致词，夜卧不覆首。

要哉三叟言，所以能长久。

古人云“比上不足，比下有余”，此最是寻乐妙法也。将啼饥者比，则得饱自乐；将号寒者比，则得暖自乐；将劳役者比，则优闲自乐；将疾病者比，则康健自乐；将祸患者比，则平安自乐；将死亡者比，则生存自乐。白乐天诗有云：

蜗牛角内争何事，石光火中寄此身。

随富随贫且欢喜，不开口笑是痴人。

近人诗有云：

人生世间一大梦，梦里胡为苦认真。

梦短梦长俱是梦，忽然一觉梦何存。

与乐天同一旷达也。

世事茫茫，光阴有限，算来何必奔忙？人生碌碌，竞短论长，却不道荣枯有数，得失难量。看那秋风金谷，夜月乌江，阿房宫冷，铜雀台荒。荣华花上露，富贵草头霜。机关参透，万虑皆忘。夸什么龙楼凤阁，说什么利锁名缰，闲来静处，且将诗酒猖狂。唱一曲归来未晚，歌一调湖海茫茫。逢时遇景，拾翠寻芳。约几个知心密友，到野外溪傍，或琴棋适性，或曲水流觞，或说些善因果报，或论些今古兴亡，看花枝堆锦绣，听鸟语弄笙簧。一任他人情反复，世态炎凉，优游闲岁月，潇洒度时光。

此不知为谁氏所作，读之而若大梦之得醒，热火世界一帖清凉散也。

注释

1 杨廉夫：杨维桢，字廉夫，元末明初著名诗人，晚号东维子，著有《东维子文集》《铁崖先生古乐府》等。

2 后山：陈师道，字履常，号后山居士，北宋著名诗人，为“苏门六君子”之一。

3 应璩（qú）：字休琏，三国时魏国文学家，博学好文，擅草文书。

译文

不要喋喋多言，不要费神作文，不要广为交游，不要痴心妄想。唯一不能停止的，就是居敬养心。杨廉夫有《路逢三叟》诗，这样写道：

上叟前致词，大道抱天全。

中叟前致词，寒暑每节宣。

下叟前致词，百岁半单眠。

曾见到陈师道一首诗中也有相同的意思，应该是出自应璩。应璩诗写道：

昔有行道人，陌上见三叟。

年各百岁余，相与锄禾麦。

往前问三叟，何以得此寿？

上叟前致词，室内姬粗丑。

二叟前致词，量腹节所受。

下叟前致词，夜卧不覆首。

要哉三叟言，所以能长久。

古人说“比上不足，比下有余”，这最是寻乐妙法。与啼哭饥饿的人相比，则得饱乐；与呼号寒冷的人相比，则得暖乐；与劳动苦役的人相比，则得闲乐；与疾病苦痛的人相比，则得健康之乐；与遭遇祸患的人相比，则得平安之乐；与已经死去的人相比，则得生存之乐。白乐天诗有云：

蜗牛角内争何事，石光火中寄此身。

随富随贫且欢喜，不开口笑是痴人。

近人诗有云：

人生世间一大梦，梦里胡为苦认真。

梦短梦长俱是梦，忽然一觉梦何存。

与乐天同一旷达。

世事茫茫，光阴有限，算来何必奔忙？人生碌碌，竞短论长，却不道荣枯有数，得失难量。看那秋风金谷，夜月乌江，阿房宫冷，铜雀台荒。荣华花上露，富贵草头霜。机关参透，万虑皆忘。夸什么龙楼凤阁，说什么利锁名缰，闲来静处，且将诗酒猖狂。唱一曲归来未晚，歌一调湖海茫茫。逢时遇景，拾翠寻芳。约几个知心密友，到野外溪傍，或琴棋适性，或曲水流觞，或说些善因果报，或论些今古兴亡，看花枝堆锦绣，听鸟语弄笙簧。一任他人情反复，世态炎凉，优游闲岁月，潇洒度时光。

这不知道是谁写的，读后如大梦方醒，真是燥热的尘世中一剂清凉散啊！

程明道[1]先生曰：“吾受气甚薄，因厚为保生，至三十而浸盛，四十五十而后完，今生七十二年矣，较其筋骨，于盛年无损也。若人待老而保生，是犹贫而后蓄积，虽勤亦无补矣。”

口中言少，心头事少，肚里食少，有此三少，神仙可到。酒宜节饮，忿宜速惩，欲宜力制，依此三宜，疾病自稀。

注释

1 程明道：程颢，字伯淳，学者称明道先生，北宋理学家，与其弟程颐学于周敦颐，并称“二程”。文中引文不是程颢的话，而是程颐对弟子所说。

译文

程颢说：“我先天禀气很薄，所以注意养生。等到三十岁时气血强盛，四十五十更盛，之后渐为完备。今年我已七十二岁了，看看我的筋骨气色，跟盛年比没有任何减损。如果人等到年老才注意养生，就如已经贫穷才想着积蓄一样，那样虽勤劳却于事无补了。”

口中话少，心头事少，肚里食少，有此三少，神仙可到。饮酒宜节制，愤怒宜平熄，欲望宜制止，行此三宜，疾病自少。

病有十可却：静坐观空，觉四大[1]原从假合，一也；烦恼现前，以死譬之，二也；常将不如我者，巧自宽解，三也；造物劳我以生，遇病少闲，反生庆幸，四也；宿孽现逢，不可逃避，欢喜领受，五也；家室和睦，无交谪之言，六也；众生各有病根，常自观察克治，七也；风寒谨访，嗜欲淡薄，八也；饮食宁节毋多，起居务适毋强，九也；觅高明亲友，进开怀出世之谈，十也。

注释

1 四大：佛家所讲构成世界的四种元素：地、水、火、风。

译文

有十种方法可预防疾病：静坐观空，顿悟四大皆是空，一也；烦恼出现，以死譬喻，二也；常将比不上我的人巧妙自行宽解，三也；造物以苦役劳累我，小病而得闲暇，反生庆幸，四也；前世作孽今日相逢，不可逃避，欢喜领受，五也；家庭和睦，没有交相责备的谗言，六也；众生各有病根，常要预防观察，七也；谨防风寒，清心寡欲，八也；饮食宁少勿多，起居适宜，不必强迫，九也；寻良朋益友，讲超凡脱俗之妙理，十也。

邵康节居安乐窝[1]中，自吟曰：

老年肢体索温存，安乐窝中别有春。

万事去心闲偃仰，四肢由我任舒伸。

炎天傍竹凉铺簟[2]，寒雪围炉软布衵。

昼数落花聆鸟语，夜邀明月操琴音。

食防难化常思节，衣必宜温莫懒增。

谁道山翁拙于用，也能康济自家身。

养生之道，只“清净明了”四字，内觉身心空，外觉万物空，破诸妄想，一无执着，是曰清净明了。

注释

1 安乐窝：北宋邵雍自号安乐先生，曾隐居苏门山，名其居为“安乐窝”，后泛指安静舒适的住处。

2 簟（diàn）：凉席。

译文

邵雍居住在安乐窝中，自吟曰：

老年肢体索温存，安乐窝中别有春。

万事去心闲偃仰，四肢由我任舒伸。

炎天傍竹凉铺簟，寒雪围炉软布衵。

昼数落花聆鸟语，夜邀明月操琴音。

食防难化常思节，衣必宜温莫懒增。

谁道山翁拙于用，也能康济自家身。

养生之道，只在“清净明了”四字，内觉身心空，外觉万物空，破除妄想，一无执着，这就是清净明了。

万病之毒，皆生于浓[1]。浓于声色，生虚怯病；浓于货利，生贪饕[2]病；浓

于功业，生造作病；浓于名誉，生矫激病。噫，浓之为毒甚矣！樊尚默先生以一味药解之曰“淡”。云白山青，川行石立，花迎鸟笑，谷答樵讴，万境自闲，人心自闹。

岁暮访淡安，见其凝尘满室，泊然处之。叹曰：“所居必洒扫涓洁，虚室以居，尘嚣不染，斋前杂树花木，时观万物生意。深夜独坐，或启扉以漏月光，至昧爽[3]，但觉天地万物，清气自远而届，此心与相流通，更无窒碍。今室中芜秽不治，弗以累心，但恐于神爽未必有助也。”

注释

1 浓：指欲望强烈。

2 饕（tāo）：即饕餮，原为传说中的一种怪兽，后喻贪吃。

3 昧爽：天明。

译文

各种疾病的毒素都根源于浓烈的欲望。浓于歌舞美色，就会导致虚弱怯懦的病症；浓于财货利益，就会导致贪心饕餮的病症；浓于功名勋业，就会导致造作的病症；浓于声名荣誉，就会导致矫情激愤的病症。唉，浓的毒素太强烈了！樊尚默先生开出一味药来解毒，即“淡”。白云缭绕，山明水秀，流水尢心，青石兀立，花迎鸟笑，山谷响应，樵夫清讴，大自然本来清闲，只是人心自我喧闹罢了。

岁末走访淡安，进屋看到尘土满室，淡安竟淡然处之。我喟然感叹道：“人的居室，应该打扫干净，布置整洁，静室闲居，远离尘嚣。屋前种些杂花草木，时时俯察万物生意。深夜独坐，或是打开窗户放进皎皎月光，等到天明，便感知到天地万物，清气从远而来，与我心相通，更无窒塞挂碍。如果室内到处是荒芜尘秽，不加以清理，不但于心为累，更恐怕不会有助于启发神明。”

余年来静坐枯庵，迅扫夙习。或浩歌长林，或孤啸幽谷，或弄艇投竿于溪涯湖曲，捐[1]耳目，去心智，久之似有所得。陈白沙[2]曰：“不累于外物，不累于耳目，不累于造次颠沛。鸢飞鱼跃，其机[3]在我。”知此者谓之善学，抑亦养寿之真诀也。

圣贤皆无不乐之理。孔子曰：“乐在其中。”颜子曰：“不改其乐。”孟子以

"不愧不怍"为乐。《论语》开首说"乐",《中庸》言"无入而不自得",程朱教寻孔、颜乐趣,皆是此意。圣贤之乐,余何敢望?窃欲仿白傅[4]之"有叟在中,白须飘然,妻孥[5]熙熙,鸡犬闲闲"之乐云耳。

注释

1 捐:捐除,舍弃。

2 陈白沙:陈献章,字公甫,广东新会人,明代儒学者,居白沙里,故世称陈白沙。

3 机:机关,关键。

4 白傅:白居易曾任太子少傅,故称。

5 妻孥(nú):妻子和子女的统称。

译文

我近年来静坐枯庵,早年的积习一概扫除。每日或步至长林浩歌,或下幽谷长啸,或去湖曲溪头泛舟垂钓,去除耳目之累,心智之劳,久而久之,似有所得。陈白沙说:"不牵累于外物,不牵累于耳目,不牵累于颠沛造次。鸢飞鱼跃,关键在自我的本心。"能深悉这道理的可谓善学,也是养生的诀窍。

圣贤没有不谈怎样快乐的道理的。孔子说:"乐在其中。"颜回说:"不改其乐。"孟子以"不愧不怍"为乐。《论语》开篇即说"乐",《中庸》讲"无入而不自得"之乐,二程和朱熹教人寻孔颜乐处,都是这个道理。圣贤之乐,我岂敢奢望?私下只愿仿效白居易"有叟在中,白须飘然,妻孥熙熙,鸡犬闲闲"的快乐。

冬夏皆当以日出而起,于夏尤宜。天地清旭[1]之气,最为爽神,失之甚为可惜。余居山寺之中,暑月日出则起,收水草清香之味,莲方敛而未开,竹含露而犹滴,可谓至快。日长漏永,午睡数刻,焚香垂幕,净展桃笙[2]。睡足而起,神清气爽,真不啻天际真人也。

乐即是苦,苦即是乐,带些不足,安知非福?举家事事如意,一身件件自在,热光景即是冷消息。圣贤不能免厄,仙佛不能免劫,厄以铸圣贤,劫以炼仙佛也。

注释

1 清旭：清晨。

2 桃笙：桃枝编的席子。

译文

冬夏都应该日出就起，特别是夏天。天地清新之气，最为爽心怡神，错失是非常可惜的。我居处山寺之中，夏天时日出便起，可以呼吸水草的清香，观莲花含苞待放，竹叶含露欲滴，是至乐之事。夏日天长，铺上桃席，垂帘焚香，午睡数刻，睡足起来，神清气爽，真不啻神仙中人。

乐即是苦，苦即是乐，有些缺憾，安知非福？全家事事如意，一身自自在在，热闹的光景其实萌生着冷清的消息。圣贤不能免于厄运，仙佛不能免于劫难，困厄可以造就圣贤，历劫才能修仙成佛。

牛喘月[1]，雁随阳[2]，总成忙世界；蜂采香，蝇逐臭，同是苦生涯。劳生扰扰，惟利惟名，牿[3]旦昼，蹶[4]寒暑，促生死，皆此两字误之。以名为炭而灼心，心之液涸矣；以利为蚕[5]而螫[6]心，心之神损矣。今欲安心而却病，非将名利两字涤除净尽不可。

注释

1 牛喘月：相传江淮间水牛怕热，见到月亮以为是太阳而喘息，有成语“吴牛喘月”。

2 雁随阳：大雁随太阳南北位置而迁徙。

3 牿（gù）：关牛马的圈栏。

4 蹶：仆倒，引申为为生活奔波颠沛。

5 虿（chài）：毒虫的毒尾。

6 螫（shì）：用尾针刺。

译文

牛喘月，雁随阳，成一个忙碌世界；蜂采香，蝇逐臭，都是苦生涯。一生扰攘，总为名利，颠沛流离，冲寒冒暑，损生耗神，都为名利二字误导。名誉像炭火，会灼烧本心，而心灵的甘泉将会干涸；利益像蛇蝎蜇刺心灵，心灵的神明就会损伤。要想心安病离，非将名利二字涤除干净不可。

余读柴桑翁[1]《闲情赋》，而叹其钟情；读《归去来辞》，而叹其忘情；读《五柳先生传》，而叹其非有情、非无情，钟之忘之而妙焉者也。余友淡公最慕柴桑翁，书不求解而能解，酒不期醉而能醉。且语余曰："诗何必五言，官何必五斗，子何必五男，宅何必五柳。"可谓逸矣。余梦中有句云："五百年谪在红尘，略成游戏；三千里击开沧海，便是逍遥。"醒而述诸琢堂，琢堂以为飘逸可诵，然而谁能会此意乎？

注释

1 柴桑翁：指陶渊明，渊明为浔阳柴桑人。

译文

我阅读陶渊明的《闲情赋》，而慨叹他如此钟情；读《归去来兮辞》而又感叹他的忘情；读《五柳先生传》，又感叹他不是有情，也不是无情，忘怀钟情而能入妙。我友人淡公最仰慕陶渊明，读书不求甚解而能解，饮酒不求醉而能醉。他对我说："诗何必五言，官何必五斗，子何必五男，宅何必五柳。"真可谓潇洒飘逸。我梦中曾得一联句："五百年谪在红尘，略成游戏；三千里击开沧海，便是逍遥。"醒来念给石琢堂听，琢堂以为飘逸可诵，然而谁能领会到此中真意呢？

真定梁公[1]每语人："每晚家居，必寻可喜笑之事，与客纵谈，掀髯[2]大笑，以发舒一日劳顿郁结之气。"此真得养生要诀也。

曾有乡人过百岁，余扣其术，笑曰："余乡村人，无所知，但一生只是喜欢，从不知忧恼。"此岂名利中人所能哉！昔王右军[3]云："吾笃嗜种果，此中有至乐存焉。我种之树，开一花结一实，玩之偏爱，食之益甘。"右军可谓自得其乐矣。放翁梦至仙馆，得诗云："长廊下瞰碧莲沼，小阁正对青萝峰。"便以为极胜之景。余居禅房，颇擅此胜，可傲放翁矣。

注释

1 真定梁公：梁清标，字玉立，直隶真定人，明崇祯十六年进士，清顺治元年补翰林院庶吉士，授编修，官至保和殿大学士，著有《蕉林诗集》《棠村词》等。

2 髯：两颊上的长须，也泛指胡须。

3 王右军：王羲之，字逸少，曾任右军将军。

译文

真定梁清标曾对人说："每晚家居，一定要寻可喜可笑的事情，和客人纵谈，仰天大笑，以此发抒一天的劳顿郁结之气。"这真是得养生的要诀了。

曾见一位乡人年过百岁，我询问他养生的秘诀，他笑着说："我是乡下人，也不知道什么秘诀，只是一生欢欢喜喜，从没有什么烦恼。"这岂是名利中人所能达到的境界！当年王羲之曾说："我喜欢种植果树，这中间有至乐。我种下果树，果树开花、结果，我惬意地赏花，吃起果实感觉更甜美。"王羲之可谓能自得其乐。陆放翁曾梦游至仙馆，醒来写诗道："长廊下瞰碧莲沼，小阁正对青萝峰。"便以为是绝佳的胜景。我居住在禅房，颇能见到此景，可以笑傲陆放翁了。

余昔在球阳，日则步屧于空潭、碧涧、长松、茂竹之侧，夕则挑灯读白香山、陆放翁之诗。焚香煮茶，延两君子于座，与之相对，如见其襟怀之澹宕，几欲弃万事而从之游，亦愉悦身心之一助也。

余自四十五岁以后，讲求安心之法，方寸[1]之地，空空洞洞，朗朗惺惺，凡喜怒哀乐，劳苦恐惧之事，决不令之入。譬如制为一城，将城门紧闭，时加防守，惟恐此数者阑入[2]。近来渐觉阑入之时少，主人居其中，乃有安适之象矣。

注释

1 方寸：指心。

2 阑入：擅自闯入。

译文

我昔日在琉球，白天到空潭碧涧、长松茂竹旁去散步，晚上挑灯读白居易、陆游的诗歌。每读必焚香煮茶，延之上座，恍然如晤，见两公襟怀澹宕，几乎要抛弃世事从游于两公，读书也是愉悦身心的辅助。

我自四十五岁以后，便讲求安心之法，方寸之心，空明莹彻，纤尘不染，但凡喜怒哀乐，劳苦恐惧之事，绝不让其进入。譬如建一城，把城门紧闭，时时严加防守，绝不让喜怒哀乐等事擅自闯入。近来觉得它们闯入次数渐少，主人身居其中，这样才有安闲舒适的气象。

养身之道，一在慎嗜欲，一在慎饮食，一在慎忿怒，一在慎寒暑，一在慎思索，一在慎烦劳。有一于此，足以致病，安得不时时谨慎耶！

张敦复[1]先生尝言："古人读《文选》[2]而悟养生之理，得力于两句，曰'石蕴玉而山辉，水含珠而川媚'[3]。"此真是至言。尝见兰蕙、芍药之蒂间，必有露珠一点，若此一点为蚁虫所食，则花萎矣。又见笋初出，当晓则必有露珠数颗在其末，日出则露复敛而归根，夕则复上。田间[4]有诗云"夕看露颗上梢行"是也。若侵晓入园，笋上无露珠，则不成竹，遂取而食之。稻上亦有露，夕现而朝敛，人之元气全在乎此。故《文选》二语，不可不时时体察，得诀固不在多也。

余之所居，仅可容膝，寒则温室拥杂花，暑则垂帘对高槐，所自适于天壤间者，止此耳。然退一步想，我所得于天者已多，因此心平气和，无歆羡，亦无怨尤，此余晚年自得之乐也。

注释

1 张敦复：张英，安徽桐城人，字敦复，号乐圃、圃翁，谥文端，康熙六年（1667）进士，官至文华殿大学士兼礼部尚书，著有《聪训斋语》《笃素堂诗文集》等。

2《文选》：南朝梁萧统集合门人所编纂的《昭明文选》。

3 "石蕴玉"句为西晋陆机《文赋》里的句子。

4 田间：钱澄之，字饮光，一字幼光，晚号田间老人，安徽枞阳人，曾入复社，著有《藏山阁文存》《藏山阁诗存》，文中所引诗句出自七律《竹成》。

译文

养生之道，一是要警惕奢欲，一是要节制饮食，一是要平息忿怒，一是要注意寒暑，一是要防止多虑，一是要不可过劳。以上这些，如果有一样没遵行，就足以致病，怎能不时时刻刻谨慎从事呢！

张敦复先生曾说："古人读《文选》而悟养生之理，关键就在这两句，'石含玉质故而山显光辉，水蕴珍珠故而川显明媚'。"这真是至理名言。我曾见兰蕙、芍药花蒂间定有一两点露珠，如果这点露珠被蚁虫吸食了，那么花就会枯萎。又见竹笋初生，早晨时也必有数颗露珠沾挂笋尖，太阳出来后，露珠便复归笋根，傍晚夕阳西下，露珠又会聚合上来。钱澄之有诗道“夕看露颗上梢行”，即是说此。如果早晨入园，笋尖没有露珠，那么竹笋就难以长成竹子，于是就挖取煮食。水稻上也有露珠，晚上出现，早上收敛。人的元气也全部在此，所以《文选》这两句话，不可不时时体察，所得要诀本来就不在于多。

我的居所，仅可容纳一人，天冷就进屋摆弄花草，天热便拉下帘子坐看高高的槐树，如此这般在天地间淡然自适。然而退一步想，我所得到的已经很多了，因此心平气和，对人没有羡慕，也没有怨恨，这是我晚年的自得其乐之法。

圃翁曰：“人心至灵至动，不可过劳，亦不可过逸，惟读书可以养之。”闲适无事之人，镇日不观书，则起居出入，身心无所栖泊，耳目无所安顿，势必心意颠倒，妄想生嗔，处逆境不乐，处顺境亦不乐也。古人有言：“扫地焚香，清福已具。其有福者，佐以读书；其无福者，便生他想。”旨哉斯言！且从来拂意之事，自不读书者见之，似为我所独遭，极其难堪。不知古人拂意之事有百倍于此者，特不细心体验耳。

即如东坡先生殁后，遭逢高、孝[1]，文字始出，而当时之忧谗畏讥，困顿转徙潮惠之间，且遇[2]跣足[3]涉水，居近牛栏，是何如境界？又如白香山之无嗣，陆放翁之忍饥，皆载在书卷，彼独非千载闻人？而所遇皆如此。诚一平心静观，则人间拂意之事，可以涣然冰释。若不读书，则但见我所遭甚苦，而无穷怨尤嗔忿之心，烧灼不静，其苦为何如耶？故读书为颐养第一事也。

注释

1 高、孝：指到南宋高宗、孝宗时苏轼的文章才流行开来，苏轼曾入元祐党人籍，文章被禁。

2 且遇：此段文字抄录张英《聪训斋语》，“且遇”本为“苏过”，苏过为苏轼第三子，苏轼被贬谪惠州、儋州，皆随行。

3 跣（xiǎn）足：光着脚。

译文

圃翁说：“人心至灵至动，不可过度劳累，也不能过于安逸，唯有读书可以养心。”闲适无聊之人，整日不看书，那么在日常生活中，身心就没有栖息之地，耳目没有地方安顿，势必心烦意乱，妄想发怒，处于逆境便心情低落，处于顺境也高兴不起来。古人说："扫地焚香，已是清福。有福之人，以书为伴，无福之人，便生妄想。"这话说得太对了！而且从来挫折逆境，在不读书人看来，似乎只有我单单遭遇，极难忍受，不知道古人所遭受的挫折逆境，于此何啻百倍，只不过不细心体察而已。

就如一代文豪东坡先生去世后，到了宋高宗、孝宗时他的文章才流传开来，而他生前备受诽谤攻击，困顿辗转于潮州、惠州之间，他的儿子苏过赤着脚蹚水，住在牛栏旁边，这是何等困境啊！又比如白居易没有子嗣，陆游曾忍饥挨饿，这些书中都有记载。他们都是千古名人，却有如此遭遇。如若能够平心静观，那么人世间一切蹉跎挫折，就可以涣然冰释了。如果不读书，便自认为我所遭遇的苦痛最大，于是无穷无尽的怨恨愤怒便会随之而来，内心备受煎熬，永不停息，这种痛苦何时有个尽头呢？所以读书是颐养心性的第一要事。

吴下有石琢堂先生之城南老屋，屋有五柳园，颇具泉石之胜。城市之中而有郊野之观，诚养神之胜地也。有天然之声籁，抑扬顿挫，荡漾余之耳边。群鸟嘤鸣林间时所发之断断续续声，微风振动树叶时所发之沙沙簌簌声，和清溪细流流出时所发之潺潺淙淙声，余泰然仰卧于青葱可爱之草地上，眼望蔚蓝澄澈之穹苍，真是一幅绝妙画图也。以视拙政园[1]，一喧一静，真远胜之。

吾人须于不快乐之中，寻一快乐之方法。先须认清快乐与不快乐之造成，固由于处境之如何，但其主要根苗，还从己心发长耳。同是一人，同处一样之境，甲却能战胜劣境，乙反为劣境所征服。能战胜劣境之人，视劣境所征服之人，较为快乐。所以不必歆羡他人之福，怨恨自己之命。否则，是何异雪上加霜，愈以毁灭人生之一切也。无论如何处境之中，可以不必郁郁，须从郁郁之中，生出希望和快乐之精神。偶与琢堂道及，琢堂亦以为然。

注释

1 拙政园：位于苏州城东北隅，是苏州现存最大的古典园林。

译文

苏州有石琢堂先生的城南老屋，屋前有五柳园，颇具山水胜景。身居城中，却能得见郊野景色，这是养生的胜地。居此地可以听到抑扬顿挫的天籁之音在耳边荡漾，群鸟啾啁林间时断断续续的鸣叫声，风吹树叶的沙沙簌簌声，清溪细流的潺潺淙淙声，我泰然仰卧在青葱可爱的草地上，仰望湛蓝澄澈的苍穹，真是一幅绝妙的画图。以此地的静谧对比拙政园的喧闹，真是远远胜过它。

我们应该在不快乐的境地，寻找快乐的方法。首先要认清造成快乐与不快乐的原因，固然是由于处境不同，但主要的根源还是人的内心。同一个人，同一处境，甲能战胜劣境，乙却被劣境所征服。能战胜劣境的人对比被劣境征服的人，内心较为快乐。所以不必艳羡他人的福气，怨恨自己的命运，否则便如同雪上加霜，更加速了人生的毁灭。无论处于何等境地，不要郁郁寡欢，须从郁闷压抑中生发出希望和快乐的精神。偶然跟琢堂谈起，琢堂也深以为然。

家如残秋，身如昃[1]晚，情如剩烟，才如遣电，余不得已而游于画，而狎[2]于诗，竖笔横墨，以自鸣其所喜，亦犹小草无聊，自矜其花，小鸟无奈，自矜其舌。小春之月，[3]一霞始晴，一峰始明，一禽始清，一梅始生，而一诗一画始成。与梅相悦，与禽相得，与峰相立，与霞相揖。画虽拙而或以为工，诗虽苦而自以为甘。四壁已倾，一瓢已敝，无以损其愉悦之胸襟也。

圃翁拟一联，将悬之草堂中，"富贵贫贱，总难称意，知足即为称意；山水花竹，无恒主人，得闲便是主人"。其语虽俚，却有至理。天下佳山胜水，名花美竹无限，大约富贵人役于名利，贫贱人役于饥寒，总鲜[4]领略及此者。能知足，能得闲，斯为自得其乐，斯为善于摄生也。

注释

1 昃（zè）：太阳偏西。

2 狎（xiá）：喜爱，亲昵。

3 小春之月：指农历十月，小阳春天气。

4 鲜：少，罕。

译文

家已破散，身已衰朽，情如残烟，才如逝电，我情非得已才游心绘画，喜爱诗歌，涂涂写写，自得其乐。这就如同小草无香，但也会夸耀自己淡红的小花；小鸟无奈，也要清脆鸣唱。小阳春天气时，落霞明照，青峰辉映，禽鸟啭鸣，梅花始生，而诗画也搁笔完成。坐看梅花，逗引禽鸟，青山妩媚，似与落霞相揖。画虽拙陋但我自以为好，诗虽苦寒我却甘之如饴。家徒四壁，箪食瓢饮，我却不改其乐。

圃翁曾撰有一联，将其悬挂在草堂中，“富贵贫贱，总难称意，知足即为称意；山水花竹，无恒主人，得闲便是主人”。语句俚俗，却含至理。天下名山胜水，名花美竹无限，大约富贵之人被名利所役使，贫贱之人被饥寒所役使，总是少有人能领略自然之美。能知足，能得闲，这就是自得其乐，这就是善于养生。

心无止息，百忧以感之，众虑以扰之，若风之吹水，使之时起波澜，非所以养寿也。大约从事静坐，初不能妄念尽捐，宜注一念，由一念至于无念，如水之不起波澜。寂定之余，觉有无穷恬淡之意味，愿与世人共之。

阳明先生[1]曰：“只要良知真切，虽做举业，不为心累。且如读书时，知强记之心不是，即克去之；有欲速之心不是，即克去之；有夸多斗靡之心不是，即克去之。如此，亦只是终日与圣贤印对，是个纯乎天理之心。任他读书，亦只调摄此心而已，何累之有？”录此以为读书之法。

注释

1 阳明先生：王守仁，明代哲学家，阳明心学创始人，尝筑室于余姚阳明洞中，世称阳明先生。

译文

内心念头无所止息，各种忧虑以感发，众多思虑以干扰，如同风吹水上，时起波澜，这有损于养生。大约初次从事静坐，开始不能尽除妄念，应该专注于一个念头，由一个念头进入毫无念头的状态，如同水面不再起波澜。寂然入定，但觉有无穷恬淡的意味，想要与世人共享。

王阳明先生曾说：“只要内心良知真切，即使参加科考，也不会为心累。就如同读书时，一觉得死记硬背的方法不对，就马上克服；一有求快欲速的心理，就马上改正；一有夸多斗富的心理，就马上克服。如此就能终日与圣贤相对，这心就是个纯乎天理之心，随意读书，也就是调养此心而已，又有何牵累呢？”抄录这段话作为读书的方法。

汤文正公[1]抚吴时，日给惟韭菜，其公子偶市一鸡，公知之，责之曰："恶有士不嚼菜根，而能作百事者哉！"即遣去。奈何世之肉食者流，竭其脂膏，供其口腹，以为分所应尔。不知甘脆肥腻，乃腐肠之药也。大概受病之始，必由饮食不节。俭以养廉，澹以寡欲，安贫之道在是，去疾之方亦在是。余喜食蒜，素不食屠门之嚼，食物素从省俭。自芸娘之逝，梅花盒亦不复用矣，庶不为汤公所呵乎！

注释

1 汤文正公：汤斌，字孔伯，河南睢县（今商丘）人，清代理学家，曾任江苏巡抚、工部尚书，卒谥文正。

译文

汤文正公任江苏巡抚时，每天只吃米饭、韭菜，有一天他儿子从集市上买了一只鸡，汤公知道以后，责备说："哪有读书人不嚼菜根，而能做百事的。"立即让他把鸡送回去。世上吃肉茹荤的人，以为口腹之欲，理所应当，不知道甘脆肥腻的肉荤是腐害肠胃的毒药。病从口入，都是由于饮食不知节制。俭以养廉，淡以寡欲，这是安贫乐道的方法，祛除疾病的方法包含于此。我喜欢吃蒜，素来不喜肉食，食物一切从俭。自从芸娘去世后，梅花盒也不再用了，大概可以免除汤公的责备了！

留侯[1]、邺侯[2]之隐于白云乡[3]，刘、阮、陶、李[4]之隐于醉乡，司马长卿[5]以温柔乡隐，希夷先生[6]以睡乡隐，殆有所托而逃焉者也。余谓白云乡则近于渺茫，醉乡、温柔乡抑非所以却病而延年，而睡乡为胜矣。妄言息躬[7]，辄造[8]逍遥之境；静寐成梦，旋臻[9]甜适之乡。余时时税驾[10]，咀嚼其味，但不从邯郸道上，向道人借黄粱枕[11]耳。

注释

1 留侯：汉初张良，字子房，后封于留，称留侯。

2 邺侯：唐朝李泌，累封至邺县侯，时人呼其"邺侯"。

3 白云乡：传说中神仙所居之地，语出《庄子·天地》："乘彼白云，游于帝乡。"

4 刘、阮、陶、李：指刘伶、阮籍、陶渊明、李白，均以饮酒闻名。

5 司马长卿：司马相如，西汉辞赋家。
6 希夷先生：即陈抟，五代时道士，以嗜睡闻名，每寝多百余日不醒。
7 躬：身体。
8 造：到。
9 臻：至。
10 税驾：解驾、停车，比喻休息。
11 黄粱枕：出自唐沈既济《枕中记》。卢生住宿于邯郸客舍，道人给以青瓷枕，卢生梦中享尽富贵荣华，醒来方知是梦，而店中煮的黄粱尚未熟，即成语“黄粱一梦”由来。

译文

留侯张良、邺侯李泌隐居于白云乡，刘伶、阮籍、陶渊明、李白隐居于醉乡，司马相如隐居于温柔乡，陈抟隐居于睡乡，大概都是有所寄托而逃避世事吧。我认为白云乡虚无缥缈，醉乡、温柔乡又不能除病延年，睡乡是差可为胜的。躺下休息，不要妄言妄想，就可以到逍遥的境地；静静地安睡成美梦，便可到甜适之乡。我时不时休息，细细回味，但从不生黄粱美梦的痴想。

养生之道，莫大于眠、食。菜根粗粝，但食之甘美，即胜于珍错[1]也。眠亦不在多寝，但实得神凝梦甜，即片刻亦足摄生也。放翁每以美睡为乐，然睡亦有诀。孙真人云：“能息心，自瞑目。”蔡西山云：“先睡心，后睡眼。”此真未发之妙。禅师告余，伏气有三种眠法：病龙眠，屈其膝也；寒猿眠，抱其膝也；龟鹤眠，踵其膝也。余少时，见先君子于午餐之后，小睡片刻，灯后治事，精神焕发。余近日亦思法之，午餐后于竹床小睡，入夜果觉清爽，益信吾父之所为，一一皆可为法。

注释

1 珍错：山珍海错。海错，即海味。

译文

养生之道，没有大过睡眠与吃食的。菜根粗粮，食之甘美，胜于山珍海味。睡眠不在于多久，以能凝神酣梦为上，这样即使片刻小憩，也可以养生。陆游每每以美睡为乐事，睡眠也有诀窍。孙思邈说：“心能休息，眼自闭合。”蔡元定说：“先睡心，后睡眼。”这真是前人未说的妙语。禅师告诉我睡眠要心平气和，有三种睡眠法：病龙眠，睡时腿要弯着；寒猿眠，睡时抱着膝盖；龟鹤眠，睡时脚跟要靠着膝盖。我小时候曾看到父亲午餐后，都要小睡片刻，晚上伏案工作，精神焕发。我近日也想如法效仿。午餐后，在竹床上小睡，入夜果然觉得清爽，更加笃信父亲的所作所为，一一皆可效仿。

余不为僧，而有僧意。自芸之殁，一切世味，皆生厌心，一切世缘，皆生悲想，奈何颠倒[1]不自痛悔耶！近年与老僧共话无生，而生趣始得。稽首[2]世尊[3]，少忏宿愆[4]，献佛以诗，餐僧以画。画性宜静，诗性宜孤，即诗与画，必悟禅机，始臻超脱也。

注释

1 颠倒：此处为佛教用语，《心经》："远离颠倒梦想，究竟涅槃。"意指众生将因缘和合的幻象看作是真实的。

2 稽（qǐ）首：指古代跪拜礼中最隆重的一种，跪下并拱手至地，头也至地。

3 世尊：对释迦牟尼的尊称。

4 宿愆（qiān）：过去的错误，前世的罪过。

译文

我不做僧人，却有僧意。自从芸去世后，对世事渐生厌烦之心，于尘缘皆生悲悯之想，奈何当初视幻为真，毫不痛心忏悔呢！近年与老僧共话无生，始得有生之趣。我跪拜在佛祖前，希望能稍微忏悔过去的罪过，写诗礼佛，为僧作画。作画时宜安静，写诗时宜孤处，在诗与画中也可悟得禅机，得超脱之境。

[illegible]

[illegible]